ケルト神話

炎の戦士クーフリン

ローズマリー・サトクリフ 作
灰島かり 訳

THE HOUND OF ULSTER
by Rosemary Sutcliff

Japanese language edition published
by Holp Shuppan Publications, Ltd.,Tokyo.
Printed in Japan.

日本語版装幀／城所 潤　装画／平澤朋子

目次

古アイルランド 略図

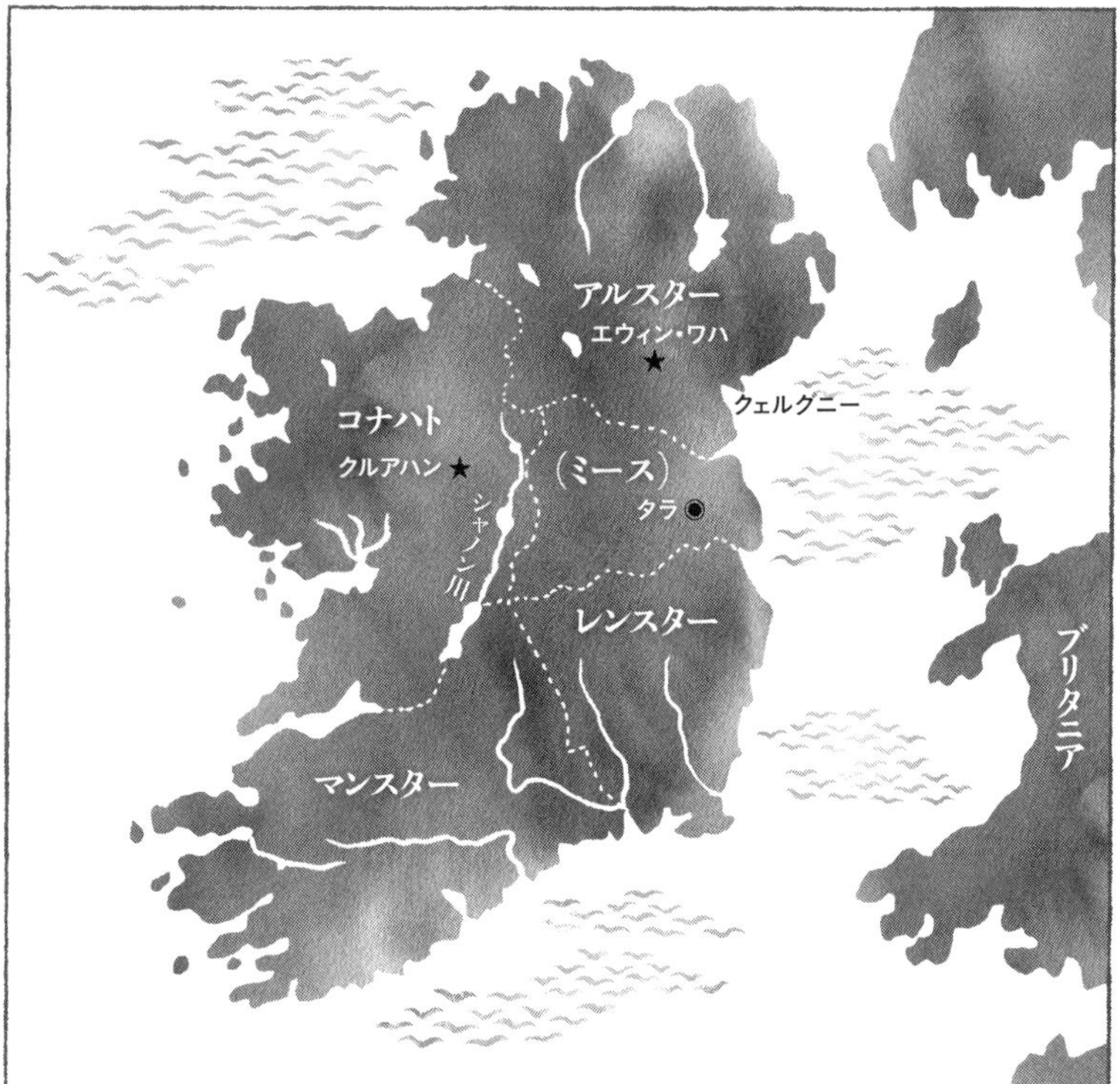
アルスター
エウィン・ワハ
クェルグニー
コナハト
クルアハン
（ミース）
タラ
シャノン川
レンスター
マンスター
ブリタニア

登場人物系統図

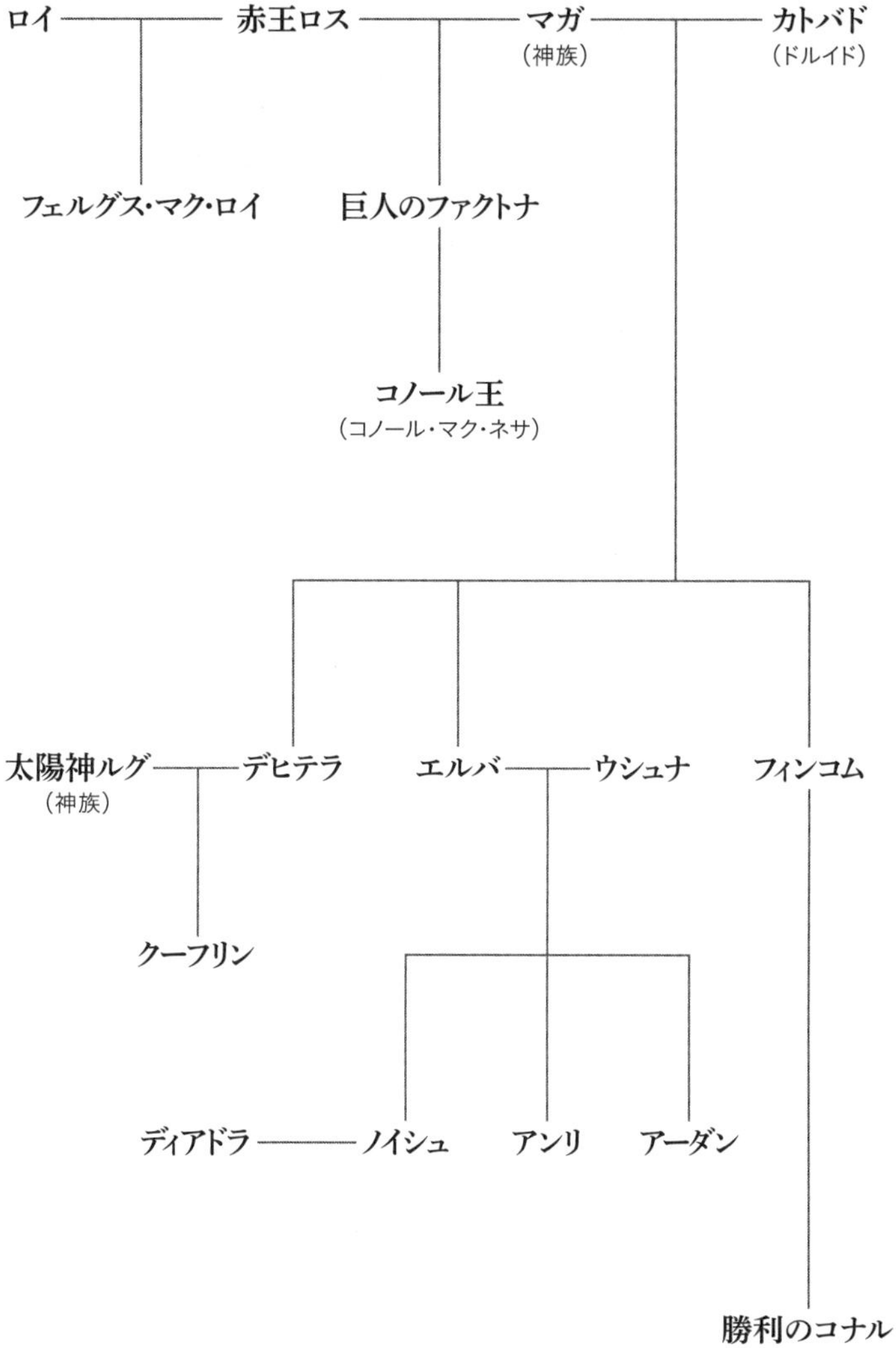
ロイ
赤王ロス
マガ
（神族）
カトバド
（ドルイド）
フェルグス・マク・ロイ
巨人のファクトナ
コノール王
（コノール・マク・ネサ）
太陽神ルグ
（神族）
デヒテラ
エルバ
ウシュナ
フィンコム
クーフリン
ディアドラ
ノイシュ
アンリ
アーダン
勝利のコナル

はじめに

　ある民族について知りたかったら、その民族に伝わる物語を知ることです。民族に伝わる物語は、その民族の考え方、感じ方を伝えてくれるからです。英雄《えいゆう》クーフリンの物語は、ケルト民族に伝わるものです。今日《こんにち》、このケルト民族の血を濃厚《のうこう》に伝えているのは、アイルランド、ウェールズ、そしてスコットランドのハイランド地方に住む人々です。一方、英雄《えいゆう》ベーオウルフの物語はアングロ・サクソン民族のもので、ごくおおざっぱに言えば、イングランドとスコットランドのローランド地方の人々は多くがアングロ・サクソン人です。このふたつの物語は非常《ひじょう》に異《こと》なる世界観に基《もと》づいており、ケルト民族がベーオウルフを産むことはありえず、逆《ぎゃく》にアングロ・サクソン民族がクーフリンを産むことも、絶対《ぜったい》にありえません。

　アングロ・サクソン人の物語は、どれほど大胆《だいたん》に見えても、しっかりと地面に足がついています。だからベーオウルフとその仲間たちは、英雄《えいゆう》という大きな人間ではありますが、あくまで人間の範疇《はんちゅう》を越えません。ところがケルトの物語は、簡単《かんたん》に現実《げんじつ》を飛びこえ、空想世界へと飛躍《ひやく》します。赤枝《あかえだ》戦士団《だん》の勇者たちの血管には、神々と妖精《ようせい》族（アイルランドに伝わる妖精《ようせい》とほぼ同じ種類です）の血が、熱くたぎっているのです。どちらの物語を読む場合も、この違《ちが》いを知っておくといいでしょう。そしておおむね、今の英国人の御先祖《ごせんぞ》は、クーフリンを産んだ民族かベーオウルフを産んだ民族、あるいはその両方が混《ま》ざった人々であることも知ってほしいと思います。

ところで、土地の名前はほぼ英語の発音を採用《さいよう》しました。たとえば、赤枝《あかえだ》戦士団《だん》の時代には、アイルランドは五つの小国に分かれていました。アルスター、マンスター、コナハト、レンスター、そして上王の治めるタラですが、これは英語の地名です（訳注：古代アイルランドのゲール語ではそれぞれウラド、ムウ、コナハト、ラギン、テウィルとなる。なおコナハトの英語形はふつうはコノートであるが、サトクリフはコナハトを採用《さいよう》している）。また人の名前も英語化された名前を使っているため、元のゲール語の発音とは異《こと》なるものがあることをお断《こと》わりしておきます。たとえば『（栄光の）ライリー』は、ゲール語では『ロイガレ（・ブアダハ）』です。

また禁戒《ゲシュ》とは、呪力《じゅりょく》を持った束縛《そくばく》とか禁止《きんし》のことで、タブーに近いものです。たとえばクーフリンにとっては「犬の肉を食べない」ということ、フェルグス・マク・ロイにとっては「宴会《えんかい》への誘《さそ》いを断《こと》わらない」ことですが、「タブー」という言葉でほぼ言い表すことができるでしょう。しかし説明が必要な言葉とはいえ、これはゲール語の「ゲシュ」を残しておきたいと思いました。

「ゲシュ」に関して大切なことは、どんなものであってもそれは掟《おきて》であって、破《やぶ》ることは許《ゆる》されないということです。

――――ローズマリー・サトクリフ

第一章　デヒテラ姫《ひめ》の贈《おく》り物

　アルスターの英雄《えいゆう》、クーフリンの物語を始めよう。いずれ劣《おと》らぬ強者《つわもの》ぞろいの『赤枝戦士団《あかえだせんしだん》』だが、最も偉大《いだい》な英雄《えいゆう》と言えば、それはクーフリンをおいてほかにない。さあ皆《みな》の衆《しゅう》、心して、聞くがよい。

　はるか昔の輝《かがや》かしい時代のこと、アルスターに『赤王ロス』と呼《よ》ばれる王がいた。妃《きさき》の名はマガ。マガは、常若《とこわか》の国、ティル＝ナ＝ノーグに住む、神々《かみがみ》の一族シーデの娘《むすめ》だった。ふたりのあいだに生まれた息子が『巨人《きょじん》のファクトナ』。そして、ファクトナの息子がコノール・マク・ネサ。赤王ロスの亡《な》き後、この息子と孫とが跡《あと》を継《つ》いで、アルスターの王となった。

　さて、王妃《おうひ》マガが赤王ロスに飽《あ》きる日がきた。神々《かみがみ》の一族は心の思うままにふるまうものであり、誰《だれ》もそれを止めることはできない。王妃《おうひ》マガは赤王ロスのもとを去り、ドルイド神官カトバドの妻《つま》となった。カトバドはまだひげに一本の白いものさえ混《ま》じらぬ若輩《じゃくはい》だったが、じつは賢者《けんじゃ》のなかの賢者《けんじゃ》、もっとも知恵《ちえ》あるドルイドだった。いっぽう赤王ロスは、二番目の妻《つま》をめとった。神族はもうたくさんだったので、今度はロイという名の、人間の娘《むすめ》を妻《つま》とした。赤王ロスの二度目の結婚《けっこん》で産まれた息子が、フェルグス・マク・ロイである。

ところで元王妃《おうひ》のマガはカトバド神官とのあいだに、三人の娘《むすめ》、デヒテラ、エルバ、フィンコムをもうけた。フィンコムの息子が『勝利のコナル』で、エルバとその夫ウシュナのあいだにできた三人の息子たちが、ノイシュ、アンリ、アーダン。デヒテラの息子こそが、ほかならぬクーフリンだ。

今あげた名前と続き柄《がら》を、よく心に刻《きざ》んでおくがよい。彼《かれ》らは皆《みな》、赤王ロスか、王の最初の妃《きさき》の血につながる者たちであり、彼《かれ》らこそが『赤枝戦士団《あかえだだん》』の中核《ちゅうかく》を成すもの。彼《かれ》らのほかに、仲間や従者《じゅうしゃ》、そして後に続く息子たちが赤枝《あかえだ》の戦士となっていった。

コノールが王になって間もないある年の、夏至《げし》の日の午後のことだった。一族の姫《ひめ》デヒテラが五十人の侍女《じじょ》をつれて、エウィン・ワハ（訳注：古代アルスターの首都）にある王の砦《とりで》の下方を流れる小川に、洗濯《せんたく》にでかけた。ところが夕方になり影《かげ》が長くなっても、洗濯物《せんたくもの》を持って、丘《おか》を上ってくる女たちの姿《すがた》が見えない。小川ぞいやハシバミの巨木《きょぼく》のあたりを捜《そう》索《さく》したものの、一本の金髪《きんぱつ》すら見つけることができなかった。

何日ものあいだ、コノール王と戦士たちはアルスターじゅうをくまなく探《さが》しまわり、果てはアイルランドのずっと南まで探《さが》しに出かけたが、得たものはなかった。とうとうカトバド神官が、こう語った。「あの者たちは、銀枝族の楽《がく》の音《ね》を聞いたとみえる。そのため、彼方《かなた》にあるという『中空の丘《おか》』を通りぬけて、常若の国《ティル＝ナ＝ノーグ》へと渡《わた》ってしまったのだろう。デヒテラは、小鳥の群《む》れを率《ひき》いるように侍女《じじょ》たちを引きつれて、自分の母の一族のところにもどったにちがいあるまい」

やがて三年の月日が過《す》ぎ、デヒテラ姫《ひめ》と侍女《じじょ》たちのことはすっかり忘《わす》れ去られてしまった。ところが、またもや夏至《げし》の夕べのこと。色あざやかな小鳥の群《む》れが、エウィン・ワハの大麦の畑にやってきた。小鳥たちは、野生の果樹《かじゅ》を石垣《いしがき》で囲った果樹園《かじゅえん》に入りこんで、熟《じゅく》した果実をせっせとついばみはじめた。この知らせがコノール王のところに届《とど》くと、王は作物を守るためにも、鳥打ちをしたらおもしろかろうと考えた。そこで投石器用の小石を袋《ふくろ》に詰《つ》めさせて、戦上の一団《いちだん》を引きつれて出発した。フェルグス・マク・ロイと『栄光のライリー』と『二枚舌《にまいじた》のブリクリウ』らが従《したが》った。ところが何度やっても、一羽の小鳥さえ、打ち落とすことができない。リンゴの枝《えだ》に止まったきれいな小鳥たちは、石がくるとパッと飛びたつが、すぐにまた別の枝《えだ》の実をついばみはじめる。戦士たちが新しい小石を投石器につがえて、追いかけると、小鳥たちは少し遠くへと飛び去る。小鳥の羽ばたきが、まるで笑っているようだ。戦士たちは思わず深追いをした。とうとう日が暮《く》れてしまい、とがった小石を飛ばそうにも、もうなにも見えなくなった。王と戦士らがふとわれに返ると、そこはなんと、ブルグ＝ナ＝ボイナにある妖精《ようせい》の土塚の近くだった。

「ずいぶん遠くまで来てしまったな。今夜のうちにエウィン・ワハに帰るのは難《むずか》しかろう」コノール王が言った。「牛を小屋に入れる時間も、とっくに過《す》ぎている。城《しろ》ではもう門を閉《と》じ、番犬も放したことであろう。今から帰ると、城《しろ》じゅうの人間を起こすことになり、女たちがあれこれ騒《さわ》ぎたてて、めんどうだ。えーい、ここで焚《た》き火を囲んで、野宿をするとしよう。ひと晩《ばん》ぐらい喰《く》わずに寝《ね》ても、どうということもあるまいて」

そんなわけでサンザシの枯《か》れ枝《えだ》を集めて火を燃《も》やすと、みんなは火の方に足を向け、マントにくるまって眠《ねむ》った。火を絶《た》やさないよう、必ずひとりは寝《ね》ずの番をしたが、夏至《げし》の時期にはオオカミさえ、とりたてて恐《おそ》ろしいものではなかった。

フェルグス・マク・ロイだけはなんとも落着かず、眠《ねむ》れないので、ひとりごとを言った。

「おれが落着かないのは、月の光が足に当たっているせいにちがいない」。そこで立ち上がると、川ぞいに妖精塚《ようせいづか》のほうへと歩きだした。塚《つか》に近づくにつれ、薄《うす》い霧《きり》が低くたちこめてきた。真夏の満月の光を受けて、妖精塚《ようせいづか》は銀のカタツムリのように光っている。そのとき突然霧《とつぜんきり》の色が、銀色から金色に変わった。まるで霧《きり》そのものが発光しているようで、これは月光とは異《こと》なる妖《あや》かしの光。霧《きり》の奥《おく》で、何百もの松明《たいまつ》が灯っているようだ……。このままでは禁断《きんだん》の地へ迷《まよ》いこむ、とフェルグスが足を止めたとき、頭上でカッと光がはじけ、妖精塚《ようせいづか》の門が大きく開いた。目の前に見えるのは、もう塚《つか》ではなく、なんとも壮麗《そうれい》な宮殿《きゅうでん》だった。アイルランド全土を統《す》べる上王の城《しろ》、タラの宮殿《きゅうでん》でさえ、これほどきらびやかではあるまい。潮《しお》に引き寄《よ》せられるように、フェルグスの足は自然に前に向かった。あたりにはぼうっとした人の形の影《かげ》があり、人間の世界の王宮では聞くことのできない、清らかな竪琴《たてごと》の音が聞こえてきた。そのとき光り輝《かがや》く境《あわい》から、こちら側へと渡《わた》ってくるものがあった。金色に輝《かがや》く美しい姿《すがた》で、光はその姿《すがた》から発している。晴天の太陽の下では松明がいらないように、ここではどんな松明も必要ではなかった。そうだ、神族のなかでも、これほど光輝《かがや》くのは、ただ御一方《おひとかた》だろう。この方こそ、『長い槍《やり》のルグ』太陽神御自身《ごじしん》にちがいない。あまりのまばゆさに、フェルグスは目を腕《うで》でおおった。ところが、ルグ神とともに進み出てきた女性《じょせい》を見ると、とたんに目が涼《すず》しくなった。その女性《じょせい》は太陽のうしろの影《かげ》のよう……。まるで野生の桜《さくら》の木が落とす影《かげ》のように、なんとも優美《ゆうび》で繊細《せんさい》な姿《すがた》をしていた。

やがてフェルグスは気がついた。これは、あの、消えたデヒテラ姫《ひめ》にちがいない……。

そのとき太陽神ルグが口を開いた。「よくぞまいったな、フェルグス・マク・ロイ。きょうは特別な晩《ばん》ゆえ、そなたの参上は、まことにめでたい」

デヒテラ姫《ひめ》も言葉をそえた。「乾《かわ》いた夏に、エウィン・ワハの果樹園《かじゅえん》に降《ふ》る雨を待つように、おまえを待っておりました。だれか人間の身内が訪《たず》ねてきてくれるのを、待ち望んでいたのです」

「わ、わたしだけではありません。この近くに、コノール王御自身《ごじしん》はじめ、赤枝《あかえだ》の戦士一同うちそろっております。われら一同は、小鳥の群《む》れを追いかけているうちに、エウィン・ワハにもどれなくなってしまいました。焚《た》き火をたき、皆《みな》そのまわりでマントにくるまって眠《ねむ》っております。どうか、御前《ごぜん》を離《はな》れることをお許《ゆる》しください。わたしはみんなのところにもどり、ここに連れてまいりましょう。姫《ひめ》様にまたお会いできれば、みな涙《なみだ》を流して喜ぶことでありましょう」

デヒテラ姫《ひめ》は小鳥の群《む》れと聞くと、秘密《ひみつ》を知るもののように微笑《ほほえ》んだが、首を振《ふ》って言った。「おまえはわたしを見たのだから、わたしが元気で幸福でいることがわかったであろう。さあ焚《た》き火のそばにもどって、みんなといっしょに眠《ねむ》りなさい」

するとあたりにまた霧《きり》がただよいはじめ、フェルグスはいつのまにか、焚《た》き火をめざして走っていた。焚《た》き火がかすかにまたたくのを見つけると、戦士たちが驚《おどろ》いて目を覚ますのもかまわずに、コノール王のかたわらへと走り寄《よ》った。王は頭までおおっていたマントをはねのけると、肩《かた》ひじをついて起きあがった。「何事だ、フェルグス伯父上《おじうえ》？　オオカミの群《む》れにでも追われたか？」眠《ねむ》い目をしばたいて、王が聞いた。

フェルグスは王のかたわらにひざをつくと、必死で走ってきたためゼイゼイとあえぎながら、話しはじめた。話がまだ終わらないうちに、若《わか》い王は立ちあがり、まわりに集まってきた戦士たちのなかから何人かを選んで命令した。「ただちに妖精塚《ようせいづか》におもむき、デヒテラ姫《ひめ》を連れもどせ」

狩《か》りの獣《けもの》を追うように、戦士たちは音もたてずに速やかに走り去った。残った者は、サンザシの枝《えだ》を焚《た》き火に投げ入れ、腰《こし》をおろして待った。しばらくして戦士たちがもどってきたが、デヒテラ姫《ひめ》の姿《すがた》はない。フェルグスは苦々《にがにが》しそうに言った。「聞くまでもないぞ。塚《つか》には月光が射《さ》しているだけで、地をはう霧《きり》のほかには、なにも見つからなかったのであろう」それからそばの草を土ごと引っこぬいて、ザンブと川に放り投げた。

「なにもかも、フェルグス殿《どの》の言ったとおりであった」『栄光のライリー』は言い、さらに王に向かって続けた。「わが王よ、われらはデヒテラ姫《ひめ》と、姫《ひめ》のかたわらのあの御方《おんかた》にお目にかかりました。王にこう伝えよ、との姫《ひめ》のおおせです。姫《ひめ》は今お加減《かげん》が悪いゆえ、御前《ごぜん》にまかりでぬことをお許《ゆる》し願いたい。そしてしばし、お待ちいただきたい。お加減《かげん》がよくなれば、こちらにお出ましになり、アルスターのための贈《おく》り物を下されるとのことです」

コノール王は辛抱《しんぼう》強い人間ではなかったので、むっとして濃《こ》い眉毛《まゆげ》を寄《よ》せた。しかしほかに、打つべき手はない。しかたなく焚《た》き火のまわりに集まって、待つことにした。そのうちにひとり、またひとりと、まるで大地の神ダグダの魔法《まほう》の竪琴《たてごと》を聞いたかのように、ぐっすり眠《ねむ》りこんでしまった。

あかつきのみずみずしい光が射《さ》しそめ、舞《ま》いあがるチドリの鳴き声で、戦士たちは目を覚ましました。そして自分たちのまんなかに置かれたものを見つけると、びっくりして目を丸くした。錦《にしき》の布《ぬの》のなか、柔《やわ》らかなまだらの鹿皮《しかがわ》にくるまれているのは、生まれたばかりの男子の赤ん坊《ぼう》ではないか。赤ん坊《ぼう》はチドリに負けまいと、全世界に向かって声をはりあげて、泣いていた。

これこそデヒテラ姫《ひめ》からの贈《おく》り物にちがいない。姫《ひめ》はやってきて、アルスターへの贈《おく》り物の約束を果たし、そしてまた去っていったのだろう。

フェルグス・マク・ロイが盾《たて》を持つ腕《うで》に赤ん坊《ぼう》を抱《だ》いて、エウィン・ワハの城《しろ》へと連れ帰った。赤ん坊《ぼう》は、デヒテラ姫《ひめ》の末の妹、フィンコム姫《ひめ》に預《あず》けられた。フィンコム姫《ひめ》にはコナルという名の三カ月の赤子がいたので、ふたりの赤ん坊《ぼう》はいっしょに育てられた。命名の日がくると、拾われた赤ん坊《ぼう》はセタンタと名づけられ、相続財産《ざいさん》としてダンダルガンから南のミースまで広がるムルテムニーの野が授《さず》けられた。もっとも幼《おさな》いセタンタはそんなことを気にかけるはずもなく、王の間の出入り口で、コナルと猟犬《りょうけん》の仔犬《こいぬ》たちといっしょに転げまわって遊んでいた。

七つの夏を迎《むか》えたころには、セタンタとコナルは、いとこで乳兄弟《ちきょうだい》というばかりでなく、いちばん親しくて頼《たよ》りになる友だち同士となっていた。やがてふたりが少年組に入る時がやってきた。アルスターの族長や貴人《きじん》の息子たちは皆《みな》、少年組で学び、戦士になる訓練を受ける。セタンタは生涯《しょうがい》を通じて三人の大切な友を持つことになるのだが、そのふたりめの友と少年組で出会った。ふたりめの親友、それがロイグだ。ロイグは牛争いで殺されたレンスターの貴族《きぞく》の息子で、自分の身に何が起こったのかわからないほど幼《おさな》かったころに、人質《ひとじち》としてコノール王のもとに連れてこられた。この地で育つうちに、自分がアルスターの生まれでないことなど忘《わす》れてしまったらしい。ロイグはセタンタより一歳《さい》年上で、背《せ》が高く赤毛で、頬《ほお》にはジキタリスの花のようなソバカスがあった。わずか八歳《さい》だというのに馬の扱《あつか》いが並《なみ》はずれてたくみで、猛《たけ》り狂《くる》った雄馬《おすうま》も、ロイグが耳元でなにかささやくだけで、おとなしい雌《めす》の子馬のようになるのだった。

セタンタの少年組での訓練が終りに近づいたある日のこと、コノール王と貴族《きぞく》たちが、アルスターで一番名高い刀鍛冶《かたなかじ》のクランの館《やかた》へと招《まね》かれた。コノール王は若《わか》いセタンタにも、この宴席《えんせき》へのお供《とも》を命じた。この若者《わかもの》もそろそろ、武芸《ぶげい》だけでなく礼法も学ぶ時期だろうと思ってのことだった。ところが当日、セタンタは時間を忘《わす》れており、出発するというのに仲間とハーリング（訳注：アイルランドの国技《こくぎ》で、ホッケーに似《に》た球技《きゅうぎ》）に夢中《むちゅう》になっていた。セタンタは手にスティックを持ったまま、王の戦車の脇《わき》に立って言った。「今おれが行ってしまうと、おれの組は試合に負けてしまいます」

コノール王は、まっ黒いあごひげの顔をほころばせた。コノール王は厳格《げんかく》なうえに癇癪《かんしゃく》持ちでもあったが、この小柄《こがら》で浅黒い、シャモのような少年がお気に入りだった。それで少年組の他の者なら許《ゆる》されないことも、セタンタだけは許《ゆる》された。「では、どうしたいのだ？」

「このまま先に行ってください。おれは試合に勝ってから、後を追いますから」セタンタは言った。

王は笑って戦士たちを引きつれて出発し、セタンタは仲間のところにもどった。

夕暮《ゆうぐ》れどき、コノール王と戦士たちが刀鍛冶《かたなかじ》のクランの館《やかた》を囲む土砦《ラス》に到着《とうちゃく》すると、そこには心からの歓迎《かんげい》が待っていた。館のなかに迎《むか》え入れられ、新鮮《しんせん》なイノシシの肉や、野生の蜂蜜《はちみつ》をつけて焼いたアナグマの肉が供《きょう》せられた。自家製《じかせい》の見事な青銅《せいどう》や銀の杯《さかずき》には、はるばるギリシアから運ばれてきたワインが注がれた。ところが刀鍛冶《かたなかじ》のクランの家の者は、セタンタが後から来ることを知らなかったか、あるいは忘《わす》れてしまったかしたらしい。門をサンザシの矢来《やらい》でふさぎ、庭には猛犬《もうけん》を放した。強くすばらしい番犬で、クランの自《じ》慢《まん》の犬だ。クランは庭にこの愛犬さえ放しておけば、敵《てき》の軍勢《ぐんぜい》が攻め寄《よ》せ《せ》てきても恐《おそ》れるに足らぬと、豪語《ごうご》していた。

宴《うたげ》もたけなわとなり、竪琴《たてごと》の音があたりを満たした。松明《たいまつ》に輝《かがや》いている垂木《たるき》さえ、竪琴《たてごと》の音にあわせて、今にも鳴りだしそうだった。その折りも折り、外の暗闇《くらやみ》で恐《おそ》ろしい物音がした。犬の唸《うな》り声と人の叫《さけ》び声で、宴席《えんせき》の男たちはすわ一大事《いちだいじ》と武器《ぶき》をつかんで立ちあがった。「物音から察するに、敵《てき》の襲撃《しゅうげき》か」コノール王は叫《さけ》んで、入口に走った。館《やかた》の主人がかたわらを走り、戦士たちが後を追った。しかし松明を持った男たちが門に着いたときには、唸《うな》り声も叫《さけ》び声もピタリと止んで、あたりは恐《おそ》ろしいほど静まりかえっていた。めらめら燃《も》える松明のもと、コノール王と戦士たちの目は、血しぶきが飛んだ門柱をとらえ、矢来がどかされぽっかり口を開けた門の中央に、セタンタが立っているのを見つけた。セタンタは濡《ぬ》れたような月明かりの夜を背景《はいけい》に、競技《きょうぎ》の後のように荒《あら》い息をして、足元で死んでいる巨大《きょだい》なまだらの犬を見おろしていた。

「いったいここで、なにがあった？」コノール王がたずねた。

セタンタは、みんなのほうを見あげて、答えた。「こいつに殺されそうになったんで、おれがこいつを殺したんです」

刀鍛冶《かたなかじ》のクランがきつい声で訊《たず》ねた。「どうやってだ？」

するとセタンタは、まるで初めて見るように自分の手をながめて言った。「こいつが飛びかかってきたんで、のどを締《し》めあげて、門柱にたたきつけました」

「いやはや、あっぱれ見事だ。一人前の戦士でも、めったなことでは勝ちえぬ功名だぞ」

王はこぶしで自分の太ももを叩《たた》いて、誉《ほ》めたたえた。まわりの男たちからも、賞賛《しょうさん》と笑いのどよめきがあがった。

刀鍛冶《かたなかじ》のクランだけが、黙《だま》ったままじっと猟犬《りょうけん》の死骸《しがい》を見おろしていた。悲しみのあまり、まるで刀で切ったように顔が削《そ》げている。その姿《すがた》を見て、まわりもおし黙《だま》ってしまった。静まりかえったなかに、夜風と松明《たいまつ》のはぜる音だけが聞こえる。セタンタが沈黙《ちんもく》を破《やぶ》り、刀鍛冶《かたなかじ》の顔をゆっくり見あげて口を開いた。「刀鍛冶《かたなかじ》のクラン殿《どの》、おれに同じ血統《けっとう》の子犬を与《あた》えてください。こいつの代わりになるように、おれが仕込《しこ》みますから。犬が育つあいだ、おれに盾《たて》と槍《やり》を貸《か》してください。おれがあなたの番犬になって、あなたの家を守ります」

刀鍛冶《かたなかじ》は首を振《ふ》り、少年の細い肩《かた》に、おだやかに手を置いた。「見あげた申し出だが、わしはまだ自分の犬は自分で訓練できるぞ。おまえは帰って、自分自身の訓練にはげむがいい。おまえを見込《みこ》んで言うのだが、時がきたればおまえこそ、アルスターの国全体を守る番犬になるだろう」

「そういうことなら」と、フェルグス・マク・ロイが誇《ほこ》らしげに言った。セタンタが生まれた日に、盾《たて》を持つ手に抱《だ》いて帰ったのは自分だということを、フェルグスはけっして忘《わす》れなかった。「この少年を『クランの猛犬《クーフリン》』と呼《よ》ぶことにしよう。この子の初めての戦闘《せんとう》と、戦闘《せんとう》の後の、見あげた申し出の記念となるように！」

そんなわけでみんなはセタンタを担《かつ》ぎあげ、「クーフリン！　クーフリン！」と新しい名前を連呼《れんこ》しながら、火の灯る大広間へと連れていった。

こうしてクーフリンは、夕陽の向こうへと去るその時まで、この名前で呼《よ》ばれることになった。

第二章　武《む》者《しゃ》立ちの儀《ぎ》

刀鍛冶《かたなかじ》クランの猟犬《りょうけん》を殺してまもなく、最初にロイグ、次にコナルが、武者《むしゃ》立ちの儀《ぎ》を迎《むか》えた。『武者《むしゃ》立ちの儀《ぎ》』とは、少年組に別れを告げて、一人前の戦士として武器《ぶき》を身につけることだ。こうしてクーフリンだけが少年組に残り、訓練の最後の数カ月をすごすこととなった。

ところが、クーフリンの残りの訓練は、思いのほか短いものとなった。それというのも、ある穏《おだ》やかな秋の日のこと……。その日は世界全体が、つややかなコケモモのような深い色合いを帯びていた。クーフリンは槍《やり》の訓練を終えて、小川のそばの古いハシバミの木のあたりを通りかかった。ハシバミは小川の浅瀬《あさせ》に枝《えだ》を伸《の》ばし、下の小川にさかんに実を落としている。木の根本に、まわりを少年組の少年たちにとり囲まれて、カトバド神官が座《すわ》っていた。カトバドは少年たちに、一族を治める掟《おきて》について講義《こうぎ》していた――掟《おきて》だけでなく、星占《ほしうらな》いやヤナギの木片《もくへん》に刻《きざ》むオガム文字を教えるのも、カトバドの役目だった。学びの時間は終っていたが、クーフリンが浅瀬《あさせ》の水を跳《は》ねとばして近づくと、笑い声に混《ま》じって熱心に頼《たの》む声が聞こえた。少年たちはみな、近々武者《ちかぢかむしゃ》立ちの儀《ぎ》を迎《むか》えることになっており、その日をいつにすれば幸運を得るのか、カトバドに占《うらな》ってほしいとねだっていた。先生は掟《おきて》やオガム文字なんかより、もっとすごいことを知ってるじゃないか、と少年たちはつめよった。

「たっぷり話をしたから、わたしはもう疲《つか》れた」カトバドは言った。

「掟《おきて》のことならたっぷり聞いたけど、こっちはまだだよ」少年たちが声をそろえて言った。そのうちのひとり、王の次男のコルマク・コリングラスはひざにひじをついて身を乗りだすと、ニヤリとした。「いい星まわりの日を教えてくれて、そのおかげでおれたちが立派《りっぱ》な戦士になれれば、先生だって得意なはずだ。ねえ、ちがいますか、先生?」

カトバド神官は長いあごひげに顔を埋《うず》めるようにして、微笑《ほほえ》んだ。カトバドの頭髪《とうはつ》はまるで白鳥の羽のように純白《じゅんぱく》だったが、あごひげには金色の幾筋《いくすじ》かまざるだけで、黒々《くろぐろ》としていた。神官は、純白《じゅんぱく》の眉《まゆ》を寄《よ》せて言った。「まったく、おまえたちにはかなわん。わしの占《うらな》いは、銀の杯《さかずき》とリンゴでするお手玉のような芸当とはちがうということが、わからんのか。いいか、一度だけやってやるが、一度だけじゃ。今日武者《むしゃ》立ちをする者には、いったいどんな定《さだ》めが待ちうけているものか、それだけ占《うらな》ってしんぜよう」カトバドは目の前のむきだしの地面の一画を平らにすると、腰帯《こしおび》のふたつの角《つの》の容器《ようき》から赤い砂《すな》と白い砂《すな》をこぼした。それから長い指で、砂《すな》に占《うらな》いの奇妙《きみょう》な曲線を描《えが》きはじめた。カトバドの孫にあたるクーフリンは、足を止め、すぐ近くのハシバミの幹《みき》に手を当てて、じっとながめていた。カトバド神官は真剣《しんけん》な面もちで、砂《すな》の模様《もよう》の上にかがみこんでいたため、クーフリンには気がつかなかった。カトバドは占《うらな》いをするときにはつねに、まるで全アイルランドの命運を探《さぐ》るかのように、全身全霊《ぜんれい》をささげた。眉《まゆ》を寄《よ》せたまま、また線を描《えが》き、それをじっくりと読んだ。少年たちの半数の息がカトバドの首に当たるほど、みんなはひしめきあっていた。ほどなくカトバドはすべての線を消し、ゆっくりと顔を上げ、今見たことを消そうとするかのように、両手を動かして目を払《はら》った。「今日、戦士の槍《やり》と盾《たて》を手にする少年こそ、アイルランドのすべての戦士のなかで、もっとも偉大《いだい》で、もっとも誉《ほま》れ高き戦士となるであろう。その者の命令とあらば、人々《ひとびと》はこの世の果てまでもついていくだろう。その者の戦車のとどろきは、敵《てき》を震《ふる》えあがらせるだろう。緑のアイルランドが海に呑《の》まれぬ限《かぎ》り、彼《か》の者を讃《たた》える歌が止《や》むことはない。だが……。だが彼《かれ》の花どきは、短い。まるで朝開き、夜が来る前にしぼむ白いヒルガオの花のようじゃ。こめかみに白髪《しらが》の一本すら数えることなく、命を終える定《さだ》め……それ以上は見えん」

クーフリンは、浅瀬《あさせ》の水にさかんに実を落としているハシバミの茂《しげ》みを去った。険《けわ》しいヒースの坂を上ると、頂《いただ》きは芝土《しばつち》と丸太の柵《さく》で囲まれた城塞《じょうさい》であり、エウィン・ワハの大門が迎《むか》えてくれる。クーフリンは門を入って、コノール王を探《さが》した。王はちょうど狩《か》りから帰ったところで、大広間の前の長椅子《ながいす》でくつろいでいた。脚《あし》を投げだし、お気に入りの猟犬《りょうけん》をひざのあたりにはべらせている。

クーフリンは王のそばへ行って、前に立った。一日の狩《か》りを終え、満足した気分のコノール王は、顔を上げて言った。「どうした、なにが望みだ？　いやに怖《こわ》い顔でつっ立っているではないか。おまえの仁王立《におうだ》ちのせいで、わしの上に影《かげ》が落ちているのに気がつかんのか？」

「わが王よ、きょう、おれに戦士の武器《ぶき》を授《さず》けてほしいとお願いにきました。少年組で教わるべきことは、みんな学びました。だからきょう、おれを戦士の仲間に入れてください」

「まだ半年も先のはずではないか」コノール王はびっくりして言った。

「わかっています。でもこれ以上待っても、もう学ぶことはありません」

コノール王は眉《まゆ》の下から、クーフリンを長いこと見つめていたが、首を振《ふ》った。実際《じっさい》クーフリンは華奢《きゃしゃ》でほっそりしており、同じ年の少年と比《くら》べても小さかった。とうてい一人前の男と呼《よ》べる体格《たいかく》ではない。「それでも半年待てば、息のひと吹《ふ》きぶんくらいは力がつき、爪《つめ》の長さくらいは背《せ》も伸《の》びるだろう」

少年は赤くなった。「身体が大きければいいというものではないはずだ。力というなら──わが王にして、わが親族《うから》よ、あなたの狩猟《しゅりょう》用の槍《やり》を貸《か》してくれ」

こう言われてコノール王は、オオカミ猟《りょう》用の大槍《おおやり》を二本渡《わた》した。刃《は》にはまだ血糊《ちのり》がついていて、赤錆《あかさび》が浮《う》いたように見える。クーフリンは軽々《かるがる》と受けとると、ひざでへし折った。大槍《おおやり》はまるで乾《かわ》いたハシバミの棒《ぼう》のように、さっくりと折れた。クーフリンは折れた槍《やり》を投げ捨《す》てて、言った。「こんなものではなくて、もっと強い槍《やり》をくれ」心の奥《おく》で火花が散り、小さいが激《はげ》しい炎《ほのお》が上がっていた。

コノール王は槍《やり》持ちの係りを手招《てまね》きし、戦闘《せんとう》用の大身《おおみ》の槍《やり》を持ってくるように命じた。しかし槍《やり》が来ると、クーフリンは頭上でクルクルと回したあげく、オオカミ猟《りょう》用の槍《やり》と同じように、簡単《かんたん》にへし折ってしまい、残った残がいをポイと投げ捨《す》てた。このころになると、あたりに人だかりができていた。クーフリンは人々《ひとびと》のまんなかに立ち、もっとよい槍《やり》が来るのを待った。さらに槍《やり》が届《とど》き、あげくに太力まで持ちこまれたが、そのつど、はじめと同じように簡単《かんたん》にへし折っては、ばかにしたように投げ捨《す》てた。とうとう前庭に戦車が持ちだされた。クーフリンは革《かわ》ひもを編《あ》んだ床《ゆか》を足で踏《ふ》みぬき、トネリコの骨組《ほねぐみ》を両手でひねりつぶして、槍《やり》と同じようにやすやすと壊《こわ》してしまった。前庭じゅうに残がいが散らばり、まるで戦闘《せんとう》でもあったかのようなありさまだ。ついにコノール王が荒々《あらあら》しい笑い声をあげた。王はひざを叩《たた》いて、叫《さけ》んだ。「止めい！　尊《とうと》き神々《かみがみ》の御名《みな》にかけて、これまでだ。でないとエウィン・ワハには、槍《やり》の一本、戦車の一台すら、残るまいて！　この子にわしの武器《ぶき》を持ってきてやれ。王のために、あのゴバン自らが鍛《きた》えた剣《けん》と槍《やり》だ。それから、わしの戦車に馬をつないでやれ。このとんでもない壊《こわ》し屋も、あれだけは壊《こわ》せなかろう！」

そこで王の槍《やり》持ちは、コノール王自身の武器《ぶき》を持ってきた。黒光りする鉄の穂《ほ》を持ち、青緑のサギの羽で飾《かざ》られた戦闘《せんとう》用の恐《おそ》るべき槍《やり》と、霜降《しもふ》る夜の流れ星のように、風を切るたびに火花を散らす秘剣《ひけん》だった。御者《ぎょしゃ》は王の戦車を御《ぎょ》してきた。車輪の中央には磨《みが》きあげた青銅《せいどう》の飾《かざ》りが付き、網代編《あじろあ》みの側面は赤と白の牛革《ぎゅうかわ》で被《おお》ってある。戦車のくびきにはまだらの雄馬《おすうま》が二頭つながれていたが、馬はコノール王自身かその御者《ぎょしゃ》の手綱《たづな》以外は、けっして受けつけなかった。

クーフリンはその剣《けん》と槍《やり》とを取り、ひざで折ろうとした。首の筋肉《きんにく》が綱結《つなむす》びのようにふくれあがるまで力をこめたが、どうしても折れなかった。とうとうクーフリンは「これは折れない」と言った。

王が応《こた》えた。「それでは、その武器《ぶき》をおまえに授《さず》けよう。他のものでは、おまえの役に立ちそうもないからな。さて、戦車が役に立つかどうか、試してみるがよい」

そこで、クーフリンは御者《ぎょしゃ》の横にとび乗った。馬は見知らぬ人間が乗ったのを感じて、振《ふ》り落とそうと後ろ足で立った。激《はげ》しく蹴《け》りたてるので、御者《ぎょしゃ》もどうすることもできない。今度はクーフリンでなく、馬のほうが戦車をぶち壊《こわ》しそうな勢《いきお》いだ。クーフリンは笑い声をあげた。風に吹《ふ》かれた松明《たいまつ》のように、心の奥《おく》で炎《ほのお》が燃《も》えていた。御者《ぎょしゃ》から手綱《たづな》を奪《うば》いとると、大嵐《あらし》と戦うように、二頭の馬と戦った。馬はなんとしても乗り手を振《ふ》り落とそうと、庭じゅうを暴《あば》れまわった。しばらくのあいだ見物人には赤い土煙《つちけむり》しか見えず、馬のいななきとひづめの音、戦車の車輪がきしむ悲鳴のような音しか聞こえなかった。ついにクーフリンが手綱《たづな》を御《ぎょ》し、あえいでいる馬を王の前に進ませた。これで騒《さわ》ぎはおさまったが、見あげるとなにひとつ壊《こわ》れていない戦車に乗っているのは、クーフリンだけだった。御者《ぎょしゃ》は混乱《こんらん》のさなか、とっくに戦車から振《ふ》り落とされていたのだ。クーフリンは浅黒い顔に笑《え》みを浮《う》かべて、人々《ひとびと》を見おろしていた。勝ち誇《ほこ》ったようでもあり、少し悲しそうでもあった。まるで、おもしろいことはすべて一瞬《いっしゅん》のうちに終ってしまう、と自分に言い聞かせているかのように。手綱《たづな》をつけられた馬はわき腹《ばら》を波打たせており、最後の赤い土煙《つちけむり》が車輪のわきに舞《ま》いおりてきた。

「きょうからおまえを戦士と認《みと》めよう。武者《むしゃ》立ちをしたおまえには、もう少年組に居場所《いばしょ》はない」王が言った。

これを聞いてクーフリンは、戦車を飛びこえ、ひらりと馬の前に下りた。自分の肩《かた》をくびきにもたせかけ、両方の馬の首に腕《うで》をまわして言った。「おれが戦士で、自分の戦車を持てるというなら、王は、おれに御者《ぎょしゃ》も持たせてくれますよね。どんな人間も戦車を御《ぎょ》しながら、戦うことはできない——いくらクーフリンでも」

「御者《ぎょしゃ》なら、おまえが自分で選ぶといい。戦士の権利《けんり》だからな」王が言った。

クーフリンはまわりを見まわし、居並《いなら》ぶ戦士たちのなかから、つい二、三カ月前まで少年組でいっしょだったロイグの赤毛と、ソバカスだらけの面長な顔を見つけた。ロイグは一歳《さい》年上だし、貴族《きぞく》の息子だから、誰《だれ》の御者《ぎょしゃ》にもなるはずがないのだが、そんなことはおかまいなしに大声で叫《さけ》んだ。「ロイグ！　おーい、ロイグ！　馬に関しておまえほどすごいやつは、ほかにはいないぞ。こっちにきて、この戦車を御《ぎょ》してくれ。そうすれば、戦いの角笛が鳴ったとき、おれたちはいっしょに戦えるぞ！」

ロイグはソバカスだらけの顔を、少女のように赤らめた。目と頬《ほお》をキラキラさせて、戦士たちのあいだをかきわけ、クーフリンのかたわらにやってきた。「御者《ぎょしゃ》の席はおれのものだ。おれ以外、ほかの誰《だれ》も座《すわ》らせるなよ、狩《か》りの兄弟！」ロイグは、コノール王ではなく、クーフリンが王であるかのように、クーフリンに頭を下げた。

十六歳《さい》になるころには、クーフリンは自力で、戦士たちのあいだに地位を築《きず》いていた。年かさの戦士たちも、文句《もんく》のつけようがなかった。髪《かみ》は黒く、細身の身体で、少女のように華奢《きゃしゃ》だったが、女たちは彼《かれ》に熱をあげた。クーフリンが行くところ、娘《むすめ》たちばかりか夫のいる女たちの目までが追いかけるので、アルスターの戦士や族長たちは気が気ではなく、クーフリンに早くどこかの家の炉《ろ》ばたから娘《むすめ》を連れだして、妻《つま》にするようにとせきたてた。

クーフリンも十分その気だった。ところが女たちを好もしいとは思うものの、心がときめくような女は見あたらなかった。それがある日のこと……。タラで三年に一度行われる大盛典《せいてん》に参列した折りに、上王コナレ・モールの大広間で、クーフリンの目がひとりの娘《むすめ》をとらえた。その娘《むすめ》はセグロカモメにまじった、たった一羽の白鳥のように、ほかの娘《むすめ》たちとはちがって見えた。

クーフリンと同じような黒い髪《かみ》で、肌《はだ》は乳《ちち》のように白い。彼《かれ》が可愛《かわい》がっているハヤブサのフェデルマの目のように、娘《むすめ》の大きな目は、誇《ほこ》らしげにきらきらと輝《かがや》いていた。丘《おか》のビャクシンの葉のように濃《こ》い緑の衣装《いしょう》をまとい、長い三つ編《あ》みの先に、赤味のある金色の珠《たま》をつけている。蜜酒《みつしゅ》を注ごうと、戦士たちの席のあいだを動くたびに、その珠《たま》がかすかに揺《ゆ》れていた。クーフリンは隣《とな》りに座《すわ》っているフェルグス・マク・ロイの手首をつかみ、ひとつの杯《さかずき》を分かちあおうとするかのように身を寄《よ》せて、小声で尋《たず》ねた。「あの娘《むすめ》はだれです?」

フェルグスはクーフリンの視線《しせん》の先を見て、答えた。「あれはエウェル姫《ひめ》だな。ルスカの領主《りょうしゅ》フォルガルの娘《むすめ》だ」

「きれいだな」

「フム、たしかに美人だ。だがあれはやめておけ。イバラの塀《へい》に囲われておるわい」

「それはいったいどういう意味です、老オオカミ殿《どの》?」

「あれの父親は『抜《ぬ》け目のないフォルガル』といってな、力のあるドルイドだ。娘《むすめ》を欲《ほ》しいとやってくる男たちを、かたっぱしからひどい目にあわすので有名だぞ」

クーフリンはそれ以上なにも言わなかったが、娘《むすめ》のことが頭から離《はな》れなかった。

もしエウェルが、道ばたのスイカズラのように簡単《かんたん》に手に入る女だったなら、クーフリンも簡単《かんたん》に忘《わす》れてしまったかもしれない。しかし彼女《かのじょ》を得るのは難《むずか》しく、場合によっては危険《きけん》と知ったとたんに、アイルランドじゅうにどれほど女がいようと、他の女は欲《ほ》しくなくなった。自分に生きる喜びを与《あた》えてくれるのは、あの娘《むすめ》のほかにはいない……。その夜じゅう、混《こ》みあった席のあいだを行き来する娘《むすめ》の姿《すがた》を、じっと見つめていた。彼女《かのじょ》が仲間の娘《むすめ》たちといっしょに女の住まいにもどってしまうと、今度は視線《しせん》を、陰険《いんけん》で誇《ほこ》り高いルスカの領主《りょうしゅ》に移《うつ》した。そしてどうしたら父親の炉《ろ》ばたから娘《むすめ》を奪《うば》いとれるものか、思いをめぐらしていた。

クーフリンは、タラに滞在《たいざい》中はエウェルに話しかけようとはしなかった。娘《むすめ》に言い寄《よ》っていい場所は、彼女《かのじょ》の実家だけだ。それが礼儀《れいぎ》であり、習慣《しゅうかん》だった。エウェルのほうがこの黒髪《くろかみ》の若武者《わかむしゃ》を気にとめたかどうかは、たとえ気にとめたとしても、そんな素振《そぶ》りはっゆほども見せなかった。

さて三年に一度のタラの大盛典《せいてん》が終わり、王や族長、貴人《きじん》たちは皆《みな》、帰路をたどりはじめたが、クーフリンは三日の間、ただじっとしていた。彼女《かのじょ》が旅の疲《つか》れから回復《かいふく》し、ふだんの生活にもどるのを待っていたのだ。三日が過《す》ぎたころ、旅に出たいから戦車を用意してくれと、ロイグに頼《たの》んだ。

「どこへ行くんだ？」ロイグはたずねた。

「フォルガルの館《やかた》だ」クーフリンと御者《ぎょしゃ》は目と目を見交わし、それからふたりとも笑いだした。笑いながらも意図は通じた。

フォルガルの館の、芝土《しばつち》を盛《も》った防壁《ぼうへき》のなかで、エウェル姫《ひめ》はリンゴの木立の下に座《すわ》っていた。侍女《じじょ》たちといっしょに、父の広間に飾《かざ》るための絢爛《けんらん》とした壁掛《かべか》けに、せっせと刺《し》繍《しゅう》をしているところだった。暗い色合いの布地《ぬのじ》に、不思議な動物や鳥が描《えが》かれている。広げた翼《つばさ》やからみあった尾《お》が渦巻《うずま》きとなり、葉を茂《しげ》らせ花開いて、めくるめく夢《ゆめ》のような文《もん》様《よう》を織《お》りなしていた。

そこに、遠くから轟音《ごうおん》が響《ひび》いてきた。ひとりの少女がすばやく顔を上げて「雷《かみなり》かしら？」と言った。

「壁掛《かべか》けを持って、急いでなかに入りましょう。濡《ぬ》れると大変だから」別の少女が言った。ところが空は晴れあがっており、リンゴの枝《えだ》の影《かげ》がくっきりと色鮮《いろあざ》やかな刺繡《ししゅう》の上に落ちている。エウェルは耳をそばだてて言った。「早とちりだこと！　あの音は、全速力で走る戦車の音だと思うけれど。クリーナ、おまえの目はタカのように利《き》くんでしょう？　防壁《ぼうへき》に登って、誰《だれ》が来るのか見ておくれ」

クリーナは針《はり》を布地《ぬのじ》に差すと、サッと立ちあがり、芝土《しばつち》の土手のてっぺんに登って、手をかざして北をながめた。そのあいだにも遠くの雷鳴《らいめい》のような音はどんどん近づき、馬のひづめと、戦車のガラガラいう響《ひび》きとわかるようになった。

「いったい、なにが見えるの？」エウェル姫《ひめ》は笑いながら、せっついた。

「確《たし》かに戦車です！　アルスターの王の馬に似《に》た、二頭のまだら馬が引いています。どう猛《もう》で強そうな馬で、頭を振《ふ》りあげて、火のような息を吐《は》いています。うしろに土煙《つちけむり》の筋《すじ》をあげて、まるでツバメのようにこちらへと飛んできます」

「戦車と馬のことはもういいから、誰《だれ》が乗っているのか見ておくれ？」エウェルが言った。

「わかりません――背《せ》の高い、赤毛の男です。額《ひたい》に青銅《せいどう》の輪をつけています――いっしょにいるのは――」

「だれ？」エウェルは刺繍《ししゅう》を止め、針《はり》を布地《ぬのじ》に差して、聞いた。

「華奢《きゃしゃ》な人――少年――いえ、男です。暗い悲しそうな顔。でもアイルランドじゅうを探《さが》しても、これほど美しい男はおりますまい。深紅《しんく》のマントを、肩《かた》のところで金のブローチで留《と》めています。ああ、マントが風になびいて、まるで炎《ほのお》みたい。深紅《しんく》の盾《たて》を背負《せお》っています。銀の縁取《ふちど》りがあって、金色の動物の絵が描《えが》いてある……」

「どうやら、アルスターのクーフリンらしい」エウェルは言った。「タラの上王様の大広間で、見かけたことがある。笑うとき以外は、いつも心のなかの悲しい音楽に耳をすませているようだった。……さあ、行って出迎《でむか》えなければ、父上はお留守《るす》なのだから」

エウェルはスカートをたくしあげて、大広間へと急いだ。侍女《じじょ》たちは華《はな》やかな刺繍《ししゅう》の壁《かべ》掛《か》けをたたんで、その後を追った。走っているうちに、城門《じょうもん》の前でひづめの音がして、急ぎの足音、男たちの声、犬の吠《ほ》える声が聞こえた。

馬の引く戦車が前庭に飛びこんできた。庭の中央には、戦《いくさ》のときに戦士が刃《は》を砥《と》ぐ、灰《はい》色《いろ》の武器《ぶき》研ぎ石が立っていたので、ロイグはそのまわりを大きく旋回《せんかい》し、それから馬をピタリと止めて足踏《あしぶ》みさせた。クーフリンが、背中《せなか》の盾《たて》を鳴らして、さっと戦車から飛びおりた。大広間の入り口に、エウェルと侍女《じじょ》たちがそろっていた。エウェルが杯《さかずき》を手に、前に進みでた。長い年月のうちに黒ずみ風格《ふうかく》をおびた、青銅《せいどう》と銀の象眼模様《ぞうがんもよう》の客用の杯《さかずき》に、なみなみと飲み物を注いで、エウェルはにこやかにクーフリンに差しだした。「父はこの館《やかた》を留守《るす》にしております。父に代わってわたしが、飲み物を差しあげましょう。ようこそおいでくださいました、見知らぬお人」

クーフリンはエウェルの指にそっと触《ふ》れて、杯《さかずき》を受けとり、杯《さかずき》の縁越《ふちご》しに彼女《かのじょ》を見た。

「わたしは見知らぬ者でしょうか？　前には一度も会ったことはないと？　『抜《ぬ》け目のないフォルガル』の姫《ひめ》、エウェルよ」

エウェルはなでしこの花のように頬《ほお》を染《し》めたが、クーフリンから目をそらしはしなかった。「たぶんタラの大盛典《せいてん》の折りに、お見かけしたかもしれません」

「わたしも、あそこであなたを見かけた」クーフリンは言い、ふたりは見つめあったまま立っていた。エウェルは客に飲み物を出したものの、館《やかた》のなかに入るようには言わなかった。少し離《はな》れたところに立った侍女《じじょ》たちも、馬と並《なら》んだロイグも、じっとふたりを見つめていた。

ついにクーフリンが言った。「なかに入れてはくれないのですか？」

「父は留守《るす》です。いつ帰るのか、わかりません」

「おれが会いたいのは、お父上ではありません。少なくとも今は、ちがう」

「ではだれに？」はっきりさせようと決心して、エウェルは聞いた。

「あなたのほかのだれだと言うんです、エウェル？」

「それではなおのこと、なかにお入れするわけにはいきません。もし留守中《るす》に娘《むすめ》に会いにやってきた、よその部族の若《わか》い戦士たちを、娘《むすめ》が館に入れたとわかったなら、帰宅《きたく》した父がどうするか、考えもつきません」

「ここにいるのは、戦士がただひとりです」クーフリンの暗い悲しそうな顔が突然《とつぜん》明るくなって、笑いだした。「そのうえこの戦士は、父上のフォルガル殿《どの》がもどられたら、話をしたいと願っています」

「話ですって？　その戦士は父になにをおっしゃるつもりなのです？」

「美しい姫《ひめ》エウェルを、わが炉《ろ》ばたに連れて帰りたいと」クーフリンは言った。

エウェルは彫刻《ちょうこく》のある柱を後ろ手で探《さぐ》った。息が止まりそうで苦しかった。「その美しい姫《ひめ》とやらが、なにか自分自身で言いたいことがあるかもしれません」

クーフリンは彼女《かのじょ》をはさむように、壁《かべ》の両側に手をついた。こうして娘《むすめ》に触《ふ》れることなく、娘《むすめ》を捕《とら》えてから聞いた。「なんです？　なにを言いたいんですか、エウェル？」

エウェルはしばらく黙《だま》っていたが、やがて口を開いた。「お聞きください、クーフリン様。父はそう簡単《かんたん》には、わたしを手放しはしないでしょう。この館の戦士のなかには、あなたをひざで折れるほど手練《てだ》れの者がおります。もちろん、あなたがアルスターの王の大《おお》槍《やり》をひざで折った話は知っておりますけれど。そのうえ、わたしには姉がおります。姉のフィアルのほうが、わたしより先に結婚《けっこん》する権利《けんり》を持っております」

「だが、わたしは姉君のフィアルを愛しているわけではない」クーフリンが言った。

「それはそうでしょう、まだ姉に会ったことがないのですから」

「だがわたしはあなたと会った」クーフリンは言った。その声は柔《やわ》らかく、ハヤブサの胸《むな》毛《げ》のように、暖《あたた》かくてやさしかった。

エウェルは言った。「そう言っていいのは一人前の男だけで、まだ戦ったことのない少年が言うべきことではありませんわ。このエウェルの心を捕《と》らえ、自分の炉《ろ》ばたに連れて行こうという者は、それに見あうだけの強い戦士でなければなりません。何百人もの敵《てき》を切り倒《たお》し、あなたの手柄《てがら》を竪琴《たてごと》弾《ひ》きが王の大広間で歌うようになってから、またおいでくださいな、小さな猛犬《もうけん》さん。そのときには、なかにお入れいたしましょう」

クーフリンは壁《かべ》から手を離《はな》し、彼女《かのじょ》を自由にしてやった。それから一言も言わずにうしろを向き、戦車にもどった。

第三章　跳躍《ちょうやく》の橋

エウィン・ワハの城《しろ》へと帰る長い道中、そしてその次の日も、また次の日も、クーフリンは黙《だま》りこくっていた。エウェルが求める大手柄《おおてがら》をいったいどうやったらたてることができるか、考えつづけていたのだ。

そこへ、耳よりな話が聞こえてきた。影《かげ》の国というところに、おそろしく強い女戦士スカサハがいる。もしこの女戦士スカサハに弟子入りして武術《ぶじゅつ》を学べば、並《なら》ぶ者なき最高の戦士となれるというのだ。影《かげ》の国はスカイ島にあると語る者もいた。そこで帰城《きじょう》後三日目に、クーフリンは乳兄弟《ちきょうだい》のコナルに別れを告げ、御者《ぎょしゃ》のロイグにこう言った。「これから女戦士スカサハを探《さが》しに、海の向こうにある影《かげ》の国というところへ行ってくる。スカサハだけが知るという武術《ぶじゅつ》を学ぶためだ」

ロイグはいっしょに行こうと言ったが、クーフリンは断《ことわ》った。「いくらおまえでも、ウミツバメに戦車を引かせて海を渡《わた》ることはできないだろう？　おれは求めるものを得るために、海の向こうへ行かなくてはならない。おまえはおれが帰ってくるまで、ここで馬のめんどうを見ていてくれ」

　こうして、クーフリンは旅立った。

　クーフリンは影《かげ》の国とスカサハを探《さが》して、長いことさまよい、何度も死にそうな目にあった。そして、とうとう広大な沼地《ぬまち》へとやってきた。沼地《ぬまち》は見渡《みわた》すかぎり茫漠《ぼうばく》と広がっていて、迂回《うかい》することもできなければ、先へ進むこともできなかった。さすがのクーフリンも、自分の旅ももはやここまでかと心がくじけた。ここから先はもう固い地面はないという突端《とったん》に、吸《す》いつくような黒い泥《どろ》にもまでつかって立ち、あきらめることもできず、ただはるか彼方《かなた》を絶望《ぜつぼう》的な気分で眺《なが》めていた。目の前に広がるのは、イグサの波とゆれる沼地《ぬまち》の草。ズブズブした泥《どろ》に浮《う》く、汚《よご》れた緑色の水草の迷路《めいろ》。聞こえてくるのは、風のざわめきと、自分の足元の泥《どろ》がたてる小さなビチャビチャという音だけだった。だがそのとき、若《わか》い男がこちらへとやってくるのが見えた。軽やかな足どりで、水草の一枚《まい》すら揺《ゆ》らさない。その姿《すがた》は炎《ほのお》か、あるいは嵐《あらし》の雲のあいだから射《さ》す陽の光のようだった。

「おまえの行く道に太陽の祝福があるように、クーフリン」若《わか》い男は近づいてきて、友人に言うように言った。

そのときクーフリンは、相手がなぜ自分の名前を知っているのか、不思議には思わなかった。「ほんとうに太陽がこの沼地《ぬまち》を乾《かわ》かして、道をつけてくれるといいんだが」クーフリンは疲《つか》れきったように言った。「どう考えても、ここ以外に道はないんだ。まいったな。いったいどうしたらいいのか、おれにはもうわからない」

「おまえはどうしても、この『災《わざわ》いの沼《ぬま》』を越《こ》えて行かねばならんのか？」見知らぬ男は、微笑《ほほえ》みながら聞いた。

「これまでの人生で最大の難関《なんかん》だが、どうしても行きたい」

すると見知らぬ男は突然《とつぜん》、車輪を差しだした。戦車の車輪のようだが、少し小さかったかもしれず、あるいは大きかったかもしれない。そしてこう言った。「それではこれを転がしていけ。恐《おそ》れずに、この跡《あと》をついていけばよい」

このときクーフリンは、太陽の光を直接《ちょくせつ》目に受けたかのように、まぶしさのあまりまばたきをした。まばたきをすると、太陽は雲の影《かげ》に隠《かく》れたようになり、今、クーフリンは広大な沼地《ぬまち》の縁《ふち》に、ただひとりで立っていた。手には、戦闘《せんとう》用の丸い盾《たて》のような不思議な車輪があった。

ただちにクーフリンはその車輪を沼地《ぬまち》へと転がし、勇敢《ゆうかん》に後に続いた。車輪は回ったとたんに、太陽が光を発するように火を吹《ふ》き、その熱で沼地《ぬまち》に固い道ができた。おかげでクーフリンは泥《どろ》にひきずりこまれることなく、ついに沼地《ぬまち》を渡《わた》りきった。渡《わた》り終えたとたんに、さっき見知らぬ男が消えたのと同じように、車輪はあとかたもなく消えさった。このときになってようやく、クーフリンの心に、あの男はいったい誰《だれ》だったのだろうという疑問《ぎもん》が浮《う》かんだ。

クーフリンの冒険《ぼうけん》は続いた。危険《きけん》や災難《さいなん》に見舞《みま》われ、もう前進できないと思うこともあったが、二度と絶望《ぜつぼう》することはなかった。おかげでとうとう、絶壁《ぜっぺき》の海岸から深く切れこんだ、とある入江《いりえ》へとたどり着いた。海はこの入江《いりえ》の奥深《おくふか》くまで入りこみ、入り海のまんなかには島がひとつそそり立っている。島はわずかに緑におおわれていたが、あたりを黒い岩々《いわいわ》が、まるで牙《きば》をむいたようにとり囲んでいる。寄《よ》せる波が、しぶきをあげて砕《くだ》け散っていた。島のてっぺんには、三重の灰色《はいいろ》の石壁《いしかべ》に囲まれた険《けわ》しい砦《とりで》が、まるで頭に載《の》せた王冠《おうかん》のようにそびえている。島のどこかで、かまどの煙《けむり》が上がり、青銅《せいどう》の武具《ぶぐ》に当たって陽がきらめくのが見えた。一方、崖《がけ》の手前の窪地《くぼち》には、粗末《そまつ》な芝土《しばつち》屋根の小屋や馬用の囲いやらが立ち並《なら》んでいた。小屋の壁《かべ》には戦車が逆《さか》さまに立てかけてあり、ワラで作った槍《やり》投げ用の的《まと》もある。大きな猟犬《りょうけん》が数頭、日に当たって寝《ね》そべったり体を掻《か》いたりしている。小屋の前の草地では、若《わか》い男や少年たちがハーリングをやっていた。

クーフリンは男たちのほうに歩いていった。男たちはクーフリンに気がつくと試合を中《ちゅう》断《だん》し、リーダーらしい若者《わかもの》がハーリングのスティックを持ったまま、こちらにやってきた。背《せ》が高く、銀に近い金髪《きんぱつ》を日焼けした首のあたりまで伸《の》ばしている。ほかの者たちが、後にぞろぞろ続いた。

「ようこそ、見知らぬお人。あなたもわれらの仲間だろうか？」

「ここがどこかによるな」クーフリンが言った。

年下の少年たち何人かが、クーフリンがこの場所を知らないことを、ひじでつつきあって笑っていた。しかしリーダーらしい者は礼儀《れいぎ》正しく、ハーリングのスティックで方角を指して言った。「あれが女戦士スカサハの砦《とりで》だ。われわれは彼女《かのじょ》に武術《ぶじゅつ》を習いにきており、入江《いりえ》のこちら側に寝泊《ねと》まりしている」

「ああ、それなら、おれも仲間だ。おれの名はクーフリン。アルスターのコノール王の親族《うから》の者だ。女戦士スカサハから武術《ぶじゅつ》を学びたくて、やってきた」クーフリンは大喜びで話した。

「それはけっこう！」銀色の髪《かみ》のリーダーが大きな声で言った。「ここにいる者たちはほとんど皆《みな》、アイルランドから来ている。おれの名はフェルディア。ダマンの息子で、コナハトの出身だ。さあ、こっちに来て、食事をするといい。それから旅のほこりを落として、故郷《こきょう》の話をしてくれ。クルアハンの山が去年と同じところにあるのかどうか、聞かせてほしいな」

ハーリングの試合はすっかり忘《わす》れられ、みんなは大喜びで、クーフリンを中央の大きな小屋に連れてきた。そこでは奴隷《どれい》たちが夕食の準備《じゅんび》をしていた。

クーフリンはみんなといっしょに飲み食いした後で、フェルディアと外に出た。入り海のなかの険《けわ》しい絶壁《ぜっぺき》の島に、砦《とりで》がそびえている。夕陽を反射《はんしゃ》してまた刃《やいば》がきらめき、遠くから馬のいななきと、竪琴《たてごと》の音色らしいかすかな音も流れてきた。「女戦士の砦《とりで》へは、いったいどうやって行くんだ？」クーフリンが尋《たず》ねた。

フェルディアは笑って、首を振《ふ》った。「毎朝、スカサハのほうから、われわれのところへ来てくれる。だがおれたちのなかで、あの島へと渡《わた》ったものはいない」

しかしクーフリンは、まぶしい夕陽に目を細めながらも、深淵《しんえん》をまたぐ橋らしいものがあることを見取っていた。「なぜだか、わけがわからないな。女戦士が渡《わた》ってくる橋があるなら、その橋を反対に渡《わた》れば、われわれだって向こうへ行けるだろう？」

「あれは『跳躍《ちょうやく》の橋』と呼《よ》ばれる橋なんだ。いっしょに見にいこう」フェルディアが言った。

ふたりはいっしょに歩いていき、橋の前に立った。それは細長く伸《の》びた岩のような橋だった。表面は、油を塗《ぬ》った刃《は》のようにつるつるしており、幅《はば》も剣《けん》よりわずかに広いだけだ。断崖《だんがい》をのぞくと、はるか下で波が逆巻《さかま》き、黒い岩にぶちあたって砕《くだ》けている。岩の上では巨大《きょだい》なハイイロアザラシやら、白い牙《きば》のセイウチやらがはいまわっていた。

「スカサハが弟子に最後に教えてくれるという、武術《ぶじゅつ》の奥義《おうぎ》がふたつある」フェルディアが言った。「ひとつはゲイ・ボルグという槍《やり》の使い方だ。この槍《やり》は別名『腹《はら》の槍《やり》』と言って、どんな鎧《よろい》も突《つ》き通すことができる。もうひとつが、この橋を跳《と》び越《こ》える『英雄《えいゆう》の鮭跳《さけと》び』の術《じゅつ》だ。実はこの橋は、だれかが一歩でも足をかけると、橋のまんなかが暴《あば》れ馬のように跳《は》ねあがり、足をかけた者を振《ふ》り落としてしまうんだ。たとえまんなかより先まで飛べる者がいたとしても、この狭《せま》さではすべって岩場に転落し、海の餌食《えじき》となるのが関の山だろう」

ところがクーフリンは、翌朝《よくあさ》スカサハが橋を渡《わた》ってくるのを待つ気になれなかったので、こう言った。「旅の疲《つか》れを取るのに、一時間休ませてくれ。一時間休んだら、おれが橋を渡《わた》ってみせる」

「羽もそろわぬヒヨコのくせに、大口をたたいたな。だいいちあと一時間したら、日が沈《しず》んでしまうぞ」フェルディアが言った。

「かまうものか。代わりに月が上るじゃないか」クーフリンが言った。

こうしてふたりは小屋にもどったが、それぞれが頭のなかで、せわしなく考えをめぐらせていた。

クーフリンは中央の小屋に入ると、マントにくるまって火のそばに横たわり、しばらく眠《ねむ》った。狩人《かりゅうど》にはおなじみの、耳をそばだてたままの軽い睡眠《すいみん》だった。やがて闇《やみ》がやってきて、太陽を呑《の》みこみ、代わりに月を吐《は》きだした。クーフリンは目を覚まし、起きあがって伸《の》びをした。旅の疲《つか》れは、もうすっかりとれていた。そこで小屋を後にして、『跳躍《ちょうやく》の橋』へと向かった。自分の挑戦《ちょうせん》を内緒《ないしょ》にするつもりはなかったので、うしろを大勢《おおぜい》が、笑ったりふざけたりしながらついてきた。

月明かりのもと、入り海は暗黒の裂《さ》け目となり、幅《はば》の狭《せま》い橋はいっそう滑《すべ》りやすそうに見えた。まるで巨大《きょだい》なカタツムリが這《は》ったあとの銀色の筋《すじ》のように、てらてらと光っている。クーフリンは橋の真正面にくると、マントを脱《ぬ》ぎ捨《す》て、走りはじめた。どんどんスピードを上げ、峡谷《きょうこく》の寸前《すんぜん》で全身の力をこめて、橋のまんなかめざして思いきり跳《と》んだ。だが着地したのはまんなかよりわずか手前だった。橋は跳《は》ねあがり、暴《あば》れ馬のようにクーフリンを蹴《け》りあげて、見物の若者《わかもの》たちのどまんなかへと跳《は》ね飛ばした。クーフリンは怒《いか》りに燃《も》えて立ちあがると、再《ふたた》び橋に向かって走り、また跳《と》んだ。今度も橋は跳《は》ねあがり、ばかにしたように挑戦者《ちょうせんしゃ》を放り返した。クーフリンはさらにもう一度挑戦《ちょうせん》したが、三度目もまた仲間の上に投げ返された。クーフリンは身も心も打ちのめされ、傷《きず》ついていた。よろよろと立ちあがったクーフリンを見て、若《わか》い戦士たちはどっと笑い声をあげ、フェルディアが叫《さけ》んだ。「思い知ったか、チビ犬め。朝になってスカサハが来るのを、おとなしく待つんだな！　スカサハに赤ん坊《ぼう》みたいに抱《だ》っこして、向こう岸へ渡《わた》してもらうといい」

クーフリンは激怒《げきど》したが、歯を喰《く》いしばってこらえ、叫《さけ》び返した。「もう一度やってやるから、見てろよ。チビ犬でも噛《か》みつくことを、教えてやる。もう一度跳《は》ね飛ばされるものかどうか、ちゃんと見届《みとど》けるがいい！」四度目に走りながら、クーフリンは渾身《こんしん》の力をふりしぼった。激《はげ》しい気合いが入ったあまり、それまで自分にあるとは知らなかった力までがわきあがってきて、めりこむばかりに崖《がけ》を蹴《け》った。目のなかで月光が深紅《しんく》に染《そ》まり、頭のなかで大海がどくんどくんと音をたてたが、クーフリンの足は『跳躍《ちょうやく》の橋』のちょうどまんなかを、しっかりと踏《ふ》んだ。そこでもう一度跳《と》ぶと、一挙に橋を飛びこえることができた。それから岩場やら潮《しお》をかぶった地面やらを駆《か》けぬけると、そこはもう表門の前だった。

クーフリンは門を短剣《たんけん》で叩《たた》いた。番犬が吠《ほ》え、それをなだめる声がした。大きな木製《もくせい》の扉《とびら》が待っていたかのように開くと、門のなかに、ひきしまった顔の赤毛の女が立っていた。女の髪《かみ》はまるで赤駒《あかごま》のたてがみのような剛《こわ》い毛で、そば仕えの戦士が掲《かか》げる松明《たいまつ》の灯を受けて、燃《も》えるように輝《かがや》いていた。古びた革《かわ》の胴着《どうぎ》と、ひざ丈《たけ》ほどのサフラン色の毛のキルトをまとい、青銅《せいどう》の腕輪《うでわ》をはめた腕《うで》には、戦士らしく白い傷跡《きずあと》が何本も走っている。まわりを大きな犬に取り囲まれ、大身《おおみ》の槍《やり》に寄《よ》りかかってクーフリンを見つめていたが「夜の明かりが灯《とも》るこんな時刻《じこく》に、スカサハの砦《とりで》を訪《たず》ねてきたおまえは、いったい何者だ?」と言った。

「『クランの猛犬《もうけん》』、クーフリンと申す者。あなたの教えてくれる武術《ぶじゅつ》を学びたくて、見参《けんざん》しました」

「塁壁《るいへき》からおまえを見ていたが、おまえは『バッタ大王』とでも呼《よ》んだほうが似《に》つかわしいな」女は頭をそらすと、カラカラと笑った。馬のように大きな四角い歯が、白く光った。「さあ、向こうへ帰るがいい――帰りはずっと簡単《かんたん》だ――それからひとつ言っておくが、わたしがちゃんとしたやりかたを教えるまで、二度とさっきのようには跳《と》ぶなよ。やりかたを知らなくても成功するのは一度だけで、二度目はないからな。何十年に一度の逸材《いつざい》かもしれぬものを、むやみと死なせたくないんでな！」

こう言われて、クーフリンは族長にするように、額《ひたい》に槍《やり》を押《お》しあてて敬礼《けいれい》をすると、さっと踵《きびす》を返して、『跳躍《ちょうやく》の橋』のほうへ歩いてもどった。いつのまにか橋は丸い盾《たて》ほどの幅《はば》に広がっており、エウィン・ワハの堀《ほり》を渡《わた》るときのように、簡単《かんたん》に渡《わた》ることができた。

橋の向こうでは、さっきの若者《わかもの》たちがまだ群《む》れていた。クーフリンはすぐにフェルディアに気づいた。フェルディアは背《せ》が高いうえに、銀に近い金髪《きんぱつ》が月明かりに輝《かがや》いて、ひどくめだっていた。すでにクーフリンの手は、腰《こし》の狩猟《しゅりょう》用短剣《たんけん》の柄《つか》にかかっていた。「これでわかったか、ダマンの息子のフェルディア？　ついでに教えてやるが、アルスターでは新参者をよってたかって笑いものにするようなことはしない。コナハト人には、礼節というものを教えてやる必要があるようだな」こう言うと、ほかの連中にどなった。「下がれ、場所をあけろ！」

だが白い月明かりのもと、フェルディアは岩に腰《こし》を下ろしたまま、クーフリンを見あげて笑っていた。腰《こし》の短剣《たんけん》には触《ふ》れてさえいない。

「立て！　立つんだ、コナハトのフェルディア！　おまえはでかくて強いくせに、チビ犬がこわいか？　もっともこのチビ犬には歯があるが」クーフリンはさらに近寄《ちかよ》り、短剣《たんけん》を構《かま》えてフェルディアの前に立ちふさがった。あとの者はふたりを囲んだまま、黙《だま》って見ていた。

フェルディアは、尻《しり》の下の岩に貼《は》りついたようにじっとしていたが、矢のような早技《はやわざ》で立ちあがったかと思うと、クーフリンのひざめがけて突《つ》っこんだ。

クーフリンは命がけの跳躍《ちょうやく》に力を使い果たしていたうえ、油断《ゆだん》もしていた。足を下から取られ、もんどりうって倒《たお》れた。次の瞬間《しゅんかん》、フェルディアはクーフリンの体に長い脚《あし》を巻《ま》きつけて馬乗りになり、大きな手で、短剣《たんけん》を握《にぎ》ったクーフリンの手首を草地に押《お》さえつけた。取り巻《ま》いていた若《わか》い戦士たちの輪が、少し縮《ちぢ》まった。クーフリンはハーハーと息を荒《あら》げて、歯を食いしばり自由になろうともがいた。ところが突然《とつぜん》、敵《てき》の体がおかしな具合に震《ふる》えるのを感じた。なんとも悔《くや》しいことに、金髪《きんぱつ》長身のコナハトの戦士は笑っているのだ。

「じっとしてろ！」フェルディアは笑いを押《お》さえて言った。「おい、チビの黒シャモ、暴《あば》れるなよ。おれは死ぬには若《わか》すぎるし、美しすぎると思わないか？　だいいち愛する母さんを泣かせることなど、まっぴらごめんだ」

クーフリンはびっくりして、抵抗《ていこう》を止めて言った。「死にたくないなら、からかう相手を選ぶんだな」

「わかってるって。いいか、おれを殺そうとする前に、ちゃんと思い出せ」最後の言葉を、フェルディアはクーフリンの耳にささやいた。「いいか、おまえは三度、橋に跳《は》ね返された。もしおれが怒《おこ》らせなかったら、最後の一滴《いってき》まで力をふりしぼることができたか？　おまえは怒《いか》りに燃《も》えたから、跳《と》べたんだ。ちがうか？」

クーフリンは崖《がけ》の草に横になったまま、ハッとして思いをめぐらした。すると短剣《たんけん》の柄《つか》を握《にぎ》っていた指から力が抜《ぬ》けて、笑いだした。じきにふたりは起きあがり、たがいに相手の肩《かた》を抱《だ》きあって、小屋にもどった。そこにいた兄弟弟子たちがうしろにつきまとって、いったいなにがおかしかったのか聞きだそうとしたが、ふたりともとりあわなかった。

第四章　女領主《りょうしゅ》アイフェ

その後の何カ月かで、クーフリンは、女戦士スカサハから学べるものをすべて学んだ。ただし、あの恐《おそ》ろしい『腹《はら》の槍《やり》』ゲイ・ボルグの使い方と、『英雄《えいゆう》の鮭《さけ》飛び』の術《じゅつ》だけは、まだ早いと言われた。

クーフリンが影《かげ》の国にきて半年たったとき、スカサハと、となりの国の女領主《りょうしゅ》アイフェのあいだに戦争が起こった。アイフェはまだ若《わか》いが、スカサハに負けないほどの強い戦士であり、彼女《かのじょ》が率《ひき》いる戦車と戦士の数はスカサハよりずっと多かった。ずいぶん以前からアイフェは、山のすそ野にあるスカサハの豊《ゆた》かな牧場に目をつけており、最近では国境《くにざかい》を越《こ》えて、アイフェの若《わか》い戦士たちが牛の略奪《りゃくだつ》にくるようになっていた。アイフェが戦《いくさ》の準《じゅん》備《び》をしているという知らせが、逃亡《とうぼう》奴隷《どれい》によって影《かげ》の国にもたらされた。スカサハは、ここは敵《てき》の準備《じゅんび》が整う前に急襲《きゅうしゅう》する以外、勝ち目はないと考えた。そこで穀物《こくもつ》の収穫《しゅうかく》が終わったとたんに配下の戦士を呼《よ》び集め、戦車を用意させた。スカサハは、武術《ぶじゅつ》を習いにきている若《わか》い弟子たちを参戦させるつもりはなかったのだが、みんなはかまわずに、フェルディアとクーフリンを先頭に、武器《ぶき》をとって出陣《しゅつじん》の準備《じゅんび》を整えた。

戦わなければ部族がまるごと奴隷《どれい》にされるとわかってはいたが、スカサハには勝利の確《かく》信《しん》はなかった。そのため若《わか》い弟子たちの出陣《しゅつじん》を受け入れたように見えて、実はクーフリンだけは連れていくまいと固く心に決めていた。クーフリンにかなう者といえばダマンの息子フェルディアがいるだけで、力はずばぬけている。だがまだまだ未完の大器であって、その大事な弟子をこんな勝ち目の薄《うす》い戦争で、危険《きけん》にさらしたくなかったのだ。今ではスカサハは、自分のふたりの息子よりもクーフリンを大切に思うようになっていた。そこで出陣《しゅつじん》の朝、酒に眠《ねむ》り薬を混《ま》ぜ、それを夜明け前の食事のときに、自らクーフリンに与《あた》えた。こうして食事が終わり焚《た》き火が踏《ふ》み消されて、戦士たちがいざ出陣《しゅつじん》、と戦車に乗りこんでも、クーフリンは盾《たて》を枕《まくら》に眠《ねむ》りこけたままだった。

フェルディアが陣営《じんえい》を突《つ》っきって、『クランの猛犬《もうけん》』が起きないと報告《ほうこく》にきたので、スカサハは言った。「そのまま寝《ね》かせておけ。一日と一晩《ひとばん》のあいだ眠《ねむ》っているが、その後で何事もなく目を覚ます」

フェルディアは仲間のところにもどり、このことを話した。みんなはスカサハのたくらみに憤《いきどお》り、クーフリンのために腹《はら》を立てた。しかし、どうすることもできない。すでに戦士たちは戦車を駆《か》って戦場に向かっており、その後に続くしかなかった。

ところが、ふつうの男なら一日と一晩眠《ひとばんねむ》らせるはずの薬草が、クーフリンにはわずか一時間しか効《き》かなかった。目を覚まして、自分がまだ温かい焚《た》き火の熾《おき》のかたわらにいるのがわかると、スカサハになにをされたか思いあたった。腹立《はらだ》たしいが、怒《おこ》っているひまも惜《お》しい。クーフリンは盾《たて》と二本の大槍《おおやり》をひっつかむと、皆《みな》の後を追いかけた。担《かつ》いだ盾《たて》を揺《ゆ》らして、獲物《えもの》を追うオオカミのように戦車のわだちを追い、長いこと疲《つか》れも見せずにひた走った。丘《おか》の小川にたどり着くと、軍勢《ぐんぜい》が昼の休憩《きゅうけい》をとったあとがあったので、浅瀬《あさせ》を渡《わた》った。そして影《かげ》が長くなる前に、はるか前方で、しんがり部隊の上げる小さな土煙《つちけむり》を見つけた。獲物《えもの》を見つけたオオカミのように、クーフリンは猛然《もうぜん》と走った。

しばらくの間、戦士と馬と戦車の長い隊列が、まるで黒々《くろぐろ》とした雁《かり》の群《むれ》のように続くのを追いぬいていった。戦士たちのあいだから声がかかり、激励《げきれい》が飛んだ。とうとうクーフリンはスカサハの戦車に追いついた。スカサハは先頭部隊を率《ひき》いて戦車を駆《か》っていたので、その横に並《なら》んだ。「わが女族長殿《どの》に申しあげるが、あんな酒では弱すぎます。たった一時間で目が覚めました」

スカサハは戦車からクーフリンを見おろし、ため息をついた。「われながら、ぬかったな。戦《いくさ》のにおいを嗅《か》ぎつけたら、クーフリンに来るなと言ってもむだなことくらい、わかっているべきだった」

翌日《よくじつ》の正午に、スカサハとアイフェの軍勢《ぐんぜい》が顔を会わせた。広い谷間の、黒い岩が露出《ろしゅつ》したヒースの原で、両軍は激突《げきとつ》し、白兵戦となった。盾《たて》がぶつかる雷鳴《らいめい》のような音に、あたりの丘《おか》さえぶるぶると震《ふる》えた。その日は一日中、血で血を洗《あら》う戦いが続いた。クーフリンとフェルディアは、スカサハのふたりの息子と肩《かた》を接《せっ》して戦い、多くの敵《てき》を殺したが、そのなかにはアイフェのそば近くを守る親衛隊《しんえいたい》の、最も強く勇敢《ゆうかん》な六人の戦士が混《ま》じっていた。

日が暮《く》れ、傷《きず》だらけとなったふたつの軍勢《ぐんぜい》は、ともに引いた。谷の両側で焚《た》き火がたかれ、疲労困憊《ひろうこんぱい》した戦士たちに食べ物や飲み物が配られた。そのときになってから、スカサハはグラリとよろめき、焚《た》き火のそばにひざをついた。クーフリンが走りよって支《ささ》えたが、スカサハのマントの黒ずんだ重いひだに触《ふ》れると、血の染《し》みが手についた。スカサハの剣《けん》を持つ腕《うで》は、骨《ほね》までざっくりと斬《き》られていた。

息子やほかの戦士たちが、まわりをとりまいた。ひとりは自分の兜《かぶと》に酒を入れてきた。傷《きず》の手当てが巧《たく》みなドルイドのエオガンは、包帯とツンとした臭《にお》いの軟膏《なんこう》を持って、スカサハのかたわらにひざまずいた。酒を飲ませようとしたが、スカサハはほとんど口をつけないので、ドルイドはその酒で傷口《きずぐち》を消毒した。

「きつく縛《しば》れ」スカサハが言った。「明日も戦いが続くぞ。戦車に体を縛《しば》りつけてでも、わたしが陣頭指揮《じんとうしき》をとる」

ドルイドは無言だった。暗雲がただようなかで、戦士たちはたがいに顔を見合わせた。ところがこの時点で、翌日《よくじつ》の戦闘《せんとう》はなくなっていたのだ。

というのもその晩《ばん》の夜更《よふ》け、焚《た》き火を守っていた寝《ね》ずの番の戦士たちは、「なにものだ?」と問いつめる見張《みは》りの声を聞いた。彼《かれ》らはいっせいに武器《ぶき》をつかんで立ちあがったが、そのとき二名の見張《みは》りが、灯りの下へ現《あらわ》れた。見張《みは》りたちはあいだに、兜《かぶと》にアイフェの親衛隊《しんえいたい》のしるしである白鳥の羽毛飾《かざ》りをつけた男をはさんでいる。男は武器《ぶき》を持たず、伝令の緑の枝《えだ》を手にしていた。見張《みは》りの戦士が「女族長スカサハ様へ、敵《てき》の使いがまいりました」と声をあげた。火のそばで眠《ねむ》ろうと苦心していたスカサハは、他の者とともに飛び起きて、毛皮を重ねた上に背筋《せすじ》を伸《の》ばして座《すわ》った。傷《きず》が見えないように、マントで身体をしっかりとおおっている。伝令は女族長の前に連れてこられると、緑の枝《えだ》をひたいに押《お》し当て、口をきく許《ゆる》しを待った。

「アイフェ領主《りょうしゅ》からのことづてか？」スカサハが言った。

「御意《ぎょい》。わが領主《りょうしゅ》より、次のとおりを申しあげるよう、仰《おお》せつかってまいりました。すなわち、『偉大《いだい》な女族長にして、わが敵《てき》のスカサハよ。われらの軍勢《ぐんぜい》はたがいに傷《きず》つき疲《つか》れ果てた。きのうのように今日も戦い、また翌日《よくじつ》も、さらに翌々日《よくよくじつ》も戦うなら、どちらが勝つにせよ、なんの得るものがあろうか。傷《きず》つき弱れば、横になってその傷《きず》を舐《な》めているあいだに、どこかの飢《う》えた部族が侵入《しんにゅう》してくるは必定《ひつじょう》。そこで全軍をぶつける代わりに、ここはわれらふたりの一騎《いっき》討《う》ちで決着をつけようではないか。時間は夜明けの一時間後、場所は両軍のあいだの空き地。双方《そうほう》から戦士を出し戦場を決めさせるが、そのほかの手出しはいっさい無用という条件《じょうけん》で、いざ果たし合いを申し入れる』」

伝令が話し終わると、長い沈黙《ちんもく》があり、やがてスカサハが言った。「アイフェ領主《りょうしゅ》のことづては聞いた。だがそれがいいか悪いか、自分の心に問うてみなければならぬ。おまえはここを離《はな》れ、あちらの焚《た》き火のそばで蜜酒《みつしゅ》を飲み、半時間後にまたもどってくるがいい。そうしたら返事をしてやるから、おまえの主人に持ちかえるがよかろう」

「わが領主《りょうしゅ》は待たされるのを好みません」伝令が言った。だがスカサハは怒《いか》りで顔を染《そ》めて、左手で火のほうを指した。「女族長スカサハはせかされるのは、まっぴらだ。市場に引かれていく雌《めす》ブタではあるまいしな！」

こうして伝令が離《はな》れると、スカサハは戦士たちを見渡《みわた》して言った。「どうしたものか？いったい、どうすべきだろう？　わたしのこの腕《うで》では剣《けん》を持つこともできない。といって戦《いくさ》をすれば、たとえわが軍が勝ったにしろ、アイフェの言ったとおりとなるだろう。それにわが軍が負けるかもしれぬ」

他の者に口をきく機会を与《あた》えずに、クーフリンが言った。「わが師匠《ししょう》スカサハ、絶好《ぜっこう》の機会だ。師匠《ししょう》の教えが役に立つかどうか、おれに試させてください」

スカサハは苦痛《くつう》に満ちた目で、クーフリンを見つめた。「おまえの考えそうなことだが、絶対《ぜったい》にだめだ。ひげも生えそろわぬ少年に、わたしの代わりをさせてたまるか」

「それでは、自分で戦うというのですか？　ほとんど上がりもしないその腕《うで》で？」クーフリンが迫《せま》った。

すると戦士たちががやがやと、スカサハに代わってアイフェと戦うのはこの自分だ、と主張《しゅちょう》しはじめた。

しかしクーフリンは言った。「あいつらに耳を貸《か》さないでくれ。最初に声をあげたのは、このおれです。だからあなたに代わって、戦上手な女領主《りょうしゅ》の相手をする権利《けんり》は、おれにあります」それから身を乗りだし、スカサハにひざまずくようにして言った。「わが師匠《ししょう》スカサハ、あなたはおれに借りがあります。おれに一服盛《いっぷくも》ったじゃないか！」

スカサハはしばらく考えてから、ついに口を開いた。「たしかに、おまえには借りがあるな。ここは、おまえにまかせるしかなさそうだ。だが夕陽の向こう側から泣きついてきても、わたしは知らんぞ」

「では、ひとつだけ教えてください。教えてくれさえすれば、心配御無用《ごむよう》。アイフェが最も大切にしているのは、いったいなんですか？」

「アイフェがなにより大切にしているのは」スカサハが答えた。「自分の馬と戦車と御者《ぎょしゃ》だ」

これを聞いてクーフリンは笑い声を上げ、自分の武器《ぶき》を取りにいった。

こうして伝令は、自分の女主人のところへともどって、スカサハの返事を伝えた。「影《かげ》の国のスカサハより、アイフェ領主《りょうしゅ》に挨拶《あいさつ》をおくる。剣《けん》を持つ腕《うで》をいささか痛《いた》めたゆえ、残念ながら、そなたと一戦交えることはできぬ。だがわたしの代わりに、わが最強の戦士、アルスターのクーフリンを遣《つか》わす。したがってそなたも代わりの戦士を選ぶか、あるいはわたしがそなたならそうするように、自身で出向くがよかろう。……」

日の出から一時間後、クーフリンは両軍の隊長によって選ばれた一騎討《いっきう》ちの場所で、スカサハの戦車からヒラリと降《お》りた。それから御者兼武器《ぎょしゃけんぶき》持ちとしてついてきたフェルディアのほうをふりむくと「馬たちをうんとうしろへ下げておいてくれ」と言った。そうして背負《せお》っていた盾《たて》を下ろし、投げ槍《やり》をかまえて前進した。ヒースとコケモモの茂《しげ》みを、朝日に輝《かがや》く人影《ひとかげ》がこちらへとやってくるのが見えた。一騎討《いっきう》ちの場所は、黒っぽい山肌《やまはだ》から突《つ》きでた平地で、両軍からよく見晴らせるところにあった。平地の向こうの山あいは、急に深い渓谷《けいこく》となり、その底にハチミツ色の小川が走っている。小川はまるで雄馬《おすうま》のたてがみのように弓なりに曲がって、キラキラと流れていた。

敵《てき》の戦士は平地のずっと向こうで、戦車と御者《ぎょしゃ》から離《はな》れた。上る朝日が、戦車と御者《ぎょしゃ》と興奮《こうふん》した馬の輪郭《りんかく》を、燃《も》えあがらせている。暗い山肌《やまはだ》を背景《はいけい》に近づく人影《ひとかげ》を、クーフリンはじっと見つめ、戦う相手がだれかを知ろうとした。人影《ひとかげ》がさらに近づいたとき、それはクーフリンの望みどおり、女領主《りょうしゅ》その人であることがわかった。

アイフェの輪郭《りんかく》も、朝陽に燦《さん》と燃《も》えていた。兜《かぶと》からは黄色い雲のような髪《かみ》があふれて、ハシバミの木から三月の風に舞《ま》いあがる花粉の雲のようだ。戦闘《せんとう》用の胴着《どうぎ》の上の青銅《せいどう》の鎧《よろい》が、動くたびに音を立てる。重い鎧《よろい》をまとい、さらに重い盾《たて》と槍《やり》を二本携《たずさ》えているというのに、アイフェはまるで雌《めす》の赤シカのように、軽やかに丘《おか》をやってきた。

クーフリンが走りだすと、見守っている軍勢《ぐんぜい》から嵐《あらし》のような雄叫《おたけ》びがあがった。アイフェも走りだし、ふたりは平地のまんなかで出会い、槍《やり》の先を合わせて、一騎討《いっきう》ち開始の礼をした。とたんに戦いが始まった。たがいに相手のまわりを回り、太陽が自分の背《せ》に、相手の目に入る位置を得ようとする。見守る軍勢《ぐんぜい》は、ふたりの槍《やり》の先にかかった運命を、固唾《かたず》を飲んで見守っている。まずは離《はな》れて槍《やり》を投げあったが、どちらも盾《たて》で受け流した。次にふたりは、接近戦《せっきんせん》用の広幅《ひろはば》の突《つ》き槍《やり》を持って近づいた。だが盾《たて》に当たって槍《やり》の刃《は》がこぼれ柄《え》も曲がったので、双方《そうほう》とも槍《やり》を投げ捨《す》て、今度は剣《けん》を抜《ぬ》いた。長い長い時間、ふたりはヒースの野をめぐり、野にもぐって戦った。斬《き》っては突《つ》き、突《つ》いてはかわし、あらん限《かぎ》りの秘術《ひじゅつ》を尽《つ》くした。ともに傷口《きずぐち》から血を流していたが、それでも勝負はつかなかった。そのときついにクーフリンがヒースのもつれに足をとられ、よろめいた。すかさずアイフェが野獣《やじゅう》のように飛びかかり、電光石火で剣《けん》を打ちおろした。クーフリンの剣《けん》が受けとめたが、コノール王の戦闘用《せんとう》だった無敵《むてき》の名剣《めいけん》も、一瞬《いっしゅん》に百個《こ》の光る破片《はへん》となって砕《くだ》け散った。

クーフリンは無用の柄《つか》だけを握《にぎ》ったまま、サッと飛びすさって、アイフェに飛びかかられるのを避《さ》けると、わざとアイフェの背後《はいご》を見て、叫《さけ》んだ。「馬だ！　光の神にかけて！　おまえの馬が戦車ごと崖《がけ》を落ちていくぞ！」

アイフェは大声をあげ、狂《くる》ったようにうしろをふり返った。その瞬間《しゅんかん》クーフリンは盾《たて》と剣《けん》の柄《つか》を両側に投げ捨《す》てて、アイフェに躍《おど》りかかった。女の胴《どう》をがっしり締《し》めあげ、自分の青銅《せいどう》の鎧《よろい》で押《お》しつぶそうとした。アイフェは怒《いか》りの叫《さけ》びをあげ、とっくみあいでは役に立たない剣《けん》を投げ捨《す》てて、腰《こし》の短剣《たんけん》に手をかけた。だがクーフリンはすばやく女の手首をとらえて、うしろにねじった。とらえられた女領主《りょうしゅ》はまるでヤマネコのように暴《あば》れた。殴《なぐ》るかわりに、自由な手で敵《てき》の顔をひっかき、鎧《よろい》から出ているクーフリンの首に噛《か》みつこうともがいた。クーフリンは笑い、ますます強く押《お》さえつけ締《し》めあげたので、アイフェはもう息ができず、それ以上戦うことができなくなった。そこでクーフリンは女を肩《かた》の上に担《かつ》ぎあげ、戦車へと向かった。

フェルディアが戦車を走らせて出迎《でむか》えにきて、笑いながら手綱《たづな》を引いた。「すごい獲物《えもの》だな」

「ヤマネコを捕《と》らえた。爪《つめ》が鋭《するど》いぞ！」クーフリンが這《は》いあがったとたんに馬は走りだし、戦車もろともスカサハの陣営《じんえい》へと疾走《しっそう》した。いっぽうアイフェの御者《ぎょしゃ》は戦車が傾《かたむ》くほどのスピードで、轟音《ごうおん》をあげて追ってきた。両陣営《りょうじんえい》からの怒号《どごう》は耳をつんざき、馬のひづめの轟《とどろ》きも、戦車のきしむ音も圧《あっ》するほど高まった。

クーフリンの戦車は自軍の陣地《じんち》にたどり着き、飛びだしてきた戦士が入り口を固めて、敵《てき》の追っ手を断《た》った。陣地《じんち》のまんなかには、スカサハのために木の枝《えだ》を編《あ》んだ天幕《てんまく》が張《は》られていたが、その前の空き地で、フェルディアは馬を止めた。クーフリンは力つきた人質《ひとじち》を肩《かた》に担《かつ》いだまま飛びおり、地面に下ろした。そしてその瞬間《しゅんかん》ひざをついて、アイフェ自身の短剣《たんけん》を引きぬいて、彼女《かのじょ》の喉元《のどもと》にピタリと押《お》し当てた。陣営《じんえい》は静まりかえり、人も馬も、最年少の武器《ぶき》持ちからスカサハその人まで、身じろぎひとつしなかった。スカサハは天幕《てんまく》の入り口で、落ちくぼんだ目をして、敵《てき》を見おろしていた。

アイフェはクーフリン越《ご》しにスカサハの顔を見あげて言った。「女族長スカサハよ、もしそなたが全速力で馬を駆《か》ることを愛し、槍《やり》の手応《てごた》えを愛するものならば、わたしがもう一度それを味わえるように、命を助けてくれ。わたしは戦場で死ぬことを恐《おそ》れぬが、捕《と》らわれの身となると話は別だ」

スカサハが答えた。「アルスターのクーフリンに頼《たの》むがいい。そなたの命は彼《かれ》のもので、わたしのものではない」

クーフリンは突然《とつぜん》、女領主《りょうしゅ》が自分を見あげているのに気づいた。このとき初めて、クーフリンはアイフェを美しいと思った。戦う男の魂《たましい》を揺《ゆ》さぶる、抜《ぬ》き身の刃《やいば》のような、飛ぶ矢のような美しさだ。アイフェは言った。「わたしの命がおまえのものなら、強いだけでなく寛大《かんだい》なところを見せて、命を返してくれ。武運《ぶうん》めでたき戦士なら、贈《おく》り物にも気前がいいはずではないか」

「命は返してやろう」クーフリンは言った。「そのかわり貴《とうと》いタラの石にかけて、誓《ちか》え。二度とスカサハに戦争をしかけたり、牛馬を盗《ぬす》みに押《お》し入ったりしないと。スカサハの国と争うことなく、平和を守ると誓《ちか》え」

「貴《とうと》いタラの石にかけて、誓《ちか》う」まだ喉元《のどもと》に短剣《たんけん》を突《つ》きつけられたまま、アイフェが言った。

それでクーフリンは短剣《たんけん》をひっこめ、それを天幕《てんまく》の入口に立ったままの女族長スカサハの足元へと転がしてから、言った。「もうひとつ条件《じょうけん》があるぞ。われらは死者を埋葬《まいそう》しなければならないし、戦車に乗せていけないほど重傷《じゅうしょう》の負傷者《ふしょうしゃ》もいる。したがって夕日の向こうへと去った者たちのために、ここで弔《とむら》いのかがり火をたき、負傷者《ふしょうしゃ》が動かせるようになるまで、この地に留《とど》まらねばならない。そこで夜は枕《まくら》を高くして眠《ねむ》れるように、おまえの戦士たちは国に帰し、おまえだけが人質《ひとじち》としてこの陣営《じんえい》に残るんだ。われらがわれらの狩猟地《しゅりょうち》、故郷《こきょう》へと帰る日までのことだ」

「その条件《じょうけん》をのもう。だがそれを自分の口から伝えるために、わが軍の陣営《じんえい》まで行かせてほしい――わたしが裏切《うらぎ》らないように、見張《みは》りをつければよかろう――そうすればスカサハ軍がこの谷に留《とど》まるあいだ、わたしは人質《ひとじち》としてここに残る」アイフェが言った。

そういうわけで、その晩《ばん》日が沈《しず》み、弔《とむら》いのかがり火がたかれたとき、スカサハの天幕《てんまく》からあまり遠くないところに、緑の枝《えだ》で第二の天幕《てんまく》が編《あ》まれた。女領主《りょうしゅ》アイフェは、クーフリンが敷《し》いた彼《かれ》自身の深紅《しんく》のマントにくるまって、そこで眠《ねむ》っていた。

第五章　クーフリンの初めての襲撃《しゅうげき》

何日ものあいだ、スカサハの軍勢《ぐんぜい》は峡谷《きょうこく》の一方の端《はし》に留《とど》まった。アイフェの軍勢《ぐんぜい》は去ったが、彼女《かのじょ》の親衛隊《しんえいたい》の生き残りだけは、峡谷《きょうこく》のもう一方の端《はし》に居残《いのこ》っていた。こうして何日ものあいだ、アイフェは人質《ひとじち》として敵《てき》中に留《とど》まっていた。ところがクーフリンにとって、敵《てき》だった女領主《りょうしゅ》は人質《ひとじち》以上の存在《そんざい》となっていた。咲《さ》きほこっていたエリカの花が散りはじめたころ、そして小川が樺《かば》の落ち葉で黄色に染《そ》まりだしたころ、クーフリンは、フォルガルの砦《とりで》のリンゴの木の下で刺繍《ししゅう》をしているエウェル姫《ひめ》のことをすっかり忘《わす》れて、代わりにアイフェを愛するようになっていた。

ついに、深手を負った戦士も移動《いどう》に耐《た》えられるまでに回復《かいふく》したので、スカサハ軍は戦車に馬をつなぎ、影《かげ》の国に向けて帰国の途《と》についた。アイフェも土煙《つちけむり》を上げる戦車のうしろを、クーフリンとともに、武術《ぶじゅつ》を学ぶ若者《わかもの》たちに混《ま》じって進んだ。アイフェの親衛隊《しんえいたい》は、片側《かたがわ》に槍《やり》のひと投げぶんの距離《きょり》をあけて、忠実《ちゅうじつ》につきしたがっていた。真昼どきにふたつの国の国境《こっきょう》の川に到着《とうちゃく》し、そこで一行はひと休みした。クーフリンとアイフェは、全軍が注視《ちゅうし》するなかを、手を取りあって川沿《かわぞ》いの道へと下りた。

ふたりはリンボクの茂《しげ》みの影《かげ》で、足を止めた。春がくればこの茂《しげ》みにも、一面にくすんだ白い花がふうわりと咲《さ》くだろう。クーフリンは自分の指から金の指輪を抜《ぬ》きとると、アイフェに渡《わた》して、こう語った。「ふたりのあいだにこの川が流れているかぎり、おれたちは二度と会うことはあるまい。だがアイフェ、おまえはおれの心に咲《さ》いた花だ。もしおまえがおれの息子を生んでくれたら、その子が大きくなってこの指輪がはめられるようになったときに、アルスターにいるおれのところに寄《よ》こしてくれ」

「わたしに言うことはそれだけか、アルスターの猛犬《もうけん》？」とアイフェが言った。戦士としてでも、女領主《りょうしゅ》としてでもない、運命を受け入れたひとりの女の言葉だった。

「その子をコンラと呼《よ》んでくれ。そして、おれのところに寄《よ》こすときには、三つの禁戒《ゲシュ》を課してほしい。ひとつ、途中《とちゅう》で名を聞かれても、答えてはならない。ひとつ、誰《だれ》に命令されようと、進む方向を変えてはならない。そして最後のひとつは、おまえとおれとのあの一騎討《いっきう》ちにかけて、戦いを挑《いど》まれたなら、けっして断《ことわ》ってはならない」

「覚えておこう」と言うとアイフェは、クーフリンの両頬《りょうほほ》を、青銅《せいどう》の兜《かぶと》の頬《ほほ》当ての上から一瞬《いっしゅん》両手ではさんで、男の目を深くのぞきこんだ。「そのときまで、おまえも覚えているだろうか？」

そして手を下ろすと向きを変え、一度もふり返ることなく、親衛隊《しんえいたい》が槍《やり》に寄《よ》りかかって待っているところへと去った。クーフリンもきびすを返し、すでに浅瀬《あさせ》をバシャバシャと渡《わた》りだしたスカサハの軍勢《ぐんぜい》に合流するために駆《か》けていった。

一年と一日が過《す》ぎていき、クーフリンはスカサハが教えられる限《かぎ》りのすべての技《わざ》と術《じゅつ》を習得した。『英雄《えいゆう》の鮭跳《さけと》び』も魔法《まほう》の槍《やり》ゲイ・ボルグの使い方も、例外ではなかった。ゲイ・ボルグは敵《てき》の腹《はら》に刺《さ》さると、死の棘《とげ》が飛びでて、敵《てき》の体じゅうを刺《さ》すという槍《やり》だった。別れの日が近づくとスカサハは、アイフェとの戦いで失った剣《けん》の代わりだと言って、自分の剣《けん》をクーフリンに与《あた》え、さらにゲイ・ボルグも与《あた》えた。スカサハはクーフリンに会うまでは、この槍《やり》にふさわしい戦士がいるとは思いもよらなかったのだが。ダマンの息子フェルディアでさえ、この槍《やり》を使いこなせるとは思えなかったのだ。

こうしてクーフリンが、影《かげ》の国とスカサハの弟子たちに別れを告げる日がやってきた。

それは、最強の競争相手であり、ロイグや乳兄弟《ちきょうだい》のコナルよりも近しい者となっていたフェルディアと別れる日でもあった。そのときが来るまで、クーフリンは別れがこれほどつらいものだとは知らなかった。

「コナハトへ来て、コナハトの戦士になるつもりはないか？」クーフリンの肩《かた》を重い腕《うで》で抱《だ》いて、フェルディアが聞いた。

「おまえこそ、アルスターの戦士になるつもりはないか？」

これが最後という夜に、ふたりは『血の兄弟』の証《あか》しをたて、命があるかぎり、たがいに忠誠《ちゅうせい》を尽《つ》くすことを誓《ちか》いあった。こうしてふたりはそれぞれの道を歩きだした。ふたたび会うことがあるかどうか、ふたりとも知るよしもなかった。

ついにクーフリンはアルスターへ、エウィン・ワハへ、ふたたび帰ってきた――そして、乳兄弟《ちきょうだい》のコナルが赤枝《あかえだ》の間の炉《ろ》のかたわらに横になっているのを見つけた。コナルは大小さまざまな傷《きず》を負い、そのうえ利き腕《うで》は切り落とされかかったため、ここで養生をしていたのだ。コナルはクーフリンに、アイルランドの上王、コナレ・モールが死んだことを話した。上王がダ・デルガの豪勢《ごうせい》な宿舎《しゅくしゃ》に一晩滞在《ひとばんたいざい》した折りに、ブリテン島からやってきた海賊《かいぞく》に襲《おそ》われて、上王と親衛隊《しんえいたい》のほぼ全員が殺されたのだ。どうやら海賊《かいぞく》のなかに、以前、強盗《ごうとう》と牛泥棒《うしどろぼう》を働いたかどで追放された、上王自身の乳兄弟《ちきょうだい》が加わっていたらしい。

「おまえはいったいなぜ、上王の親衛隊《しんえいたい》にまじっていたんだ？」

コナルは肩《かた》をすくめた。「ケルティア・マク・アティカとちょっとした争いを起こしたんだ。ささいなけんかだったが、コノール王は、落ちつくまでアルスターの外に出ているようにと、おれを上王コナレ・モールに仕《つか》えさせることにした」

「おまえは上王を守って、立派《りっぱ》な働きをしたようだな！　宿舎《しゅくしゃ》が燃《も》え落ち上王が死んだというのに、おまえときたらなんだって、この赤枝《あかえだ》の間で、のんびり炉《ろ》にあたっているんだ？　多少傷《きず》を負ったくらいでおめおめ帰ってきたのか？」

「同じ質問《しつもん》を、生き残ったもうふたりの親衛隊《しんえいたい》にするがいい。上王が死んでから、生き残りの三人だけが必死で外に出て、落ちのびたんだ」コナルは怒《おこ》りだした。

クーフリンは今度は、自分がダ・デルガの宿舎《しゅくしゃ》にいなかったことに腹《はら》を立てた。「太陽の光にかけて。もしおれがいたなら、上王の命をそうやすやすと奪《うば》われはしなかった！」

「親衛隊《しんえいたい》のなかに、おれたちの寝首《ねくび》を掻《か》こうと待っていた裏切《うらぎ》り者がいたんだ」コナルは歯を食いしばって言い、痛《いた》みをまぎらわそうと腕《うで》をさすった。「おれたちだって海賊《かいぞく》を少しは懲《こ》らしめたぞ。『アルスターの猛犬《もうけん》』がいなくてもな」

だがクーフリンは大広間を飛びだした。それまでクーフリンの胸《むね》は、フェルディアとの別れがつらくて冷たい風が吹《ふ》いていたので、怒《いか》りの炎《ほのお》に焼かれたことが、かえってありがたかった。

だがやがて怒《いか》りが治まりコナルと和解《わかい》すると、別れの痛《いた》みと寂《さび》しさがもどってきた。年長で賢《かしこ》いフェルグス・マク・ロイは、クーフリンの心になにか悲しみがあるのを見てとった。クーフリンのような者を癒《いや》すにはどうするのがよいかよく分かっていたので、彼《かれ》の帰《き》還後《かんご》三日目に、こう言った。「おまえはアルスターじゅうで一番強い戦士になったようだが、それなら強いところをみんなに見せてやらなくてはいかん。ひとつ、コナハトの国境《こっきょう》を襲撃《しゅうげき》してみてはどうだ？　コナハトとアルスターの国境《こっきょう》はいつも不穏《ふおん》で、小競り合いやら牛の強奪《ごうだつ》やらが絶《た》えんのを知っているだろう」

「なるほど、秋の何日かの退屈《たいくつ》しのぎにはなるな」クーフリンはそう言って笑った。そしてロイグに馬をくびきにつかせるように言い、戦車を準備《じゅんび》させた。「これから出かけていって、コナハトの邪魔《じゃま》なハリエニシダを燃《も》してこよう。やつらもおれたちに感謝《かんしゃ》するさ！」こうしてクーフリンは最初の襲撃《しゅうげき》へと出発した。

「アルスターの山のなかでも『山の王者』と名高い、あのモーン山の白いケルンに向かってくれ。あそこならワシの高巣から見るように、遠くまで見渡《みわた》せるだろう」

目的地に着くと、クーフリンはロイグに馬を止めるように命じ、戦車の上に立ってあたりを見渡《みわた》した。アルスターの丘《おか》と谷、広大な湿地《しっち》と波立つ湖が広がっている。それを彩《いろど》るのは、名残りの紅葉《こうよう》のシダ類、嵐《あらし》の雲のように黒々《くろぐろ》と枯《か》れたヒース、そしてエウィン・ワハの白く輝《かがや》く王城《おうじょう》。さらに南と西にうねっているのがムルテムニーの野で、キラン山とフアド山というふたつの山がまるで兄弟戦士のように、アルスターに入る本道である北の峡《きょう》谷《こく》を守っていた。「アイルランド一の戦士になったあかつきには、おれはあそこに自分の砦《とりで》を築《きず》く。防壁《ぼうへき》に囲まれた砦《とりで》のなかに館《やかた》を建てて、炉《ろ》のかたわらにエウェル姫《ひめ》を座《すわ》らせるんだ」クーフリンが言った。

それから真南に向きを変え、ブリギアの広大な草原のかなたを眺《なが》めた。「ここから見える場所の名を、全部教えてくれ」

そこでロイグは、上王を失ったタラと、テルティンと、ブルグ＝ナ＝ボイナと、ネフタンの息子たちの大きな要塞《ようさい》を指さした。

「ネフタンというのは」その名を聞いて、クーフリンが言った。「今生きているアルスターの人間よりも多くのアルスター人を殺したという、あのネフタンの息子たちか？」

「そうだ」ロイグは答えた。

「それでは、ネフタンの息子たちのところへ行くとしよう」

ロイグは砂色《すないろ》の眉《まゆ》をひそめて、クーフリンを見た。「コナハトのハリエニシダを燃《も》やすのに、あまり危険《きけん》なまねはするなよ。こっちはふたりだが、ネフタンの息子たちは大勢《おおぜい》いるんだ」

「だが、どうしても行きたくなった」クーフリンは手にした大槍《おおやり》をちょっともてあそんで言った。

それでふたりは嵐《あらし》の雲が飛ぶ速さでムルテムニーの野を駆《か》けぬけ、ブリギアに入った。クーフリンの馬でなかったら、また御者《ぎょしゃ》がロイグでなかったら、三日はかかるところだった。

ネフタンの息子たちの館《やかた》の前には広い野原があり、常日頃《つねひごろ》から若者《わかもの》たちが戦車を走らせ、武術《ぶじゅつ》の訓練に励《はげ》んでいた。野原の中央には、武器《ぶき》を研《と》ぐための高い石柱があったが、使いこまれてすっかり磨《す》り減《へ》っていた。この石柱には青銅《せいどう》の輪がはめてあり、オガム文字でなにか書いてあった。クーフリンは戦車から降《お》りて、近づいた。文字は外からやってきた者に対する禁戒《ゲシュ》で、これを読んだ者は、この館《やかた》の主である七人の兄弟のひとりと一騎討《いっきう》ちをせずにここを去ってはならぬ、とあった。

クーフリンは笑った。「なんという役立たずの石だ。言われずとも、おれはまさにそのためにここに来たんだ！」クーフリンはまだ笑いながら、大きな石に腕《うで》をまわし、あたかもそれが生き物であるかのように四つにとり組んだ。そして石柱を押《お》したり引いたりして、とうとう地面から引っこぬくと、砦《とりで》の下を流れる川に投げ捨《す》てた。

ロイグは戦車から飛び降《お》りて、馬の頭の近くに立って叫《さけ》んだ。「なんてばかなことをするんだ、クーフリン！　冒険《ぼうけん》を求めるのはいいが、むやみに激烈《げきれつ》な死を求めてどうする！　ほら、おまえが求めたものがまちがいなくやってきたぞ！」

その言葉が終わるか終わらないうちに、ネフタンの一番上の息子フォイルが城門《じょうもん》から大股《おおまた》でやってきた。いつものようにヤギ皮をまとい、金の留《と》め金で腰《こし》のあたりを止めていたが、武器《ぶき》は持っていなかった。「無礼者め！　わが家の石柱を川に捨《す》てるとは、いったいどういう了見《りょうけん》だ？」

「石にあった言葉にしたがって、挑戦《ちょうせん》したまでだ」

「挑戦《ちょうせん》したければ、あの石に槍《やり》の刃《は》を当てるだけでよいのを知らんのか」フォイルはばかにしたように言った。「だがおれは、子どもは殺さん。たとえうちの石柱を川に捨《す》てるような、馬鹿力《ばかぢから》のあほうなガキだろうとな！」

「うそを言うな。おまえが人殺しなのを知っているぞ――アルスターじゅうの男たちの背《せ》中《なか》を、おまえは槍《やり》の的《まと》にしたではないか！　さあ、武器《ぶき》を取ってこい。おれは、御者《ぎょしゃ》だの、伝令だの、武器《ぶき》を持たぬ者だのは、殺さないことにしているんだ！」

これを聞くと背《せ》の高いフォイルが、いっそう大きくなったように見えた。あごひげの茶色い毛が、まるで一本一本が怒《おこ》ったかのように、もじゃもじゃと逆立《さかだ》った。「それだけのへらず口を叩《たた》いたからには、おれはほんとうに武器《ぶき》を取ってくるぞ。腹《はら》をくくって待っておれ！」フォイルはオオカミのうなり声のように、ドスのきいた声で言うと、門へともどった。

「いったいどうするつもりだ？」フォイルが消えると、ロイグがどなった。「おまえの乳《う》母《ば》がおまえをひざであやしながら、話してくれなかったか。ネフタンの息子のフォイルには魔法《まほう》がかかっていて、どんな刃《やいば》で切ろうが突《つ》こうが、あいつは平気なんだぞ。太陽神ルグの光る槍《やり》でさえ、あいつの皮膚《ひふ》は突《つ》き通せないんだ」

「それなら、これだ」クーフリンは言い、懐《ふところ》から手になじんだ投石機を取りだし、銀を混《ま》ぜた鉄の玉を込《こ》めて待ちかまえた。しばらくしてフォイルが盾《たて》を高く掲《かか》げ、武具《ぶぐ》を鳴らしてやってきた。クーフリンは湿地《しっち》の鳥を撃《う》つ少年のような叫《さけ》び声をあげて、フォイルに向かって玉を撃《う》った。玉はフォイルのひたいに、見事命中し、兜《かぶと》と頭蓋骨《ずがいこつ》を貫《つらぬ》いた。その勢《いきお》いでフォイルの体は空中に舞《ま》い上がり、あげくに顔から地面へと墜落《ついらく》した。ガチャリと鎧《よろい》が鳴った以外は、グウの音も出なかった。

そこでクーフリンは剣《けん》を抜《ぬ》いて飛びだし、ネフタンの息子フォイルの太い首を一刀のもとに切り落とした。そして兜《かぶと》から首を外すと、ネフタン自身の長い頭髪《とうはつ》を縛《しば》って、自分の戦車の枠《わく》からぶらさげた。

首をぶらさげたとたんに、ネフタンの二番目の息子が、剣《けん》を手にしてやってきた。兄の不運を防壁《ぼうへき》から見ていたのだ。今度はクーフリンは剣《けん》で戦い、相手を斬《き》り殺した。落とした首をフォイルの首と並《なら》べて戦車の枠《わく》にぶらさげたので、馬が血の臭《にお》いに興奮《こうふん》して、足を踏《ふ》み鳴らした。こうして七つの首が戦利品としてクーフリンの戦車にぶらさがるまで、戦いは続いた。ついにネフタンの息子はひとりもいなくなり、戦う相手がいなくなったので、クーフリンは血に染《そ》まった刀を草で拭《ふ》いた。それからロイグに火壷から火をおこさせ、枯《か》れたハリエニシダやヒースの枝《えだ》を引き抜《ぬ》いて火をつけ、門のなかへと投げ入れた。こうして、館《やかた》がまるで大きな松明《たいまつ》のようにごうごうと音を立てて燃《も》えあがるのを尻目《しりめ》に、クーフリンの戦車は駆《か》け去った。

夜どおし、戦車は月と黒いヒースの間の闇《やみ》を駆《か》けた。明け方、白鳥の大群《たいぐん》が頭上にやってきたので、クーフリンは軽い玉を投石機に込《こ》めて、十六羽を生け捕《ど》りにした。生け捕《ど》りにした白鳥は、自分の胴着《どうぎ》の裾《すそ》を割《さ》いた長い絹《きぬ》のひもで、戦車に結びつけた。おかげで駆《か》けている戦車の上空を、白鳥がバタバタと飛びまわった。このころにはクーフリンは、戦いとその勝利に高揚《こうよう》し猛《たけ》り狂《くる》っており、そのせいでふつうの状態《じょうたい》の人間ではとうてい届《とど》かない、力と技《わざ》の極地にあった。ちょうど遠くにシカの群《む》れが見えたので、シカを追って馬を全速力で駆《か》るようロイグに命じた。だが自分の馬ほどの駿馬《しゅんめ》でもシカには追いつけないとわかると、戦車から飛び降《お》りて、自分の足で追いかけた。そしてついに素手《すで》で、群《む》れの頭《かしら》の二頭の大きな雄《お》ジカを捕《と》らえた。雄《お》ジカを、馬をつなぐ予備《よび》の綱《つな》で戦車の両側につなぐと、戦車は奇妙《きみょう》な四頭立てと化した。ロイグは馬に鞭《むち》を当て、戦車は雷鳴《らいめい》のような音を轟《とどろ》かせて、エウィン・ワハへと向かった。

その日の夕方、城壁《じょうへき》の上で見張《みは》りについていたコノール王の戦士が、王のもとへと飛んでいった。あまりに急いだので、槍《やり》をひたいに当てて礼をすることさえ忘《わす》れて、一気に言った。「わが王、城《しろ》に向かって戦車が一台やってきますが、あんなものは見たことがありません。白鳥が上空を飛びまわり、二頭の雄《お》ジカが馬といっしょに戦車を引いています。そのうえ戦車の枠《わく》じゅうに、血の滴《したた》る生首《なまくび》がぶらさがっています！」

コノール王はむんずと槍《やり》をつかんで城壁《じょうへき》に上り、そんな奇怪《きかい》な戦車でエウィン・ワハに来るのはいったい誰《だれ》なのかを、確《たし》かめようとした。燃《も》える夕日に目を向けると、戦車に乗っているのはクーフリンであり、貪婪《どんらん》に闘《たたか》いをむさぼったあまりの高揚《こうよう》を初めて体験しているのが見てとれた。この、クーフリンの高揚《こうよう》については、年月が経《へ》るにつれ知らないものはいなくなり、誰《だれ》もが震《ふる》えあがるようになった。どんなものかと言えば、それはこんな具合だった。クーフリンの頭の先からつま先までが、流れの早い小川の蒲《がま》の葉のように震《ふる》えだし、首の筋肉《きんにく》がのたうつヘビがとぐろを巻《ま》くように盛《も》りあがる。片方《かたほう》の目は深く落ちくぼみ、もう片方《かたほう》の目は飛びだす。体から火炎《かえん》を発し、口からは子羊の綿毛《わたげ》のような泡《あわ》を吹《ふ》く。心臓《しんぞう》の音が、獲物《えもの》に飛びかかるライオンの吠《ほ》え声のようにあたりにとどろき、ひたいからは閃光《せんこう》が出て、毛髪《もうはつ》はサンザシの茂《しげ》みのようにからみあう。そして頭のてっぺんからは黒い血が吹《ふ》きだし、木の高さほど高々《たかだか》と上がってうずまく霧《きり》となり、クーフリンの姿《すがた》を影《かげ》でおおってしまうのだ。

さて、そのすさまじい戦車が近づいてくるのを見て、コノール王はクーフリンは猛《たけ》り狂《くる》った雄牛《おうし》と化していると思った。あれでは敵《てき》であろうが味方であろうが、止《と》めようとする者を皆殺《みなごろ》しにしかねない。こういう場合止めることができるものは、ただひとつ、強烈《きょうれつ》な羞恥心《しゅうちしん》をもよおさせることだけだ。そこで王は大急ぎで、エウィン・ワハの娘《むすめ》たちに申しつけた。急いで着ている物を脱《ぬ》ぎ捨《す》て、門が開いたら、クーフリンの行く手に裸《はだか》で立つようにと。

最も敏捷《びんしょう》で最も勇敢《ゆうかん》な娘《むすめ》たちが二十人以上、ただちに王の命令に従《したが》った。おかげでクーフリンがまるで稲妻《いなずま》のように城門《じょうもん》に飛びこみ、扉《とびら》が押《お》し倒《たお》されたとき（扉《とびら》を押《お》さえることなど、できない相談だったから）、娘《むすめ》たちがズラリと道に並《なら》んでいるのが、目についた。娘《むすめ》たちは母親の胎内《たいない》から生まれたときそのままに素《す》っ裸《ぱだか》だ。おおいかくすもののない素肌《すはだ》に夕陽が差して、秋のスイカズラのようにバラ色と金色に輝《かがや》いていた。止めようがなく逆上《ぎゃくじょう》していたクーフリンだが、羞恥心《しゅうちしん》につらぬかれたおかげで、ハッと自分をとりもどした。自分のせいで、エウィン・ワハの娘《むすめ》たちはこうしているのだ！　ロイグが暴《あば》れる戦車を止めようとやっきになり、白鳥は頭上でバタバタしていたが、クーフリンは戦車の枠《わく》に顔を伏《ふ》せた。

それでもまだ身体はポプラの枝《えだ》のように震《ふる》えており、頭を赤い閃光《せんこう》がとり巻《ま》いていた。そこへコノール王の戦士たちが大勢《おおぜい》で走ってきて、力をあわせてクーフリンを戦車から引きずりおろし、かねて用意してあった冷たい井戸水《いどみず》をはった大桶《おおおけ》に突《つ》っこんだ。

その瞬間《しゅんかん》、まるでまっ赤に焼きをいれた刀を浸《つ》けたかのように、水がジューと音を立てて沸騰《ふっとう》した。さらに大桶《おおおけ》のたががはり裂《さ》け、桶板《おけいた》が飛び散った。クーフリンは壊《こわ》れた桶《おけ》から引きあげられ、ふたつ目の桶《おけ》に突《つ》っこまれ、さらに三つ目の桶《おけ》に突《つ》っこまれた。ここでようやく、身を焼いていた灼熱《しゃくねつ》の戦闘欲《せんとうよく》が冷やされた。今、桶《おけ》のなかにいるのは、ひどく疲《つか》れた様子の、ほっそりした黒髪《くろかみ》の若者《わかもの》だった。

クーフリンはすぐに、赤枝《あかえだ》の戦士たちの住まいである自分の小屋に行き、焼け焦《こ》げ、血で汚《よご》れ、そしてびしょぬれの服を脱《ぬ》いで、新しいものに着がえた。それからコナハトの国《こっ》境《きょう》を襲撃《しゅうげき》したことなど、まるでなかったかのような顔をして、王の大広間へと、夕餉《ゆうげ》に向かったのだった。

第六章　クーフリンの結婚《けっこん》

　今やクーフリンが栄えある勇者であることを、疑《うたが》う者はいなかった。これでいつでも好きなときにエウェルのところに出向くことができ、今度は彼女《かのじょ》に追い返されることもないだろう。だがクーフリンは、かつて追い払《はら》われた腹《はら》いせに、今度は彼女《かのじょ》を待たせて、焦《じ》らしてやりたくなった。それで日々《ひび》が過《す》ぎゆくままに、仲間と狩《か》りやら鷹狩《たかが》りやらに興《きょう》じていて、フォルガルの砦《とりで》には近づきもしなかった。時間はたっぷりある。もしくは、あるものと思いこんでいたのだ。

　ところがある日のこと、ライリーの妻《つま》フェデルムが女の庭の入り口で、子どもたちが遊んでいるのを見ていたところへ、クーフリンが通りかかった。クーフリンは話をしようと足を止め、挨拶《あいさつ》をしかけたのだが、フェデルムはそれを無視《むし》して、冷たい一瞥《いちべつ》を投げかけると、さっさと立ち去ろうとした。

クーフリンはびっくりして、半分笑いながら呼《よ》びかけた。「おーい、フェデルム。裾《すそ》についたゴミムシでも払《はら》うように、おれをふり払《はら》うつもりかい？」

フェデルムが足を止めて、振《ふ》り返った。「誰《だれ》と話して、誰《だれ》と話さないかは、わたしの自由じゃないこと？」

「今まで、おれと話さなかったことなんか、なかったじゃないか。おれのなにが気に入らないんだ、フェデルム？」

フェデルムの目がキラリと光った。「なにが気に入らないか、ですって？　あなたは忘《わす》れっぽすぎると思わないの？　スカサハのところへ武芸《ぶげい》を学びに行く前は、エウェルを父親から奪《うば》うんだと、火のように熱くなっていたでしょうに。それが今では、狩《か》りだの鷹《たか》を飛ばしたりだの、そればっかり。マンスターの王が彼女《かのじょ》に求婚《きゅうこん》しているのを知らないの？　エウェルもあなたと同じくらい忘《わす》れっぽいようにと、そう願わずにはいられないわ。そうでなければ彼女《かのじょ》はあなたを求めて、泣きくらしているでしょうからね。父親にそむくのだから、父親になぐさめてもらえるはずもないし。それなのにあなたときたら、彼女《かのじょ》をすっかり忘《わす》れてしまって」

クーフリンはフェデルムに殴《なぐ》られたように感じたものの、笑い声をもらした。「マンスターの王だって？　なんてことだ！　そんなことになっているとは知らなかった！」

「人の話を注意して聞いていれば、わかったはずよ。誰《だれ》もが知っているうわさなんですからね」

「だが、おれは知らなかった！　こっちも待たされたんだから、むこうも少しは待ってもいいと思ったんだ」クーフリンはそれ以上なにも言わずに向きを変え、厩舎《きゅうしゃ》と戦車小屋の方へと大股《おおまた》で歩いていった。そこでは御者《ぎょしゃ》たちが秋の日差しを受けて、ナックルボーン（訳注：羊の足先の骨《ほね》を使ったお手玉のようなゲーム）をしていた。

　クーフリンは自分の御者《ぎょしゃ》のロイグに、すぐに馬をくびきにつけるようにと大声で言った。

「御者《ぎょしゃ》の王ロイグよ、狩《か》りはしばらくお預《あず》けだ。『抜《ぬ》け目のないフォルガル』の砦《とりで》へ、花嫁《はなよめ》をつれに行くぞ」

「花嫁《はなよめ》をさらいに行くなら、花婿《はなむこ》の付き添《そ》い役が必要だな」ロイグがナックルボーンを止めて、言った。

　クーフリンはまた笑って、ちょうど厩舎《きゅうしゃ》を通りかかったコナルを呼《よ》びとめた。「これから花嫁《はなよめ》をさらいに行くんだが、おまえ、花婿《はなむこ》の付き添《そ》いになって、いっしょに来てくれるつもりはないか？」

コナルは言った。「まかしとけって。もっとも傷《きず》が治っていないから、たいした役には立たないがな。それでおれのほかには、誰《だれ》が行くんだ？」

「誰《だれ》でも来たいやつが来ればいい」

「そんなことを言うと、アルスターの軍勢《ぐんぜい》の半分が、おまえの戦車の後をついてくることになるぞ」

「それなら、まずフェルグス・マク・ロイだ。あの人はおれにとって父親代わりなんだから、ついてきてもらうべきだな。それから、本人にその気があればライリー。ほかには、ウシュナの三人の息子。それぞれの御者《ぎょしゃ》を入れれば、これで十分だろう。みんなに武器《ぶき》を持ってくるよう言ってくれ」

クーフリンとコナルは、興奮《こうふん》した目と目を見交わせた。

しばらくして城壁《じょうへき》の影《かげ》が短くなったころ、クーフリンは六台の戦車の先頭を切って、エウェルを父親から奪《うば》いに出発した。実はエウェルはマンスターの王に嫁《とつ》がせると、もう十回も約束が交わされていたのだが。クーフリンと付き添《そ》い役の赤枝《あかえだ》の戦士たちは、全員が緑と黒と赤とサフラン色の鮮《あざ》やかな格子縞《こうしじま》のマントをはおり、婚礼《こんれい》の宴《うたげ》にふさわしい金と青銅《せいどう》の飾《かざ》りをつけていた。また戦車の枠《わく》には、きれいな布《ぬの》が結びつけられ、はたはたとなびいていた。だが色鮮《いろあざ》やかな布《ぬの》の間には兜《かぶと》がかけてあり、戦士たちは派手《はで》なマントの下に戦闘《せんとう》用の胴着《どうぎ》を着こみ、手にした武器《ぶき》を投げあげては気勢《きせい》を上げていた。

次の日の夕方、晩秋《ばんしゅう》の冷たい霧《きり》がうっすらとかかるなかを、一行は雷《かみなり》のように駈《か》けぬけて、フォルガルの砦《とりで》へと到着《とうちゃく》した。館《やかた》のまわりを、がっしりした木材と芝土《しばつち》の防壁《ぼうへき》が囲んでいる。あたりには牛小屋の臭《にお》いが立ちこめ、薪《たきぎ》を燃《も》やすいがらっぽい煙《けむり》が、夕方の空に低くたなびいていた。まだ日は落ちていないというのに、すでに門は塞《ふさ》がれていた。クーフリンは戦車から飛び降《お》り、槍《やり》で盾《たて》の縁《ふち》を叩《たた》いて、なかの人間に門を開けるようにと合図した。霧《きり》のなかから戦士がひとり、門の脇《わき》にある見張《みは》り台の上に姿《すがた》を現《あらわ》し、槍《やり》に寄《よ》りかかって、クーフリンを見下ろした。

「閉《と》じた門を開けろというやつは誰《だれ》だ？」

「牛を小屋に入れる時間でもないのに、閉《し》めたやつは誰《だれ》だ？」クーフリンは大股《おおまた》を開いて、上に向かって叫《さけ》んだ。

「フォルガル殿《どの》は、自分の砦《とりで》の門を好きな時間に閉《と》じることにしている。して、入りたいというのはどこの誰《だれ》だ？」

「アルスターのクーフリンが、花嫁《はなよめ》をいただきに参上した」

そのころには防壁《ぼうへき》から、多くの顔が覗《のぞ》いていた。男は目をむいて笑うと姿《すがた》を消し、ややしばらくして、今度は別な男が顔を出した。クーフリンは頑丈《がんじょう》な防壁《ぼうへき》のてっぺんを、まだ見あげたままでいた。今度顔を出した男こそ『抜《ぬ》け目のないフォルガル』その人で、長身に高位のドルイドであることを示《しめ》す長い黒衣をまとい、胸《むね》に聖《せい》なる金の三日月を下げていた。だが、手には抜《ぬ》き身の剣《けん》があった。

「アルスターのクーフリンとか、とっとと帰るがいい。青二才《あおにさい》めが娘《むすめ》をもらいにのこのこやってくるとは、笑止千万《しょうしせんばん》じゃ」

「マンスターのルギド王は別らしいな？」クーフリンは問い返した。

フォルガルは唇《くちびる》をゆがめて笑った。「それがおまえとなんの関係がある、ちびの番犬め？」

その時には、クーフリンは侮辱《ぶじょく》をぐっとこらえた。「関係あるとも。一年前に、おれとエウェルとは約束を交わしたんだ。だいいちマンスターの王といっても、頭の上にかろうじて載《の》っかっている王冠《おうかん》以外は、おれに勝てるものなどありはしないぞ。アルスターの赤枝《えだ》の戦士クーフリンの炉《ろ》ばたほど、エウェルにふさわしい場所はないということが、わからないのか？」

「片腹痛《かたはらいた》いやつめ。エウェルに炉《ろ》ばたを選んでやるのは、このわしだが、アルスターを選ぶつもりなどないわ」フォルガルが言った。

「彼女《かのじょ》の心はすでにおれのところへ来ているのに、彼女《かのじょ》自身を寄《よ》こすのはいやだと言うのか？」

「そのとおりじゃ」

「それでは勝手に入って、連れていくまでだ！」そう叫《さけ》ぶと、クーフリンは肩《かた》ごしに味方に合図をおくった。それから神経《しんけい》を集中させて『英雄《えいゆう》の鮭跳《さけと》び』の術《じゅつ》で、堅固《けんご》な壁《かべ》を跳《と》び越《こ》え、なかにいる戦士たちのまんなかに着地した。戦士たちがワッと飛びかかってきたが、クーフリンは白刃《はくじん》を一振《ひとふ》りするたびに八人の戦士をなぎ倒《たお》し、三回振《ふ》っただけで、そこにいた敵《てき》を全員うち倒《たお》した。しかし、フォルガルの戦士は大勢《おおぜい》いて、新手が次々《つぎつぎ》くりだしてくる。こうしてクーフリンが、激突《げきとつ》する武器《ぶき》の音さえしのぐほどの雄叫《おたけ》びをあげて、戦っているあいだに、まだ外にいた仲間は、ロイグの火壷から松明《たいまつ》に火をつけ、門を塞《ふさ》いでいる巨大《きょだい》なサンザシの矢来《やらい》めがけて、何本も投げつけていた。クーフリンのうしろで、パチパチと火のはぜる音がしたかと思うと、やがてメラメラと炎《ほのお》の燃《も》えさかる轟音《ごうおん》に変わった。ロイグはじめ御者《ぎょしゃ》たちは、馬の頭をマントでおおい、くびきの上に身を伏《ふ》せると、炎《ほのお》も黒《こく》戦士たちは戦車から飛び降《お》り、クーフリンのそばに駆《か》けよった。御者《ぎょしゃ》と半狂乱《はんきょうらん》の馬とは、そのままっすぐに敵《てき》のあいだにつっこみ、フォルガルの戦士たちをさんざんに踏《ふ》みつけた。今やフォルガル自身が、クーフリンの相手となって斬《き》りかかってきた。フォルガルは目と鼻から赤い怒《いか》りの炎《ほのお》を発し、まるで山に棲《す》むどう猛《もう》な黒い雄牛《おうし》のように巨大《きょだい》な怖《おそ》ろしい姿《すがた》と化していた。だがクーフリンはひとっ飛びで向きを変えると、敵《てき》の一撃《いちげき》をハッシと盾《たて》で受けとめた。一撃《いちげき》があまりにもすさまじかったため、剣《けん》の切っ先が牛皮の盾《たて》にめりこんだまま離《はな》れない。盾《たて》と剣《けん》を両方取り押《お》さえたクーフリンは、剣《けん》を敵《てき》の手からもぎとって、盾《たて》ごと相手の顔に投げつけた。そして飛びかかっていき、今度は自分の剣《けん》で敵《てき》の盾《たて》を深く切りつけた。

フォルガルはむきだしの土塁《どるい》の階段《かいだん》まで後退《こうたい》すると、さっと短剣《たんけん》を引きぬいた。こうして敵《てき》は盾《たて》と短剣《たんけん》、クーフリンは長剣《ちょうけん》を手に、斬《き》りむすんだまま階段《かいだん》を上り、防壁《ぼうへき》の上に出た。頑丈《がんじょう》な防壁《ぼうへき》のてっぺんを激《はげ》しく攻《せ》めあって移動《いどう》していくうちに、とうとうフォルガルの背中《せなか》が、生木の柵《さく》にぶつかった。追いつめられた敏捷《びんしょう》な野獣《やじゅう》のように、フォルガルは身を折って旋回《せんかい》し、窮地《きゅうち》を脱《だっ》しようとした。だがアルスターの英雄《えいゆう》の鋭《するど》い剣先《けんさき》は四方八方すきなく迫《せま》って、逃《のが》れる術《すべ》がない。ついに絶望《ぜつぼう》したフォルガルは、クーフリンの顔めがけて盾《たて》を投げつけると、身をひるがえして柵《さく》のてっぺんから飛びおりた。

フォルガルは血も凍《こお》る悲鳴もろともまっさかさまに落ちていき、頭から防壁《ぼうへき》の礎石《そせき》に激《げき》突《とつ》して、空堀《からぼり》のなかへ投げだされた。ピクリとも動かぬ体が、空堀《からぼり》の底のハリエニシダの茂《しげ》みのなかで手足を広げているのを、燃《も》えさかる門の炎《ほのお》が照らしだした。

館《やかた》の前庭では、戦いがすでに下火となっていた。クーフリンは前庭を走り抜《ぬ》け、抜《ぬ》き身の剣《けん》を持ったまま、女たちの住まいへと急いだ。女たちはコウモリのように暗がりに身を寄《よ》せ、悲鳴をあげて部屋の奥《おく》へと逃《に》げた。だがエウェルだけは別で、戸口に出て、クーフリンを待っていた。燃《も》え落ちる門の最後の炎《ほのお》を映《うつ》して、瞳《ひとみ》が燃《も》えている。

「あなたの求めに応《おう》じて、おれは戦車を率《ひき》いる者のなかでも、きわだった地位を得た」

クーフリンはあえぎながら言った。「何百人もの敵《てき》を殺し、今では王の大広間で、竪琴弾《たてごとひ》きがおれの歌を歌っている。そしてこれもあなたの求めに応《おう》じて、再《ふたた》びここへやって来た。だがあなたがなかに入れてくれるのを、待てなかった」

「あなたの勲《いさおし》は、わたしの望みをはるかに越《こ》えておりました」エウェルは言った。

「お父上の望みには従《したが》えなかった。おれはマンスターの王ではないから」

「もしあなたがマンスターの王だったら、わたしはここでこうして待ってはおりません。

マンスターのお妃《きさき》になる気などありませんから」

「では、おれといっしょに行こう」クーフリンは言い、エウェルを肩《かた》にかつぎあげると、向きを変えて外庭へと走った。庭ではアルスターの戦車が、門に向かって並《なら》んでいた。死者や負傷者《ふしょうしゃ》が地面にごろごろ転がっており、敗残のフォルガルの戦士たちはすでに気力を失い、庭の中央の武器研《ぶきと》ぎ石のまわりに、陰鬱《いんうつ》にただ立っているだけだった。そして秋の霧《きり》を金色に輝《かがや》かせている松明《たいまつ》の炎《ほのお》が、各戦車に山積みされた金銀の杯《さかずき》や、見事な武具《ぶぐ》や、宝石《ほうせき》を散りばめた腕輪《うでわ》などを照らしていた。花婿《はなむこ》の付き添《そ》いたちは時をむだにはしなかったのだ。もどってきたクーフリンを、仲間が歓声《かんせい》を上げて迎《むか》えた。クーフリンは自分の戦車のところへ行き、エウェルを革編《かわあ》みの床《ゆか》に乗せると、その脇《わき》にヒラリと飛び乗って「出発だ」とロイグに叫《さけ》んだ。「こんな結婚《けっこん》をした者は、ほかにはいるまい！　それに、これほど持参金を持ってきた花嫁《はなよめ》も、ほかにはいない！」

クーフリンは六台の戦車を従《したが》えて、サンザシの矢来《やらい》がまだあちこちでくすぶっているのを踏《ふ》みしだいて走り去った。その横では、戦車の枠《わく》にしがみついたエウェルの黒髪《くろかみ》が、嵐《らん》雲《うん》のようにたなびいていた。

だが、これでことが終わったわけではなかった。なぜならフォルガルには姉がいて、その夜ミースで自力で兵を挙げ、クーフリンの後を追ってきたのだ。クーフリンは背後《はいご》に馬のひづめの音を聞き、追っ手の槍《やり》が月光に輝《かがや》くのを見た。少人数の疲労困憊《ひろうこんぱい》した味方に対して、敵《てき》は数では比較《ひかく》にならないほどまさっている。だがそう思っても、灼熱《しゃくねつ》の戦闘欲《せんとうよく》が沸《わ》きあがるのを押《お》さえることができず、戦車を旋回《せんかい》させて、敵《てき》に立ちむかった。この戦いで、踏《ふ》みつけられた地面は赤い泥《どろ》と化し、グロンダートの浅瀬《あさせ》は赤く染《そ》まって流れた。クーフリンは何度も敵《てき》に立ちむかい、オルニーからボインへ至《いた》る浅瀬《あさせ》ごとに、ミースの戦士を百人以上も斬《き》り殺した。

こういうわけで、その後何年にもわたって、とくに血なまぐさい激戦《げきせん》の話をするとき、人々《ひとびと》は「ああ！　まるでクーフリンの結婚《けっこん》のようだ！」と語り伝えたのだった。

第七章　ブリクリウの大宴会《だいえんかい》

クーフリンの結婚《けっこん》から一、二年がたったころ、『二枚舌《にまいじた》のブリクリウ』が自分の館《やかた》で宴《えん》会《かい》を開くことになり、コノール王と赤枝《あかえだ》の戦士全員を、その宴席《えんせき》へと招待《しょうたい》した。

コノール王は考えをめぐらした。配下の族長のなかでも、ブリクリウは有力者だったから、招待《しょうたい》は断《ことわ》れない。もし断《ことわ》ったりすれば、アルスターの人々《ひとびと》の眼前《がんぜん》で相手を侮辱《ぶじょく》したことになり、いつか目一杯《めいっぱい》、いやそれ以上の仕返しをされるにちがいない。だがブリクリウはもめごとを起こすので有名な男で、招待《しょうたい》を受けるのも危険《きけん》なのだ。なにしろ他の男たちが戦《いくさ》や狩《か》りや、娘《むすめ》たちを追いまわすことで得る喜びを、この男ときたら、仲間うちに争いや敵意《てきい》を引き起こすことで得るのだから。そこでコノール王は、ブリクリウの目をまっすぐ見て言った。「ブリクリウよ、おまえのことをよく知っているので聞くのだが、今度そなたが敵対《てきたい》させたいのは、わしの若《わか》い戦士の誰《だれ》と誰《だれ》じゃ？」

「めっそうもありません、わが王よ。そんなことは露《つゆ》ほども考えてはおりませぬ」ブリクリウは肩《かた》をすくめて、笑みを浮《う》かべた。「もしも赤枝《あかえだ》の戦士のあいだにもめ事を起こしたいのなら、わざわざ宴会《えんかい》を用意するまでもありませんぞ。わが王の大広間でも、ちょっとしたいさかいなど、いくらでも起こせるのですからな」

「だがな、そなたの館《やかた》で肉をゆっくり味わい、安心して酒を飲むには、そなたが席を外してくれたほうがありがたい」王は言った。

「宴席《えんせき》の主催者《しゅさいしゃ》が席をはずしては、皆《みな》が不審《ふしん》がりましょうぞ」

「病気ということにすればよい。それでかっこうがつくだろう」

ブリクリウは、ここは知らぬふりをして、コノール王に同意するしかないことをさとった。

だがエウィン・ワハから自分の館《やかた》へともどる前に、ブリクリウは『栄光のライリー』に出会うようたくらんだ。赤枝《あかえだ》の主たる戦士のひとりのライリーは、ちょうど訓練から馬を連れて帰ったところだった。「太陽と月があなたの道を照らしますように、栄光のライリー殿《どの》。おお、これは見事な馬だ。これこそ、アイルランド一の戦士にふさわしい！　これほど力強い駿馬《しゅんめ》は、エウィン・ワハといえども、ほかでは見あたるまい――ああ、そうそう、なんでもクーフリンの灰色《はいいろ》と黒の馬は別格《べっかく》とか。どうやらクーフリンは、あれは神族《シーデ》の馬だと言っているそうだな……」

それほど前のことでなく、クーフリンは、ファド山の麓《ふもと》にある灰色《はいいろ》の湖から、一頭のそれはそれは見事な灰色《はいいろ》の雄馬《おすうま》が、水をしたたらせて岸へと上がってくるのを見た。その馬を、ファド山をひっくり返すほどの大乱闘《らんとう》のすえについに捕《と》らえたのだ。それから三日もしないうちに、今度はセイングレンド湖で、見事な黒い雄馬《おすうま》が水から上がってきたところを、同じようにして捕《と》らえた。この二頭が黒のセイングレンドと灰色《はいいろ》のマハで、このときからクーフリンの死ぬ日まで、主にこの一組がクーフリンの戦車を引くこととなった。

「いつか、クーフリンの馬とおれの馬を競争させて、どちらが速いか決着をつけてやるとも」ライリーは自分の馬を愛していたので、ほかの馬のほうが立派《りっぱ》だなどと言われるのは、不愉快《ふゆかい》だった。

「けっこうけっこう。だがそれよりも、クーフリン本人に挑戦《ちょうせん》してみてはいかがかな。どうもクーフリンは、影《かげ》の国へ行きエウェルを娶《めと》ってからというもの、鼻息が荒《あら》すぎますな。つけあがるな、と誰《だれ》かが教えてやるとよいのだが。我《われ》こそアイルランドの英雄《えいゆう》なり、とクーフリンが豪語《ごうご》しているのも耳にいたしましたぞ！」ブリクリウは戦車の枠《わく》に手をかけて、おだやかに笑った。

「それについては、別の意見を言う者もあるぞ」栄光のライリーは言った。

「おそらく三つの意見があるであろうな。じつは、フィンコム姫《ひめ》の息子のコナルも同じことを言っていると聞いたものでな——三人と言っても練達《れんだつ》の戦士はそこもとだけで、あとのふたりは青二才《あおにさい》だが。ああ、そうそう、わが家で供《きょう》する肉の『英雄《えいゆう》の取り分』は、これはもう、口に入れるだけの価値《かち》のある肉でしてな。明日、イノシシの丸焼きが運びこまれたら、そなたの御者《ぎょしゃ》に、立ちあがって、それは自分の主人のものだと言うよう、伝えておくがよろしかろう。それでどうなるかは、お楽しみということで」

ライリーはブリクリウのほうに体を寄《よ》せ、にわかに激《はげ》しく言った。「もしおれの権利《けんり》を否定《ひてい》する者がいたら、そいつの肉をカラスにふるまうことになるぞ！」

だがブリクリウは、さあ、どうだかとでも言うように、皮肉っぽく笑っただけで、行ってしまった。いっぽう頭に血がのぼったライリーは、青銅《せいどう》の先がついた突《つ》き棒《ぼう》で馬の尻《しり》を突《つ》いたため、戦車は雷《かみなり》のような音をたてて、エウィン・ワハの城門《じょうもん》に向かう急な坂道を上っていった。

ブリクリウは目を細めてニヤニヤしたまま、コナルを探《さが》しにでかけた。コナルは、新しい鳥打ちの弓を試していて、しなやかなハシバミの棒《ぼう》の先につけた、ひらひらするカワセミの羽毛の房《ふさ》を射落《いお》とそうとしていた。矢が一本の青い羽を射抜《いぬ》いたとき、ブリクリウが言った。「いやはや、お見事。アルスターじゅうを探《さが》しても、これほどの弓の名手はおりませんな。さすがに『勝利のコナル』と呼《よ》ばれるだけのことはある。『勝利のコナル』に戦いを挑《いど》もうという者なぞ、きょうび、どこにも見あたらぬでしょうな。頭のまわりを栄光の光に取りまかれた、あのクーフリンでさえ、おじけづくのも無理はございませぬ」

「おれたちは、敵対《てきたい》したりしない」コナルは短く言うと、かがんで、地面に並《なら》べた矢のなかから次の一本を取った。「肩《かた》を並《なら》べて敵《てき》と戦うときに、あいつの肩《かた》ほど頼《たよ》りになる肩《かた》はないからな。だいいちおれたちは乳兄弟《ちきょうだい》だ。盾《たて》をはさんで戦ってたまるか！」

「勝利のコナルほど忠実《ちゅうじつ》な乳兄弟《ちきょうだい》ばかりなら、なんの問題も起こらぬがな」ブリクリウはけだるそうに言った。コナルは矢を弦《つる》につがえたまま、ブリクリウのほうにふり向いた。

「それはいったい、どういう意味だ?」

「いやいや。クーフリンの言ったことなど、どうでもいいではないか。アイルランドの英《えい》雄《ゆう》の名を得るべきはコナルだと、今やみんなが思いはじめておるのだから」

「その名はおれのものになるさ、そのときが来たらな。それで、クーフリンはなんと言ったんだ?」

「コナルは明日『英雄《えいゆう》の取り分』を得たがっているのだが、『猛犬《もうけん》』が恐《こわ》くて、そうできないのだと」

コナルの矢は遠くまで飛んでいき、防壁《ぼうへき》の土手に突《つ》き刺《さ》さった。コナルの顔には血が上って、ふさふさした金髪《きんぱつ》の下が赤黒く変わっていた。「たしかにあいつは影《かげ》の国に行ってから、変わったな。よし、明日といわず今夜、おれこそアイルランドの英雄《えいゆう》だと宣言《せんげん》してやる!」

「いやいや、明日まで待ちなされ。王の大広間では、赤枝《あかえだ》の戦士は無用な言い争いを禁《きん》じられているのをお忘《わす》れではなかろう。コノール王とともにわが家の宴《うたげ》にくるまで、待ちなされ。そしてイノシシの丸焼きが運びこまれたら、立ちあがって『英雄《えいゆう》の取り分』はわが主人のものだと言うよう、御者《ぎょしゃ》に命じておくがよろしい」

こうしてブリクリウは大満足で去っていった。残された『勝利のコナル』は傷《きず》つき腹《はら》を立て、矢をかき集めてから、ひらひらしたきれいな羽の的《まと》を引きちぎって、泥《どろ》のなかに踏《ふ》みつけた。

クーフリンは女の住まいの中庭で、古びた石の井戸《いど》の縁《ふち》に腰《こし》かけ、水を汲《く》みにきたエウェルの侍女《じじょ》のひとりと、なにか冗談《じょうだん》を言って笑っていた。彼女《かのじょ》が帰ってしまうと、ブリクリウが井戸《いど》の縁《ふち》にやってきて、クーフリンのとなりに腰《こし》をかけ、にこやかに言った。

「まったく、おまえさんは結婚《けっこん》してもちっとも変わらんな！　おまえさんはあらゆる敵《てき》を防《ふせ》ぐわれらが槍《やり》と盾《たて》、アルスター最強の要塞《ようさい》だが、それだけでなく、アルスターじゅうの女を手の内にしておるな——女たちときたら、おまえさんが口笛を吹《ふ》くだけで、小鳥のように寄《よ》ってくる。なるほどなるほど。女たちなら、おまえさんがアイルランドの英雄《えいゆう》であることを否定《ひてい》するわけもないしな！」

クーフリンは黒い眉《まゆ》をひそめた。「どこかに、おれがアイルランドの英雄《えいゆう》であることを否定《ひてい》する者がいるというのか？」

「いやいや、ま、気にせんでくれ。どうもわしの舌《した》は勝手に動いてこまる。わしはこれで退散《たいさん》するとしよう」

「ブリクリウの毒のある二枚舌《にまいじた》が退散《たいさん》したことなど、これまで一度だってあるもんか。それで、おれがアイルランドの英雄《えいゆう》でない、と言っているのは、どこの誰《だれ》なんだ？」

ブリクリウは言いたくないふうを装《よそお》った。しかしクーフリンが肩《かた》をつかんで言うように迫ると、出まかせを言った。「いや、おまえさんはもう知っていると思っておった——『栄光のライリー』と、コナルだよ。コナルのことを『勝利のコナル』なんぞと呼《よ》ぶやつがいるようだが、そいつらは、タラの上王が死んだときのことなど、きれいさっぱり忘《わす》れたのであろうな。それはともかく、ふたりとも自分たちのほうがおまえさんより格《かく》が上だ、と言いふらしておるぞ。クーフリンの技《わざ》や力は、影《かげ》の国でスカサハから教わった目くらましの術《じゅつ》にすぎんとな。クーフリンはめんどりの前を気取って歩くおんどりだから、エウェルの前でどんないいかっこうを見せようとするか、見ものだと言っておったわい」

「うそをつくな！」クーフリンは叫《さけ》んだ。「かりにライリーが友情《ゆうじょう》を忘《わす》れたとしても、おれのことを陰《かげ》でそんなふうに言うわけがない。コナルにしても――コナルはおれの乳兄弟《ちきょうだい》だぞ。おれたちはいっしょの炉《ろ》ばたで育ったんだ。おれがあいつのことを悪く言わないように、あいつだっておれのことをそんなふうに言うわけがない！」クーフリンはブリクリウの肩《かた》を強く押《お》したので、もう少しでブリクリウは井戸《いど》に落ちるところだった。だがうまく縁石《ふちいし》から下りると、クーフリンの指が食いこんだ肩《かた》をさすりながらも、唇《くちびる》には笑みを浮《う》かべていた。

「わしの言うことを信じないのなら、試してみるがいいさ！　明日の晩《ばん》はわしの館《やかた》に、赤枝《えだ》の戦士たちが皆《みな》集まる。イノシシの丸焼きが運ばれてきたとき、御者《ぎょしゃ》を立たせて『英雄《えいゆう》の取り分』はわが主人のものだと言わせてみればわかることだ。そのときおまえさんの大切な友人がどう反応《はんのう》するか、見ものだな！　試すだけの勇気があるなら、ま、やってみるがいい！」

クーフリンは答える前に、井戸《いど》の縁《ふち》を強く殴《なぐ》りつけたので、拳《こぶし》に血がにじんだ。「試さずにおくものか、毒蛇《どくへび》の舌《した》め！　試せばわかることだからな！」

こうしてブリクリウは、明日はさぞおもしろいことになるだろうとほくそ笑みながら、宴《うたげ》の準備《じゅんび》のために自分の館《やかた》へと帰っていった。

宴《うたげ》の夜、王と赤枝《あかえだ》の戦士たちとその妻《つま》たちが、ドラムの砦《とりで》の豪壮《ごうそう》な館にやってくると、ブリクリウの歓迎《かんげい》が待っていた。だがドラムの館では古いしきたりに従《したが》って、宴《うたげ》の席では男女は同席しないため、エウェルや連れの女たちは、女の住まいへと案内された。いっぽうブリクリウは古傷《ふるきず》が痛《いた》むという口実で、配下の戦士たちとともに退出《たいしゅつ》した。だが大広間を出る前に、奥《おく》の階段《かいだん》のところでふり返ると、笑《え》みを浮《う》かべて言った。「肉のなかでも『英雄《えいゆう》の取り分』は、まさしく得るだけの価値《かち》のある肉ですからな。どうか、アルスター一の英雄《えいゆう》がお取りくださされますよう」

ブリクリウが行ってしまい、赤枝《あかえだ》の戦士たちが大広間の両側に並《なら》べられた長い食卓《しょくたく》につくと、奴隷《どれい》たちが大皿に山盛《やまも》りにされたごちそうを運んできた。牛やシカの大きな骨《ほね》付き肉、焼き串《ぐし》からジュージュー音を立てている巨大《きょだい》な銀鮭《ぎんざけ》、オート麦のビスケットやら凝乳《カード》。そして最後に四人の戦士にかかげられて、堂々《どうどう》と現《あらわ》れたのが、こんがり焼けた見事なイノシシの丸焼きだった。この右肩《みぎかた》こそが『英雄《えいゆう》の取り分』と言われる最上の肉なのだ。

運んできた者たちが肉を切り分けにかかると、突然《とつぜん》、騒々《そうぞう》しかった大広間がしんと静まった。いよいよ肩肉《かたにく》が切り分けられようとしたその瞬間《しゅんかん》、ライリーとコナルとクーフリンの御者《ぎょしゃ》がいっせいに立ちあがると、それは自分の主人のものだと主張《しゅちょう》した。

矢がキューンとひと飛びするくらいの時間、沈黙《ちんもく》が続き、その後は広間じゅうが耳をつんざく大騒動《そうどう》となった。三人の戦士が自分こそがそれを取るのだと言いつのり、残りの者たちはそれぞれ誰《だれ》かを応援《おうえん》して声を張《は》りあげた。とうとう王は、王座《おうざ》の前の青銅《せいどう》の柱を、手にした銀の杖《つえ》で力いっぱい叩《たた》いた。まるで大きな鐘《かね》が鳴ったようなガーンという大音響《おんきょう》に、全員が静まりかえって、王を見つめた。

だがこの沈黙《ちんもく》は、新たな騒動《そうどう》で破《やぶ》られた。何人もの女たちがかん高く争いながら、広間に向かってきたのだ。「ブリクリウのやつが、またやってくれたと見える」カトバドがつぶやいた。女たちの黄色い声のなかで、エウェルの声がひときわ高く、銀のラッパのように響《ひび》くと、裏《うら》の戸を叩《たた》く音がした。「クーフリン！　クーフリン！　あたしをなかに入れて」

クーフリンは飛んでいって、戸のかんぬきを外し、小さな重い戸を開いた。エウェルが怒《おこ》ったような笑ったような顔で、飛びこんできた。続いてライリーの妻《つま》フェデルムと、ほんのひと月まえに結婚《けっこん》したばかりのコナルの若妻《わかづま》レンダウィルが押《お》し入り、そのうしろにドヤドヤと女たちが続いた。

コナル王は王座《おうざ》から身を乗りだし、静粛《せいしゅく》にと、もう一度青銅《せいどう》の柱を叩《たた》くと、騒《さわ》ぎのわけをたずねた。

最初に広間に飛びこんできたのはエウェルだったが、最初に口を開いたのはフェデルムだった。走ったため乱《みだ》れてしまったつややかな赤褐色《せきかっしょく》の髪《かみ》をサッと背中《せなか》に払《はら》うと、広間じゅうを見わたし、炎《ほのお》のように誇《ほこ》らかに言った。「王様、そしてアルスターの戦士の皆様《みなさま》がた、どうぞわたしをごらんくださいまし。わたしには王家の血が流れております。わたしが『美貌《びぼう》のフェデルム』と呼《よ》ばれるのは、ゆえないことではありませんでしょう。わたしの夫が『栄光のライリー』、『赤い手のライリー』と呼《よ》ばれるのに理由があるのと、同じことですわ。わたしをごらんいただけたら、アルスターのどの女よりも先に宴席《えんせき》に入る権《けん》利《り》がわたしにあることが、おわかりいただけることでございましょう」

次はレンダウィルの番だった。小柄《こがら》で愛らしく、ペットの小鳥のように誰《だれ》からも愛されるので、『かわいいレンダウィル』と呼《よ》ばれるのも不思議はなかった。ふんわりした金髪《きんぱつ》は金の粉が舞《ま》っているようで、その髪《かみ》の色に、クーフリンはときどきあのアイフェの金髪《きんぱつ》を思い出していた。だがレンダウィルも、小さな生き物が必死で戦うように、なかなか激《はげ》しく話しだした。「あたしだって、美しいと言われないわけではありませんわ。そりゃあフェデルムのような美人ではないかもしれませんが、でもあたしには『大きな槍《やり》のコナル』がいます。あたしの夫は『勝利のコナル』です！ 夫は勇ましく槍《やり》で戦いますし、アルスターのために振《ふ》るう剣《けん》は輝《かが》やかしくて、だれも立ち向かえる者はおりません。夫は誇《ほこ》り高く戦い、でも戦いが終われば必ず、あたしのところへ帰ってくるんです。敵《てき》の首をいくつも、ぶらさげて！ コナルの槍《やり》の権利《けんり》によって、アルスターの女たちの先頭を歩くのは、あたしのはずです！」

最後に話したのは、エウェルだった。ハヤブサのように激《はげ》しく、王のかがり火のそばに立った姿《すがた》は、ほかの誰《だれ》よりも美しかった。「わたしの黒い髪《かみ》をごらんください。先のふたりの髪《かみ》は赤銅色《しゃくどういろ》と金色ですが、でも『美しい髪《かみ》のエウェル』と呼《よ》ばれるのは、わたしです。そして誰《だれ》より美しいのも、このわたしです。わたしほど、愛する喜び、愛する力を持つ女はほかにはおりません。だってわたしが愛しているのは、クーフリンですから。『アルスターの猛犬《もうけん》』、『戦場の番犬』、敵《てき》の槍《やり》を撃退《げきたい》する城門《じょうもん》の守り主。戦車に乗れば獅子《しし》のよう、跳《と》べば鮭《さけ》さながら、剣《けん》を振《ふ》るえば鬼神《きじん》もかくやの活躍《かつやく》ぶり。わたしは、その『アルスターの猛犬《もうけん》』の妻《つま》なのです。赤枝《あかえだ》の女のなかで、いやアルスターの女のなかで、いやアイルランドじゅうの女のなかでさえ、わたしの前を歩いていい者はひとりとしておりません！」

「ブリクリウは今宵《こよい》、さぞお楽しみだろうて」カトバドがつぶやいたが、誰《だれ》かに聞かせるつもりもなく、実際誰《じっさいだれ》も聞いていなかった。なにしろ男たちがまた騒《さわ》ぎに加わり、ライリーとコナルとクーフリンは今度は自分のためだけでなく、妻《つま》のためにも声を張《は》りあげ、王に決着をつけるよう要求していたのだから。だがコノール王はひとり王座《おうざ》に座《すわ》って、三人の戦士と三人の妻《つま》を眉《まゆ》をしかめて見つめていた。もし三人のなかからひとりを選べば、当然、あとのふたりを敵《てき》にまわすことになるだろう。なんとか彼《かれ》らの頭にのぼった血をさます時間を稼《かせ》がなければならない。そうでないと三人は、このまま争いつづけるだろう。

「王妃《おうひ》が若《わか》きフォラマンを生んだとき、死んだりしなければ」と王は思った。「少なくとも女たちのことで、わずらわされることはなかったものを。三人の前を歩く王妃《おうひ》がいてくれさえすれば、こんなばかな争いなど起こるはずもなかった」

声をはりあげて、王が言った。「ここは宴《うたげ》の席で、戦場ではないぞ！　今夜のところはおまえたち三人で、『英雄《えいゆう》の取り分』を三等分するように。この件《けん》はのちほど、コナハトのメーブ女王に、判定《はんてい》を委《ゆだ》ねることとする。女王は他国の人間だが、だからこそ赤枝《あかえだ》の戦士のなかにいるわしよりも、ずっと冷静な判断《はんだん》ができるはずじゃ。だが、これだけは言っておくぞ。女王の判定《はんてい》がどのようなものであれ、おまえたちはそれに従《したが》わねばならぬ。さて、うまい肉が冷めないうちに――」

それでライリーとコナルとクーフリンは、そのころには抜《ぬ》き身となっていたそれぞれの剣《けん》を鞘《さや》におさめ、ふたたび席についた。たがいににらみ合ってはいたが、王の命令には従《したが》った。

垂《た》れ幕《まく》のすきまからのぞいていたブリクリウだけが、その夜のお楽しみがふいになってしまって、がっかりしていた。

ドラム館の宴《うたげ》は、三日三晩《みばん》続いた。日中は狩《か》りにでかけ、暗くなると食べたり飲んだり、竪琴《たてごと》の音色に耳をすませたりした。三人の戦士はいさかいこそ避《さ》けていたものの、同じテーブルには座《すわ》らず、同じ杯《さかずき》からは飲まなかった。四日目の朝、ついに宴《うたげ》が終わると、三人はコナハトのロスコモンにあるクルアハンの城《しろ》へと向かった。メーブ女王とその夫である王に、三人のうちの誰《だれ》がアイルランド一の英雄《えいゆう》か、判定《はんてい》を仰《あお》ごうというのだ。アルスターの戦士たちは成り行き見たさに、大勢《おおぜい》ついてきた。

いっぽう神族《シーデ》の住む丘《おか》のかたわらに建つクルアハンの城《しろ》の私室《ししつ》では、メーブ女王が、空が晴れているのに雷鳴《らいめい》が聞こえるのはなぜだろう、といぶかしんでいだ。以前にエウェルがいぶかしんだのと、同じように。そのときメーブの娘《むすめ》で、やがて女王を継《つ》ぐはずの『あでやかなフィンダウィル』が、高窓《たかまど》から外を見て言った。「母上、戦車がこちらへ向かってきます」

「乗っているのは、いったいなにもの？」メーブ女王は、炉《ろ》の火のそばで長くてまっすぐな金髪《きんぱつ》を梳《す》いていたが、顔を上げて聞いた。

「最初の戦車に乗っているのは、炎《ほのお》のような赤い髪《かみ》とあごひげを生やした偉丈夫《いじょうふ》。マントは雷雲《らいうん》のような紫色《むらさきいろ》で、投げ槍《やり》を手にしています」

「どうやら『栄光のライリー』とみえる。またの名を『戦の嵐《あらし》』とも言うが、もしライリーが怒《おこ》ってここへ来るなら、クルアハンは痛《いた》い目を見るだろう！　ほかには？」

「二台目の戦車に乗っているのは、金髪《きんぱつ》の美丈夫《びじょうぶ》。肌《はだ》は白く、頬《ほお》は紅《くれない》で、まるで雪の上に血がこぼれたよう。マントは青と紅《くれない》の格子縞《こうしじま》で、青銅《せいどう》の縁《ふち》のついた茶色の盾《たて》を手にしています」

「どうやら『勝利のコナル』とみえる。もしコナルが剣《けん》を抜《ぬ》いてやってくるなら、クルアハンは悲しい日を迎《むか》えるだろう！」

「三台目の戦車が来ますわ」フィンダウィルが言った。「雨のような灰色《はいいろ》の馬と、真夜中のような黒い馬が引いています。ひづめが蹴《け》った土が、竿《さお》に追われたカモメのように後ろへと飛びすさり、戦車はまるで冬の疾風《はやて》のよう。戦車に乗っているのは、黒い髪《かみ》の若武者《わかむしゃ》。ひだのある胴着《どうぎ》は深紅《しんく》、白いマントを金のブローチで留《と》めています。銀の縁《ふち》のついた深紅《しんく》の盾《たて》には、動物の文様《もんよう》が金色に輝《かがや》いている。黒い髪《かみ》に、暗いおもざし。でも、ああ、女たちは彼《かれ》を、夢中《むちゅう》で愛さずにはいられないでしょう。英雄《えいゆう》の光輝《こうき》が頭のまわりで輝《かがや》いていますもの」

「それは、英雄《えいゆう》クーフリン以外にはありえない。もし彼《かれ》が敵《てき》としてやってくるなら、われらは石臼《いしうす》のなかの大麦のように、粉々《こなごな》に砕《くだ》かれてしまうだろう」こう言うと女王は立ちあがり、宝石《ほうせき》のついた櫛《くし》を手にしたまま窓《まど》のそばへ行き、娘《むすめ》のとなりに立って、外をながめた。面長《おもなが》で美しく険《けわ》しい顔の両側に、銀糸のまじった長い髪《かみ》が垂《た》れている。三台の戦車と、そのうしろに勢《せい》ぞろいした赤枝《あかえだ》の戦士たちが見え、戦車と馬のひづめがたてる怒濤《どとう》のような音が聞こえた。「だれか、女王のお召《め》しだと、王を呼《よ》んでまいれ。あの者たちを丁重《ていちょう》に迎《むか》え、酒とさかなをたっぷりふるまってやるとしよう。そうすれば、たとえあの者たちが面倒《めんどう》を起こしにきたとしても、その怒《いか》りをこのクルアハンからそらすことができるやもしれぬ」

そんなわけで三人の戦士とついてきた者たちは、いつもならよそ者には冷たい女王メーブと、名ばかりの王アリルから、丁重な歓待《かんたい》を受けた。すばらしい宴《うたげ》は、三日三晩《みばん》続いた。宴《うたげ》の終わりに彼《かれ》らは、来た目的の判定《はんてい》を、メーブ女王とアリル王に願い出た。そこでメーブ女王とその夫は、三人に三つの試練を課すことにした。まず三匹《びき》の魔性《ましょう》の大猫《ねこ》と戦うこと。次に、呪《のろ》いの谷の女怪《じょかい》たちと戦うこと。そして最後にそれぞれが、アリルの養父エルコルと戦うことだった。エルコルは力のある魔法使《まほうつか》いで、銅《あかがね》や鉄《くろがね》、刃《は》の先や盾《たて》の縁《ふち》に関する古代の魔術《まじゅつ》のすべてに通じていた。三つの試練で敵《てき》を倒《たお》すことができたのは、クーフリンただひとりだった。だがそれでもまだライリーとコナルは、クーフリンがアイルランド一の勇者であることを認《みと》めようとはしなかった。

ここにきてアリル王は、途方《とほう》に暮《く》れてしまった。もうこれ以上、判定《はんてい》をのばすことはできない。さりとて三人のうちの誰《だれ》かを勝者と定めれば、あとのふたりは失望し、以後生涯《しょうがい》の敵《てき》にまわるにちがいない。平和を好むアリル王は頭を痛《いた》めて、私室《ししつ》で、メーブ女王に相談をもちかけた。メーブは、アリルが平和を好むのと同じくらい、大の戦争好きだったから、青白い顔にあざけりと薄笑《うすわら》いを浮《う》かべて、アリルが話すのを聞いていたが「なぜあなたがこの問題に判定《はんてい》を下そうとするのだ？　たかが婿《むこ》の分際《ぶんざい》で」と言った。コナハトでは女王は生まれながらに女王だが、王は女王と結婚《けっこん》したおかげで王になるからだ。だがメーブは、愚《おろ》かではなかった。アリルの用心深さを笑いはしたが、彼《かれ》は正しいと内心ではわかっていた。それで、急いでこうつけ加えた。「わたしとしたことが、つまらぬことを口走った。だが悩《なや》むのを止めて、すべてをわたしに任《まか》せておけばよろしい。あの三人のアルスターの馬鹿者《ばかもの》どもがここから満足して出ていくように、うまく言いくるめずにはおくものか」

そして王の盾《たて》持ちを呼《よ》び、宝物庫《ほうもつこ》からいくつかの品を持ってくるように命じた。それから『栄光のライリー』を呼《よ》びにいかせると、ほどなく赤ら顔の大男が、黒とサフラン色に塗《ぬ》った横木をひょいとかがんで通りぬけ、そばにやってきた。メーブ女王が、横で不安そうにしている王の代わりに、こう言った。「よくまいられた、栄光のライリー。そなたを人々《ひとびと》はこの名で呼《よ》ぶが、まこと、アイルランド一の勇者にふさわしい名だ。さて、わが栄光のライリーよ、今後どこの宴《うたげ》であろうと、『英雄《えいゆう》の取り分』を得るのは、そなたである。コナハト王家は、そなたにこの権利《けんり》を授《さず》けることとする」。女王はテーブルから杯《さかずき》を取ると、笑《え》みを浮《う》かべて、ライリーに与《あた》えた。片側《かたがわ》に銀の鳥を象嵌《ぞうがん》した、磨《みが》きこまれた青銅《せいどう》の杯《さかずき》だった。「そのしるしに、これを持っていくがいい。だがエウィン・ワハのコノール王のところにもどるまで、だれにも見せてはならぬ。もどってから全員の前にこれを示《しめ》して、アイルランドの英雄《えいゆう》の権利《けんり》を主張《しゅちょう》するがよかろう。そうすれば、誰《だれ》も異義《いぎ》を唱えたりしなかろうからな」

こうしてライリーは杯《さかずき》をふところに収《おさ》めて、戦士たちがくつろいでいる大広間にもどった。

次に女王は盾持《たて》ちに、ライリーとクーフリンに姿《すがた》を見られないようにと念を押《お》してから、コナルを呼《よ》びにいかせた。コナルが来ると、コナルにもアイルランドの英雄《えいゆう》の名を授《さず》けるかのようにふるまった。そしてその証拠《しょうこ》として、今度は、金の鳥が象嵌《ぞうがん》された、白銀《しろがね》の杯《さかずき》を授《さず》けた。

さて、女王はこのふたりが寝所《しんじょ》に引きあげるまで待ち、それから盾《たて》持ちにクーフリンを呼《よ》びにいかせた。クーフリンはアリル王の戦士のひとりと、まだ広間でチェスに興《きょう》じていた。そして迎《むか》えがきても、ハエでも追うように肩《かた》をピクリと動かしただけで、そのままチェスを続けた。クーフリンがやっと腰《こし》を上げたのは、勝負が終わり自分が勝ってからだった。

心の芯《しん》まで女王であるメーブは、これを聞いてカンカンになった。待っているあいだじゅう、足で炉石《ろいし》をイライラと叩《たた》いていたが、目が血走ってギラギラと燃《も》えていた。お気に入りの雌《めす》の猟犬《りょうけん》がすりよってくると、犬の耳を指でひねりあげたので、気の毒な犬は驚《おどろ》いたのと痛《いた》いのとで、キャンキャン鳴いた。「クーフリンめ。コナハトの女王をよくも待たせてくれたな。いつか後悔《こうかい》させてやるから、覚えておけ！」

だがついにクーフリンが現《あらわ》れると、メーブは前のふたりに対したときと同じように、にこやかに挨拶《あいさつ》した。「よく来てくれた、アルスターのクーフリン。そなたを迎《むか》えることは、まことに喜ばしい。もっともそなたは、いつでも誰《だれ》からも喜び迎《むか》えられることだろう。そしてそなたが怒《おこ》ったときには、猛《たけ》き神々《かみがみ》の怒《いか》りに触《ふ》れたように、震《ふる》えあがらぬ者はいなかろう」こう言うとメーブは、三つ目のカップを差しだした。つややかな金の杯《さかずき》で、サンゴとザクロ石と瑠璃《るり》で鳥の細工がほどこしてあった。「アイルランドの英雄《えいゆう》に、コナハトの王家からの贈《おく》り物をとらせよう。ただしエウィン・ワハのコナル王のところにもどるまで、誰《だれ》にも見せてはならぬ。帰ってから、全員に見せるがよい。そうすれば今後はそなたの前で、誰《だれ》も英雄《えいゆう》の権利《けんり》を主張《しゅちょう》したりしないであろうからな」

そこでクーフリンは金の杯《さかずき》を、ふところにしまいこみ、すっかり満足して、戦士たちの寝所《しんじょ》へともどっていった。

翌朝《よくあさ》、赤枝《あかえだ》の戦士たちはメーブ女王とアリル王に別れを告げ、エウィン・ワハへと帰っていった。ライリーとコナルとクーフリンの戦車は彼《かれ》らの権利《けんり》によって先頭を駆《か》り、三台の戦車のあげる土煙《つちけむり》の後を、残りの戦車がついていった。三人のうち誰《だれ》も、残りのふたりに判定《はんてい》がどう出たのかを聞くことはしなかった。それぞれ自分だけが結果を知っていると思っていたからだ。

こうして三人はエウィン・ワハにもどり、その晩《ばん》、戦士たちの帰国を歓迎《かんげい》して、王の大広間で祝宴《しゅくえん》が開かれた。さて、大きな肉の丸焼きから『英雄《えいゆう》の取り分』が切り取られ、かたわらに置かれると、宴席《えんせき》はしんと静まりかえり、全員が三人のほうを見た。

やおらライリーが立ちあがり、ふところから銀の鳥のついた青銅《せいどう》の杯《さかずき》を取りだすと、言った。「『英雄《えいゆう》の取り分』はおれのものだ！」

「なんの権利《けんり》があってだ？」コノルが問いつめた。

「この杯《さかずき》を見ろ。コナハトの女王から、おれが英雄《えいゆう》である証拠《しょうこ》として、贈《おく》られたものだ！」

だがライリーが言い終らないうちに、勝利のコナルが立ちあがり、金の鳥のついた銀の杯《さかずき》を高々《たかだか》と持ちあげた。「この杯《さかずき》をごらんあれ、わが王よ。同じくコナハトの女王から授《さず》かったものだ。『英雄《えいゆう》の取り分』の権利《けんり》はおれにあることが、これでわかるだろう」

その瞬間《しゅんかん》クーフリンも立ちあがり、宝石《ほうせき》の鳥がついた金の杯《さかずき》を、みんなに見えるように高く掲《かか》げた。金の杯《さかずき》は大広間の松明《たいまつ》の灯を受けて、夏至《げし》の日の太陽のように輝《かがや》いていた。

クーフリンは一言も発せずに立っていたが、やがて笑いだした。笑い声は、壁《かべ》にかけた武器《ぶき》が鳴りひびくほど高々《たかだか》と続いた。

第八章　アイルランドの英雄《えいゆう》争い

争いがまた一から始まった。ライリーはクーフリンに向かって、女王をたぶらかして仕《つか》える約束をし、代わりに金の杯《さかずき》をもらったのだろう、と怒鳴《どな》った。コナルは無言だったが、ライリー同様、判定《はんてい》を受け入れるつもりはなかった。

この話がコノール王の耳に入ると、王は怒《おこ》って、冷たく言いはなった。「それでは、こうするがいい。おまえたちは、その呪《のろ》うべき争いの種を、ケリーの王クーロイのところに持っていくがいい。クーロイ王はドルイドより古い力を持ち、ドルイドより深いものを見ることができるお人だ。たぶんこの問題に、きっぱりと片《かた》をつけてくれるだろう。わしはもうこれ以上、聞く耳はもたぬから、そう思え」

そこで次の日、三人の戦士とその御者《ぎょしゃ》たちは、ケリーの王クーロイに問題を解決《かいけつ》してもらうために、出発した。

三人は戦車をとどろかせて、海に突《つ》きでた岬《みさき》に建っている壮大《そうだい》な城《しろ》にやってきたが、あいにく城《しろ》の主は不在《ふざい》だった。だが代わりに妃《きさき》のブラニッドが、もの柔《やわ》らかな様子で暖《あたた》かく迎《むか》えてくれた。ブラニッドは長いまつげの下から三人を代わるがわる見つめて、なぜこの城《しろ》に来たのか、そのわけを聞くと、こう応《こた》えた。「そういうことでしたら、きっとお力になれるでしょう。ただ主人は三晩《ばん》のあいだ、留守《るす》をいたします。主人が残していった戦士が城《しろ》を守っておりますが、よろしければ、ひとつお願いがございます。愚《おろ》かな女とお笑いでしょうが、わたしは主人がいないと怖《こわ》くてたまりません。そこでおひとりずつ交替《こうたい》で、城壁《じょうへき》の外で、ひと晩《ばん》じゅう見張《みは》りをしていただけませんか。そうしていただければ、わたしは安心して休めます」

その晩《ばん》戦士たちが寝《ね》にいく時間がくると、三人のなかで一番年長のライリーが、ひと晩《ばん》目の見張《みは》りを引き受けた。そして城壁《じょうへき》を塞《ふさ》いでいる頑丈《がんじょう》なサンザシの矢来《やらい》の外に陣取《じんど》った。いっぽうクーロイ王の妃《きさき》は自室にこもり、火桶《ひおけ》に小さな火を起こすと、そこに得体の知れない禍々《まがまが》しいものをくべた。やがて火から青い炎《ほのお》が立ちのぼると、妃《きさき》はカラスの羽のように黒い髪《かみ》をとかしながら、歌いだした。こうして妃《きさき》は、夜やってくるあらゆるものから城《じょう》門《もん》を守る魔法《まほう》をかけ――それからまた別の魔法《まほう》もかけたのだった。

夜は静かに過《す》ぎてゆき、ライリーは槍《やり》に寄《よ》りかかって、うとうとしかかった。だがそのとき、海から大きな影《かげ》のようなものが上ってくるのが見えた。上るにつれ、影《かげ》はさらに濃《こ》くさらに黒くさらに恐《おそ》ろしいものとなり、とうとう巨人《きょじん》の姿《すがた》となった。巨人《きょじん》の肩《かた》は、月光をさえぎるほど大きかった。巨人《きょじん》は槍《やり》を二本持っていたが、その槍《やり》の柄《え》ときたら、枝《えだ》を落としただけのカシの巨木《きょぼく》だった。これを見たライリーの背《せ》すじに、冷たい恐怖《きょうふ》が走った。

「今宵《こよい》はアルスターの者には悪い夜となるぞ」巨人《きょじん》の声は洞窟《どうくつ》のなかの海水のように、重く響《ひび》いた。声とともに、巨人《きょじん》の二本の槍《やり》が、栄光のライリーに向かって飛んできた。だが二本とも身体には当たらず、身体をはさむようにして城壁《じょうへき》の太い丸太に刺《さ》さり、ぶるぶる震《ふる》えた。今度はライリーが自分の槍《やり》を投げた。ねらいは確《たし》かだったが、頭上にそびえる巨《きょ》大《だい》なかたまりに投げるのは、雷雲《らいうん》に向かって投げるようなものだ。怪物《かいぶつ》はゲラゲラと笑うと、かがんでライリーをつまみあげた。片手《かたて》で強くつかんだので、ライリーのあばら骨《ぼね》は、卵《たまご》のカラのように、もう少しでつぶれるところだった。それから怪物《かいぶつ》は、ライリーを城壁《じょうへき》のなかへと放り投げた。

その騒《さわ》ぎに城《しろ》の戦士たちが気づき、クーフリンとコナルを先頭にかけつけてきた。ライリーは矢来《やらい》のすぐ内側に倒《たお》れていたが、傷《きず》つき、口から泡《あわ》を吹《ふ》いて、半死半生のありさまだった。だが城壁《じょうへき》の外では何事もなかったかのように、ただ月光だけが、皎々《こうこう》と輝《かがや》いていた。

次の夜はコナルが見張《みは》りに立ったが、前夜とまったく同じことが起きた。コナルを助けようと戦士たちがかけつけると、前夜ライリーが話したのと同じに、コナルは巨人《きょじん》と戦ったことを話した。だが、巨人《きょじん》の手で城壁《じょうへき》のなかにボロ雑巾《ぞうきん》のように投げ捨《す》てられたことは、ライリー同様言う気になれなかった。城《しろ》のものたちは、ブラニッド王妃《おうひ》が毎夜城門《じょうもん》にかける魔法《まほう》のことを知っていたので、ライリーもコナルも高い矢来《やらい》を飛び越《こ》えたのだろうと思った。

三日目の夜は、一番若《わか》いクーフリンが城壁《じょうへき》の外で見張《みは》りに立った。妃《きさき》は私室《ししつ》に行き、青い火をたき、同じ魔法《まほう》をかけるために黒髪《くろかみ》をといた。だが今回は髪《かみ》を不思議な形に編《あ》んで、その編《あ》み目ごとに、前の二晩《ばん》とはちがう魔法《まほう》をかけた。するとあちこちに小さな風が起こり、形のない小さなものがあちらの隅《すみ》こちらの隅《すみ》で、キーキーと声をあげた。

クーフリンは門の前で槍《やり》に寄《よ》りかかり、何事もなく見張《みは》りを続けていた。だが真夜中になったとき、九つの灰色《はいいろ》の影《かげ》がにじり寄《よ》ってくるのが見えた気がした。「だれだ？」クーフリンは叫《さけ》んだ。「味方なら、そこで止まれ。敵《てき》なら、かかってこい！」

すると九人の影《かげ》の戦士は大きなかけ声をあげ、猟犬《りょうけん》の群《む》れが一匹《ぴき》のシカに襲《おそ》いかかるように、いっせいに飛びかかってきた。クーフリンは城壁《じょうへき》の丸太まで震《ふる》えるような大声で気合いを入れると、九人を相手に戦った。その結果、殺すか、霧《きり》のなかに追いやるか、地面にたたきつけるかして、全員をやっつけた。だがふたたび新たな九つの影《かげ》が襲《おそ》いかかり、さらに三度目も同じことになった。クーフリンはすべての影《かげ》をやっつけたが、さすがに力を使い果たし、息があがったので、門の横の巨石《きょせき》に腰《こし》を下ろして休んだ。

頭を垂《た》れて休んでいると、巨大《きょだい》な波が寄《よ》せては砕《くだ》けるゴーッという音が聞こえてきた。海岸を襲《おそ》う冬の嵐《あらし》のような音だが、あたりの空気はおだやかだ。だが見あげると、巨大《きょだい》なドラゴンがしぶきをあげて海から上がってくるのが見えた。ドラゴンは流星のように壮麗《そうれい》な炎《ほのお》の弧《こ》を描《えが》いて、空中高く舞《ま》いあがると、翼《つばさ》で空の半分を覆《おお》ってしまった。それから恐《おそ》ろしい口をクワッと開いて、クーフリンめがけて下りてきた。

クーフリンは疲労《ひろう》を古マントのようにかなぐり捨《す》てると、パッと立ちあがり、英雄《えいゆう》の鮭《さけ》跳《と》びの術《じゅつ》で飛びあがった。ドラゴンの背丈《せたけ》に届《とど》くと、怪物《かいぶつ》の口のなかに自分の腕《うで》を力いっぱい突《つ》っこんだ。ドラゴンの熱く臭《くさ》い息がまともに顔に吹《ふ》きつけ、腕《うで》は肩《かた》まで火につっこんだように熱い。だがクーフリンは手さぐりで、脈打つ巨大《きょだい》な心臓《しんぞう》をつかむと、それをエイッとばかりに引っこぬいた。

怪物《かいぶつ》は口から黒い血を吹《ふ》きだして、空から墜落《ついらく》した。怪物《かいぶつ》の目に燃《も》えていた炎《ほのお》は、石炭の火が燃《も》えつきるように、その光を失った。クーフリンは死んだ怪物《かいぶつ》の上に飛び乗ると、その頭をたたき斬《き》った。すでに九個《こ》の三倍の、影《かげ》の戦闘士《せんとうし》の首の山があったので、ドラゴンの首をその上に置いた。それからもう一度、ガックリと巨石《きょせき》に腰《こし》を下ろした。

海からくる影《かげ》にクーフリンが気づいたのは、明け方近くだった。これこそ、ライリーとコナルがでくわしたものにちがいない。クーフリンは立ちあがって、影《かげ》が濃《こ》くなって巨人《きょじん》の姿《すがた》となるのを待った。

「今宵《こよい》はアルスターの者にとって、悪い夜となるぞ」巨人《きょじん》が二本の大槍《おおやり》の一本目を振《ふ》りかざして言った。

「いや、おまえにとっては、もっと悪い夜になるぞ」クーフリンが叫《さけ》んだ。

二本の槍《やり》が次々《つぎつぎ》、音をたてて飛んできた。ライリーとコナルのときと同じように、クーフリンの両わきをかすめて、クーロイの城壁《じょうへき》の丸太に深々《ふかぶか》とつき刺《さ》さった。怪物《かいぶつ》はかがんで、クーフリンをつまみあげようとした。だがその瞬間《しゅんかん》、クーフリンは剣《けん》を手に跳《と》びあがり、巨人《きょじん》の頭に届《とど》くと、電光石火で剣《けん》の一撃《いちげき》を浴びせた。衝撃《しょうげき》で巨人《きょじん》はよろめいてひざをついた。巨人《きょじん》は恐《おそ》ろしい苦悶《くもん》の叫《さけ》びをあげたが、その叫《さけ》びがまだ尾《お》を引いているうちに、一筋《ひとすじ》の煙《けむり》が風に消えるように、かき消えてしまった。

暁《あかつき》を知らせる光がほのかに海に広がっている。クーフリンは、今夜はもう襲《おそ》ってくるものはないとわかった。ひどく疲《つか》れたので、城《しろ》に帰って休みたかった。だが城門《じょうもん》にかけられた魔法《まほう》は、最初の朝日を浴びるまで解《と》けることはない。クーフリンは、他のふたりは矢来《やらい》を飛びこえたものと信じていたので、他の者にできるのなら、自分にできないはずはないと思った。二度跳《と》んでみたが、あまりに疲《つか》れていたために、二度とも失敗した。すると仲間にできたことが自分にできないというので、猛烈《もうれつ》な怒《いか》りがこみあげ、この怒《いか》りのせいで究極の力が沸《わ》いた。まるで夏の稲妻《いなずま》のように、額《ひたい》のまわりで英雄光《えいゆうこう》が光りだした。クーフリンは助走をつけ、槍《やり》を支《ささ》えにして、跳《と》びあがった。あまりに高く遠くまで跳《と》んだので、城壁《じょうへき》を越《こ》えただけでなく、城《しろ》の中心まで行ってしまった。クーフリンがふたたび足を着いたのは、中庭の、クーロイの大広間への入り口のまん前だった。

入口の敷居《しきい》にガックリと腰《こし》を下ろし、塗《ぬ》りの柱に寄《よ》りかかると、大きく長いため息をついた。

クーロイの妃《きさき》が大広間から出てくると、クーフリンのうしろに立ち、かがんで肩《かた》に手を当てた。それから闇《やみ》のように黒い髪《かみ》で、クーフリンの顔をサラサラとなでて、言った。「このため息は、疲《つか》れた勝利者のもので、打ち負かされた者のため息ではない。さあなかに入って、食事をし、お休みなさい」

後になってから妃《きさき》は、アルスターの三人に、門前に築《きず》かれた異形《いぎょう》の者の首の山を示《しめ》して言った。「この首の山だけではありません。影《かげ》の巨人《きょじん》の首が無いのは、あれはけっして跡《あと》を残さないためです。これでおふたりとも、クーフリンが英雄《えいゆう》であることを、喜んでお認《みと》めになることと存《ぞん》じます」

ところがこれでもまだ、あとのふたりは、負けを認《みと》めようとしなかった。ライリーは嫉《しっ》妬《と》からで、コナルはこのころには自分を恥《は》じていたからだ。コナルは恥《は》ずかしいと思うと、ますます意固地になるのだった。「だめだ！」ライリーが言った。「なぜ認《みと》めなければならんのだ？ クーフリンの父親があの『中空の丘《おか》』にいることは、だれもが知っている。おおかた神族の身内が、彼《かれ》を助けてやったんだろう。だから、この競争は不公平だ」

「それではもう、この問題についてわたしはお手伝いができかねます」ブラニッドは、堪《かん》忍袋《にんぶくろ》が切れた女なら誰《だれ》もがする顔つきをしていた。だが妃《きさき》の黒髪《くろかみ》ときたら、まるで雷《かみなり》のさいちゅうに毛を逆《さか》なでされた黒猫《くろねこ》のように、逆立《さかだ》って火花が散っており、そこがふつうの女とはちがっていた。「今すぐエウィン・ワハにお帰りください。そしてわが夫、クーロイ王自身が判定《はんてい》を出すまで待ちなさい。ただし待っているあいだ、おたがいに平和を保《たも》つこと。またクーロイの判定《はんてい》がどうであれ、それを受け入れること。でないとマンスター、レンスター、タラ、コナハトの全アイルランドから、アルスターの戦士たちが子どもじみたけんかをしていると、いい笑いものにされますよ！」

そういうわけで三人は、いまだに解決《かいけつ》しないもめ事を抱《かか》えたまま、コノール王のもとに帰ってきた。ただしクーロイの妃《きさき》の言葉に従《したが》って、平和は守っていた。

それから日々《ひび》が過《す》ぎ、また日々《ひび》が過《す》ぎていったが、ケリーの王クーロイからはなんの知らせもなかった。ある晩《ばん》のこと、赤枝《あかえだ》の戦士たちが皆《みな》、王の広間で晩餐《ばんさん》の肉にかぶりついていたときだった。もっともコナルは狩《か》りに出ており、コナルの乳兄弟《ちきょうだい》のクーフリンは、ムルテムニーの自分の領地《りょうち》に下っていて留守《るす》だった。ダンダルガンの砦《とりで》の古い土塁《どるい》のなかに、自分の館《やかた》を建てさせていたので、その様子を見にいったのだ。外ではその冬最初のゲイル風が、オオカミの群《む》れのようなうなり声をあげていた。突然《とつぜん》、王の広間の入り口の戸が、バタンと開いた。突風《とっぷう》にあおられたか、と全員がいっせいにふり向くと、風でゆらめく灯《あか》りの下に、身の毛もよだつ無気味な姿《すがた》がぬうっと入ってきた。人間のようではあるが、どんな人間より大きくて見るも恐《おそ》ろしい。広間に入ると、オオカミのような黄色い目で、あたりをにらんだ。身につけているのは粗《あら》く縫《ぬ》ったオオカミの毛皮と、その上にはおった灰色《はいいろ》のマント。根こそぎ引き抜《ぬ》いた若《わか》いカシの木をかざして、炉《ろ》や松明《たいまつ》の光を避《さ》け、さらにもういっぽうの手に、巨大《きょだい》な斧《おの》をぶらさげていた。斧《おの》の刃《は》は鋭《するど》く、残忍《ざんにん》そうにギラリと光った。

驚愕《きょうがく》のあまり、戦士たちが全員、立ちあがって見守っているなかを、恐《おそ》ろしい訪問者《ほうもんしゃ》はずんずんと大広間を進んでいった。そして中央の炉《ろ》の脇《わき》の、彫刻《ちょうこく》して色をぬったどっしりした棟木《むなぎ》に寄《よ》りかかった。

「いったいなにものだ？」フィンタンの息子ケテルンが、必死の思いで冗談《じょうだん》を交えて聞いた。「この城《しろ》の燭台《しょくだい》になろうと来たのか、それとも城《しろ》を焼き滅《ほろ》ぼすためか？　いずれにしろ、もっと奥《おく》へ、毛むくじゃらで巨大《きょだい》なお客人よ」

「人はおれを『よそ者ウアト』と呼《よ》ぶ。おれはそんな理由で来たわけではないぞ」見るも恐《おそ》ろしいが、声もそら恐《おそ》ろしかった。「ある男を探《さが》しにやってきたのだ。アイルランドじゅうを探《さが》しあるいたが、ついぞ見つかることはなかった。はて、このアルスターの赤枝《あかえだ》の戦士たちのあいだに、いるのか、それともいないのか？」

「いったい誰《だれ》を探《さが》しておるのじゃ？」コノール王が尋《たず》ねた。

「おれと約束を交わし、それを守る剛毅《ごうき》な男よ」

「その約束とは？　そんなに守るのが難《むずか》しいものか？」

よそ者は毛皮に包まれた大きな肩《かた》をすくめた。「どうも、そのようだな」それから持っていた大斧《おの》を振《ふ》りあげて、高く掲《かか》げた。刃《は》に光があたってギラリと光ったのが、全員に見えた。「この斧《おの》を見よ。どうだ、美しかろうて？　だがこいつはいつも飢《う》えている――人間の血を吸《す》いたくてたまらんらしい。だれか肝《きも》のある男はいるか？　肝《きも》があるなら、今夜、この斧《おの》をふるってわが首を切り落としてみよ――そのかわり明日の晩《ばん》、もう一度ここでおれと会うと約束をせねばならん。そして明日はお返しに、おれが斧《おの》を振《ふ》るう番となる」

大広間に並《なら》んだ男たちのあいだに、恐《おそ》れと怒《いか》りの入り混《ま》じった低いざわめきが広がった。よそ者はあたりを見まわしたが、その目が炉の火を受けて、オオカミの目のように爛々《らんらん》と光っている。「赤枝《あかえだ》の戦士たちはその勇気、その名誉《めいよ》、その力、そしてその誠《まこと》において、アイルランドの戦士のなかの戦士とうたわれているのではなかったか。さあ、勇気のほどを知らしめるときが来たぞ。おまえたちのなかに、おれの挑戦《ちょうせん》を受け、約束を守る男はいないのか――王以外なら誰《だれ》でもいいぞ」よそ者は、木々《きぎ》のあいだを吹《ふ》きぬけるゲイル風のようなり声を上げた。「もし、挑戦《ちょうせん》を受ける戦士がいないというなら、仕方がない。おれは万人の前で、アルスターには肝《きも》のある男はひとりもおらず、アルスターの名誉《めいよ》は地に落ちたと言わねばなるまい！」

その言葉が終わらないうちに、ライリーが立ちあがった。「アルスターに肝《きも》のある男がいないなどとは、言わせぬぞ！　その斧《おの》をよこせ。そして、ひざまずけ、野蛮人《やばんじん》！」

「そう、あわてるな！　そう、あわてるな、こわっぱめ！」『よそ者ウアト』は笑った。それから光る斧《おの》をなでると、その場の全員が聞いたこともない言葉で何事かを斧《おの》にささやいた。それが終わるとライリーに斧《おの》を渡《わた》し、ひざまずいて、炉《ろ》のそばの大きなカシの木の切り株《かぶ》に首を乗せた。ライリーはおおいかぶさるようにして立つと、重さとバランスを確《たし》かめるために大斧《おの》を振《ふ》りまわした。それからすさまじい勢《いきお》いで斧《おの》をエイヤッと振《ふ》りおろしたので、よそ者の首ははねて転げ落ち、斧《おの》は切り株《かぶ》に深く刺《さ》さった。

だがさらにぞっと息をのむ恐怖《きょうふ》の出来事が起こって、その場にいた全員が凍《こお》りついた。『栄光のライリー』がうしろに下がると、首なしの身体がぴくぴくと動きはじめたのだ。やがて首なしの巨人《きょじん》は立ちあがり、切り株《かぶ》から斧《おの》を引きぬいた。それから炉石《ろいし》のほうに転がっていた自分の首を拾うと、大広間をずんずん通りぬけ、荒《あ》れた夜のなかへと出て行った。男が通った後は、松明《たいまつ》の炎《ほのお》までが青ざめていた。

ライリーは火のそばに立っていたが、衝撃《しょうげき》のあまり目が見えなくなったかのようだった。

次の夜、赤枝《あかえだ》の戦士たちは王の大広間で、晩餐《ばんさん》の席についていた。しかしだれも食べる者はおらず、話をする者もいなかった。そして全員の目は、戸口へと向けられていた。前夜と同じように、戸がバタンと開き、『よそ者ウアト』が大股《おおまた》で入ってきた。見るも恐《おそ》ろしい首は、前と同じようにしっかりと肩《かた》に乗っており、大斧《おの》をぶらぶらゆすっている。

昨夜と同様、棟木《むなぎ》に寄《よ》りかかり、眉《まゆ》の下の黄色い目で、あたりを見まわした。「昨夜、おれと約束した男はどこだ？」

コノール王もまわりの者に尋《たず》ねた。「栄光のライリーはどこにいったのだ？」

戦士たちは端《はし》から端《はし》まで、おたがいに顔を見合せたが、その夜、栄光のライリーを見た者は誰《だれ》ひとりいなかった。

「これはこれは、強者《つわもの》ぞろいのアルスターの戦士とは、笑止千万。ここには約束を守る男は、いないと見える！　よその国の戦士のあいだで、二度と頭《こうべ》を上げて歩くなよ。まことアルスターの戦士ときたら、ふぬけもふぬけ。臆病者《おくびょうもの》ぞろいよな。命より名誉《めいよ》を重んじる剛毅《ごうき》の男のひとりもおらんとは！」

その晩《ばん》はコナルが狩《か》りから帰っており、大広間にいたので、立ち上がって叫《さけ》んだ。『よそ者ウアト』とやら、あらためて約束しよう。今度はおれが相手だ。アルスターの戦士をふぬけ呼《よ》ばわりすることは、こんりんざい許《ゆる》さんぞ！」

するとよそ者は今度もまた笑い、不思議な言葉で呪文《じゅもん》をとなえると、ライリーのときと同じように、コナルの前にひざまずいた。だが斧《おの》が振《ふ》り下ろされると、またもや立ち上がり、斧《おの》と切りおとされた自分の首を拾って、夜のなかへと歩き去った。

次の夜、晩餐《ばんさん》の戦士たちにまじって、コナルは自分の席に座《すわ》っていた。顔面蒼白《がんめんそうはく》でひとことも口をきかなかったが、覚悟《かくご》はできていた。ところが、前夜と同じく戸がバタンと開き、恐《おそ》ろしい姿《すがた》が大広間をずかずかとやってくるのを見ると、コナルの勇気はくじけた。戦場で仲間とともに赤い血を流して死ぬことを恐《おそ》れたりはしないが、こんな処刑人《しょけいにん》の前で切り株《かぶ》の上に首を乗せ冷たい血を流すのは、まっぴらごめんだ。コナルは長椅子《ながいす》の後ろへとすべり抜《ぬ》けると、大広間の小さな裏口《うらぐち》へ向かった。

おかげで『よそ者ウアト』が『勝利のコナル』を呼《よ》んだとき、返事はなく、裏口《うらぐち》の止め具が落ちる音が、カタンとしただけだった。

ウアトは、王や戦士たちの、恥《はじ》と怒《いか》りで赤黒くなった顔を見渡《みわた》した。「地に落ちたり、赤枝《あかえだ》の戦士！　名誉《めいよ》を守ると言いながら、それに見合う勇気を持たぬとは情《なさ》けないことよ。恥《はじ》さらしめ！　はてさて、すぐれて勇猛《ゆうもう》と聞く赤枝《あかえだ》戦士団《だん》には、約束を守る男のひとりすらおらんのか！　そういえば名のあるクーフリンだが、あいつはまだ子どもで、一人前の男に見られたいときはあごに黒イチゴの汁《しる》を塗《ぬ》るそうよの。だがそんな子どもであろうと、男子の誇《ほこ》りさえあるなら、赤恥《あかはじ》さらしたふたりの勇者のまねなど、するまいて！」

クーフリンは王の身内の席から立ちあがり、ラッパのような大音声《だいおんじょう》で、大広間に向かって挑戦《ちょうせん》した。「『よそ者ウアト』とやら、おれが若《わか》いと言うならそのとおりだが、おれは約束は守るぞ！」

「それならこっちに来て、試してみろ！」よそ者ウアトが言った。「言うは易《やす》く、行うは難《かた》し、と言うからな！」

そこでクーフリンは一声吠《ほ》えると、大広間をすっとんできて、巨人《きょじん》の手から斧《おの》を奪《うば》った。そしてよそ者がひざまずくのも待たずに、ぱっと床《ゆか》から跳《と》びあがって、首をたたき斬《き》った。『よそ者ウアト』はゲイル風に直撃《ちょくげき》されたカシの木のように、グラリとよろけた。だがすぐに元にもどり、何事もなかったようにクーフリンから斧《おの》を取り返した。それから、自分の首が大きなハーリングの球のようにはずんで、遠くの長椅子《ながいす》の下へと転がったのを、取りにいった。そうして大広間を通りぬけると、夜のなかへと出ていった。男のうしろでは、松明《たいまつ》の炎《ほのお》までが青ざめていた。

次の夜、クーフリンは戦士たちに混《ま》じって、いつもの席に座《すわ》っていた。まわりの者たちはクーフリンが顔面蒼白《がんめんそうはく》で、食べ物には手をつけておらず、蜜酒《みつしゅ》ばかりをいつもよりよけいに飲んでいることに気がついた。だがクーフリンはこれから立ち向かわなければならない悽愴《せいそう》な場面から、一歩も退《しりぞ》くつもりはなかった。

その晩《ばん》おそく、またもや風が強まり、戸がバタンと開くと『よそ者ウアト』が入ってきた。暗雲のような恐《おそ》ろしい威厳《いげん》を帯び、棟木《むなぎ》に斧《おの》の柄《え》を叩《たた》きつけて、叫《さけ》んだ。「クーフリンはどこだ？　約束を守るという言葉にうそがなければ、今すぐ出てこい！」

クーフリンは立ちあがって、前に出た。「ここにいるぞ」

「おまえの声には、悲しみがあるな」ウアトが言った。「無理もない。だがこの斧《おの》が振《ふ》りおろされたとき、アルスターは名誉《めいよ》をとりもどす。アルスターの名誉《めいよ》を救ったと、自分の心をなぐさめるがよい」巨人《きょじん》は頭をそらして、竪琴弾《たてごとひ》きが竪琴《たてごと》の音色を試すように、斧《おの》の縁《ふち》を指でなでた。「さあ、ひざまずけ」

クーフリンは見納《みおさ》めに、大きな広間を見渡《みわた》した。女たちのあいだに、エウェルの凍《こお》りついた蒼白《そうはく》な顔が見える。王や友人たちの顔をながめ、可愛《かわい》がっていた猟犬《りょうけん》をながめた。それからひざまずき、炉《ろ》ばたのわきの巨大《きょだい》な切り株《かぶ》に首を乗せた。

「もっと首を伸《の》ばせ」大木のようにそびえ立ったウアトの声がした。

クーフリンは怒《おこ》って言った。「猫《ねこ》が小鳥で遊ぶように、おれをもてあそんで楽しんでいるな！　さっさと殺せ。おれは昨晩《さくばん》おまえを待たせて、苦しめたりしなかったぞ！」

よそ者は斧《おの》を振《ふ》りあげた。勢《いきお》いあまって斧《おの》の先が垂木《たるき》を突《つ》き破《やぶ》り、大木が嵐《あらし》で倒《たお》れるような音がした。それから一挙に、斬《ざん》、と振《ふ》りおろした。斧《おの》はきらめく弧《こ》を描《えが》き、その衝撃《しょうげき》のすさまじさは、城《しろ》全体が土台ごと飛びあがったかのようだった。戦士たちは、ある者は目をおおい、またある者は恐怖《きょうふ》のあまり目をそらすことさえできないでいた。

だがクーフリンは怪我《けが》ひとつなく、ひざまずいていた。そしてかたわらにいるのはもはや恐《おそ》ろしいよそ者ではなく、ケリーの王クーロイその人だった。大斧《おの》は、クーフリンの首から手の幅《はば》ひとつぶんしか離《はな》れていない場所で、敷石《しきいし》を打ち砕《くだ》いて床《ゆか》に深くはまっていた。

その大斧《おの》に寄《よ》りかかって、クーロイ王が言った。

「いずれわしが判定《はんてい》を下すことを、妃《きさき》の口から伝えていなかったかな？　さあ立つがいい、クーフリン」クーフリンがそろそろと立ちあがり、自分の首が肩《かた》にちゃんと乗っているのがまだ信じられないとでもいうように、あたりを見渡《みわた》したとき、クーロイ王が言った。

「さあ、これでもう疑《うたが》う者はおるまい。ここに立っている者こそが、アイルランド一の戦士、英雄《えいゆう》のなかの英雄《えいゆう》だ。おまえたちのなかで彼《かれ》だけが、名誉《めいよ》を守るために、死さえいとわずに約束を果たした。アルスターに戦士数あれといえども、勇気と真実と名誉《めいよ》において、クーフリンの右にでる者はおらぬ。それゆえわしは、この『猛犬《もうけん》』をアルスターの英雄《えいゆう》と決め、今後出席するいかなる宴《うたげ》においても、『英雄《えいゆう》の取り分』を得るべしと判定《はんてい》する。また妻《つま》のエウェルは、エウィン・ワハの高貴《こうき》な女たちのなかで第一の場所を得るべしとする」クーロイ王は一瞬《いっしゅん》、『よそ者ウアト』に匹敵《ひってき》するほど恐《おそ》ろしい表情《ひょうじょう》を見せた。「これがケリーの王クーロイの判定《はんてい》である。さからう戦士に災《わざわ》いあれ!」

話しているうちに、突如《とつじょ》クーロイ王は声だけとなり、王がいた場所にはただ光だけが射《さ》していた。そして言葉が終わるとともに、クーロイ王の痕跡《こんせき》はのこらずかき消えて、大広間の正面の戸口だけが、突風《とっぷう》にあおられたかのように、バタンと閉《し》まった。

七回息をするぐらいのあいだ、コノール王の大広間では、口をきく者もおらず、身動きする者すらいなかった。やがて戦士たちは自分の席を立って、クーフリンのまわりに集まってきた。クーフリンはまだ炉《ろ》の脇《わき》に立ったままだった。

ライリーもみんなといっしょにやってきたし、『勝利のコナル』はクーフリンの肩《かた》に腕《うで》をまわした。

クーフリンがコナルに言った。「なんだっておまえは、『二枚舌《にまいじた》のブリクリウ』みたいなやつに、おれの悪口を言ったんだ？」

コナルも同時に口を開いたところだった。「なんだっておまえは、ブリクリウのアブ野《や》郎《ろう》に、おれのことを悪く言ったんだ？　おれはおまえのことを悪く言ったことなどないのに」

するとライリーは赤ヒゲのあいだで、ぶつぶつと言った。「青二才《あおにさい》だな、おまえたちは。あの不吉《ふきつ》なカラスのブリクリウに、おれを軽んじたことを言うとはな！　だがおれは年長なんだから、もっと分別があってしかるべきだった」

そして三人は不意に、わかったというようにおたがい顔を見合わせた。「ブリクリウだ！　やっぱりな！」そして笑いだした。笑い声は大広間のすみずみにまで広がり、喜びの笑いさざめきはふくれあがって垂木《たるき》にまでぶつかった。

これからのち、クーフリンは栄《は》えある『アイルランドの英雄《えいゆう》』の名をほしいままにした。

第九章　ディアドラとウシュナの息子たち

さてクーフリンがダンダルガンに建てた日当たりのよい館《やかた》で、エウェルとともに暮《く》らしはじめてから三年ほどたったころ、アルスターに大きな悲しみと脅威《きょうい》の影《かげ》が落ちた。だがこの狂《くる》おしい物語は、実はずっと以前から始まっていたのだ。そう、クーフリンが初めて少年組に入った年のことだった。

その年、アルスターの族長のひとり、フェリムという者が、王と赤枝《あかえだ》の戦士たちを招《まね》いて盛大《せいだい》な宴《うたげ》を開いた。宴《うたげ》がたけなわとなり、ギリシアのワインがくみかわされ、竪琴《たてごと》の調べと歌とが大広間を震《ふる》わせていたときに、フェリムのところに女の住まいから知らせが届《とど》いた。妻《つま》が女の子を産んだというのだ。

戦士たちは即座《そくざ》に立ちあがり、赤ん坊《ぼう》の健康と幸せのために乾杯《かんぱい》した。王は半ば笑いながら、そばにいたカトバドに赤ん坊《ぼう》の未来を占《うらな》うように命じた。その未来を明るいものにしてやれ、と。カトバドは広間の入口へ行き、夏の空に大きく柔《やわ》らかく輝《かがや》いている星を見あげて、長いこと立っていた。やがて松明《たいまつ》の灯《あか》りのもとへ帰ってきたが、顔が曇《くも》っていた。占《うらな》いはどうだったかと聞かれても、しばらく答えようとしなかったが、やがて重い口を開いた。「その子をディアドラと呼《よ》ぶがいい。音に悲しい響《ひび》きがあるからだ。その娘《むすめ》のせいで、アルスターに悲しみがもたらされるだろう。その娘《むすめ》は輝《かがや》く髪《かみ》を持ち、美しさはあたりを照らすほどとなろう。だが、彼女《かのじょ》のせいで戦士たちは追放され、また彼女《かのじょ》のせいで多くの戦士が死ぬことになる。そして最後には、彼女《かのじょ》自身が小さな墓《はか》にひとり離《はな》れて眠《ねむ》ることになろう。この子は生まれないほうがよかったのだ」

これを聞いた戦士たちは、今すぐ赤ん坊《ぼう》を殺すべきだと主張《しゅちょう》した。赤ん坊《ぼう》の父親であるフェリムは血の気を失った顔で立っていたが、戦士たちに異議《いぎ》をとなえはしなかった。だがコノール王が反対した。コノール王の妃《きさき》はつい先ごろ、末息子のフォラマンを産んだときに死んでしまったために、王はこんなことを言った。「はやまるな。殺す必要はない。カトバドが星を読んだ運命は、つまりこういうことだろう。どこかの族長か、ひょっとしたら海の向こうの島かピクト国の者かもしれんが、この子を妻《つま》にしようと考え、それがからんだ理由で、この国に戦争をしかけてくるに違《ちが》いない。だからこの娘《むすめ》を男の目の触《ふ》れないところで育てればよい。そして娘《むすめ》が結婚《けっこん》する年頃《としごろ》になったら、このわしが妃《きさき》としよう。そうすれば、予言は避《さ》けられるだろう。娘《むすめ》がわしの妃《きさき》になれば、アルスターは被害《ひがい》のこうむりようがないのだから」

そこでコノール王はその子を預《あず》かり、乳母《うば》レバルハムに育てさせることにした。レバルハムは王自身を育てた乳母《うば》であり、エウィン・ワハで一番賢《かしこ》い女のひとりだった。そしてガリオン山の人里離《はな》れた谷間に小さな家を建てさせ、そこに赤ん坊《ぼう》と乳母《うば》を閉《と》じこめた。その家は屋根を緑の芝草《しばくさ》の生えた土でおおってあるために、外から見ると、緑色をした妖《よう》精塚《せいづか》にしか見えなかった。また家のまわりはぐるりと高い芝土《しばつち》の土手で取り囲み、庭にはりんごの木を植えた。りんごの木は陰《かげ》を作り、実をつけ、楽しませてくれるだろう。ふたりのところには、一年にただ一度だけ、王の戦士のなかでももっとも信頼《しんらい》の厚《あつ》い者たちが、食べ物や着る物を届《とど》けにきた。こうして王は、娘《むすめ》が十五歳《さい》になり妃《きさき》となる日を待っていた。

そんなわけで、小さな隠《かく》れ家で乳母《うば》に育てられたディアドラは、赤ん坊《ぼう》から子どもとなり、子どもから娘《むすめ》へと成長したが、谷間の外の世界をまったく知らず、男性《だんせい》を目にしたこともなかった。毎年戦士たちがやってくるときには、乳母《うば》はディアドラを部屋のなかに閉《と》じこめて、彼《かれ》らが帰ってしまうまで出さなかったからだ。毎年毎年、王はディアドラになにか贈《おく》り物を届《とど》けさせた。緑のガラスの鈴《すず》がついた銀のガラガラのこともあれば、ヤナギ細工の鳥かごに入ったサンゴ色の足のハトのことも、世界の半分より遠いところから船で運ばれてきた華《はな》やかな絹織物《きぬおりもの》のこともあった。「船ってなあに？」ディアドラは乳母《うば》に尋《たず》ねた。「世界の半分より遠いところって、どのくらい遠いの？　朝うんと早く出て、一番星が出るまで一日中歩きつづけたら、そこに行ける？」それを聞いて、乳母《うば》のレバルハムは心配になった。自分の預《あず》かり物が外の世界について思いをめぐらすようになった、と知ったからだ。

ディアドラが十四歳《さい》になった年の贈《おく》り物は、両手で暖《あたた》めると花のような香《かお》りを放つ琥珀《こはく》の首飾《くびかざ》りだった。この年、王は自らこの贈《おく》り物を手にして、草でおおわれた隠《かく》れ家へとやってきた。こうして王は、初めてディアドラを目にした。王のあごひげにはもう白いものがまじっていたが、悲しいことにディアドラを見た瞬間《しゅんかん》から、王はディアドラを恋《こい》するようになった。ディアドラはこの後生涯《しょうがい》、王の執着《しゅうじゃく》から逃《のが》れることはできなかった。

それが夏のことだった。だがカッコーが去る前にも、桜《さくら》の木から最後の枯《か》れ葉が落ちる前にも、そして初雪が降《ふ》る前にも、王はディアドラに会いに、谷間を訪《おとず》れた。ディアドラは自分がいずれ王妃《おうひ》となることを知っていたが、それが自分にとってよいことなのか悪いことなのかは、よくわからなかった。それは外の世界の話であり、外の世界はまだずっと遠いところのように思えたからだ。

だが、ある冬の夜のこと、外の世界が彼女《かのじょ》の家の戸口へとやってきた。

荒涼《こうりょう》とした夜だった。風は木々《きぎ》のあいだを吹《ふ》き荒《あ》れ、みぞれ混《ま》じりの雨が芝土《しばつち》の屋根を叩《たた》いていた。ディアドラは老いた乳母《うば》レバルハムの足もとに座《すわ》り、泥炭《でいたん》が燃《も》える光を頼《たよ》りに、サフラン色の羊毛を紡《つむ》いでいた。そのときディアドラの耳に、不思議な叫《さけ》び声が聞こえた。ディアドラは頭を上げ耳をすませて、嵐《あらし》の音に混《ま》じった声を聞こうとした。「あれはいったいなに？」

「嵐《あらし》のなかで、鳥が仲間を呼《よ》んでいるだけですよ。なにも心配することはありませんよ」乳母《うば》が答えた。

だが叫《さけ》び声はまた聞こえ、今度はもっと近かった。「人の声のようだわ——それも、助けを呼《よ》んでいる」

「空を飛んでいく雁《かり》の声ですよ。もっと火に近づいて、糸紡《いとつむ》ぎを続けなさいな」

やがて突風《とっぷう》と突風《とっぷう》の合間に、小さな頑丈《がんじょう》な木の扉《とびら》を探《さぐ》る音がし、ドンドンと叩《たた》く音が聞こえ、叫《さけ》び声がまじった。「開けてくれ！　太陽と月にかけて、ここを開けてくれ！」

老いた乳母《うば》が止めようと声をあげたが、ディアドラはさっと立ちあがると、走っていって、ナナカマドの木のかんぬきを上げた。すると扉《とびら》が勢《いきお》いよく開かれ、風と雨が吹《ふ》きこんできた。そして風雨とともにひとりの男が家のなかに転がりこんできた。びしょぬれのマントが風にはためいて、男は嵐《あらし》に追われた大きな鳥のように見えた。

ディアドラが扉《とびら》を閉《し》めようと苦心していたので、男はそれを助け、それから炉《ろ》のほうへ近づいた。カラスの羽のように黒いびしょぬれの髪《かみ》と、長身の姿《すがた》、そして男の顔が、火に照らしだされた。ひと目見るなり乳母《うば》が言った。「ウシュナの息子ノイシュじゃないか。食べ物を運んでくる時期でもあるまいに。あんたは、ここに入ってはいけないんだよ」

「たとえ王でなくとも」ノイシュは言い、ぬれたマントを肩《かた》から落とした。もっともマントを脱《ぬ》いでも、なかもびしょぬれだったが。「嵐《あらし》で難儀《なんぎ》した人間は、扉《とびら》を開けてもらいさえすれば、どこだろうが入ってかまわないはずだ」

「それじゃ、扉《とびら》の外には、あんたの弟たちもいるのかい？　あんたがた三人はいつだって、いっしょなんだから」

「いっしょに狩《か》りをしていたんだが、アーダンとアンリは先に帰った」長身の男は言い、それからよろけた。「嵐《あらし》がおさまるまで、火のそばにすわらせてくれ。道に迷《まよ》い、長いあいださまよって、やっとここの灯《あか》りを見つけたんだ——もう限界《げんかい》だ」

「こまったねえ。でも、まあ、あんたさえここに来たことを人に言わなければ、べつだん悪いことにはならないだろう。そうと決まれば、ここにお座《すわ》り。そうして食べたり、飲んだりするといい。あんたの様子だと、今追いだしたら、明日の朝には赤枝《あかえだ》の戦士がひとり減《へ》ることになりそうだからね」

それでノイシュはほっとため息をついて、羊の毛皮を重ねた場所に座《すわ》り、頭をたれた。暖《あたた》かい灰《はい》にまみれるほど火に近づいたので、ぬれた革《かわ》の狩猟《しゅりょう》服から湯気が出た。ディアドラは大麦パンと、小さな黒牛からとった凝乳《カード》と、淡《あわ》い色のギリシアのワインを持ってきて、彼《かれ》のそばに置いた。そのときまでノイシュはディアドラのほうを見ないように、気をつけていた。だが杯《さかずき》を手渡《てわた》されたので、礼を言おうと顔を上げて、ディアドラを見た。そうしてディアドラを目にしてしまった後では、ノイシュはもう、自分の目をそらすことができなくなった。ディアドラも同じように、ノイシュから目をそらすことができなくなっていた。

乳母《うば》のレバルハムは、ディアドラが放りだした糸紡《いとつむ》ぎを続けていたが、小さな光る目でふたりを見ていた。そしてふたりになにが起こったか、見てとった。土気色《つちけいろ》だったノイシュの顔にはいきいきと血が通いだし、娘《むすめ》もそれに応《こた》えている。レバルハムは心のなかでつぶやいた。「やれやれ、困《こま》ったことになった！　どうしたものだろう！　これは大変なことになりそうだよ。ノイシュのあごひげには白いものがないし、ディアドラときたら、ろうそくをありったけ灯《とも》したように、目を輝《かがや》かせているじゃないか！　嵐《あらし》のなかで死んでもかまわないから、彼《かれ》を追っぱらってしまえばよかった」だがそうはいっても、レバルハムの顔には少しばかり笑《え》みが浮《うか》んでいた。なぜなら彼女《かのじょ》は、自分が育てたコノール王に忠《ちゅう》実《じつ》に仕えてはいたものの、いっぽうではディアドラが父親ほども年の離《はな》れた王と結婚《けっこん》しなければならないのは悲しいと、いつも思っていたのだった。

このときからディアドラを訪《たず》ねてくるのは、コノール王ひとりではなくなった。ノイシュが、もう一度もう一度とやってくる。乳母《うば》は王に告げなければと思っていたのだが、時は過《す》ぎていき、結局ディアドラの懇願《こんがん》に負けて、王にはなにも言わなかった。

さてある夜、南風がガリオン山を越《こ》えて吹《ふ》き、まだ冷たいとはいえ春の最初の息吹《いぶき》があたりにただよいだしたころ、帰ろうとするノイシュに、ディアドラが言った。「わたしもいっしょに連れていって。ここにいたら、わたしはあごひげに白いもののある王と結婚《けっこん》させられてしまう」

ノイシュはうめいた。「あなたの願いとはいえ、どうしてそんなことができるだろう？自分は王の炉《ろ》ばたに集《つど》う戦士であり、親衛隊《しんえいたい》のひとりだというのに」

ノイシュは秘密《ひみつ》の谷の草葺《くさぶ》きの家には二度と行くまい、と固く心に誓《ちか》って帰っていった。だが、必ずまた来てしまい、来れば必ずディアドラに懇願《こんがん》された。「ノイシュ、ノイシュ、わたしもいっしょに連れていって。わたしが愛しているのはあなたひとり。わたしは王と結婚《けっこん》の約束などしていない、申しこまれてさえいないのだもの。わたしはあなたのものだわ」

長い間、ノイシュはディアドラの願いを拒《こば》み、自分の心をも拒《こば》みつづけた。だが庭のリンゴの木が白い花でおおわれ、ディアドラと王の婚礼《こんれい》が数週間後にせまったときに、もうそれ以上拒《こば》むことができなくなった。そこでノイシュは言った。「ではこうしよう。海の向こうには別の国があり、そこには仕《つか》えるべき別の王もいる。あなたのために、わたしは名誉《めいよ》を捨《す》てて生きよう。たとえ不名誉《ふめいよ》のうちに死んでも、残念だとは思うまい。ディアドラ、わが胸《むね》に羽ばたく小鳥、あなたの愛を得られるなら」

次の晩《ばん》、暗闇《くらやみ》にまぎれて、ノイシュは弟のアーダンとアンリとともに、馬を引いてやってきた。彼《かれ》らはディアドラと、それから乳母《うば》も連れだした。なぜなら乳母《うば》がこう言ったからだ。「ああ、こわい！　あんたがたのために、わたしは大変なことをしてしまった。お願いだから、王の怒《いか》りがおよばないところに、いっしょに連れていっておくれ」

海岸へ逃《に》げ、スコットランド行きの船に乗った。スコットランドに着くと、ノイシュと弟たちはピクト人の王に仕えた。だがしばらくすると、ピクトの王がディアドラに物欲《ものほ》しげなまなざしを注ぐようになり、またどこか別の場所に行くべきときがきたことを知った。

長いことさまよったあげく、最後にエティブの谷にやってきた。彼《かれ》らはこの谷の湖のほとりに、芝土《しばつち》の小屋をいくつか建てた。そして男たちは狩《か》りをし、ディアドラと年老いた乳母《うば》は男たちのために料理を作り、少しだけ飼《か》っている羊の毛を紡《つむ》いで布《ぬの》を織《お》り、そうしてまたたくまに何年かが過《す》ぎ去っていった。

そのあいだ、三年か、あるいは四年の年を数えたのだろうか。コノール王は何事もなかったかのようにエウィン・ワハの城《しろ》にいたが、けっして彼《かれ》らを忘《わす》れたわけではなかった。ときどきエティブの谷に、ボロをまとった羊飼《ひつじか》いやさすらいの竪琴弾《たてごとひ》きが通りかかっては、一夜の宿を乞《こ》うた。彼《かれ》らはあとでコノール王のところにもどり、ディアドラとウシュナの三人の息子について、あらいざらい語るのだった。それなのにディアドラの一行は、自分たちは安全だと思いこんでいた。

とうとう王は、密告者《みっこくしゃ》の話から、ウシュナの息子たちは孤独《こどく》に耐《た》えきれなくなっていると判断《はんだん》した。彼《かれ》らは昔の生活が恋《こい》しいにちがいない。王城《おうじょう》での日々《ひび》や、ずっと慣《な》れ親しんできた宴《うたげ》や戦いがなつかしくてたまらないのだろう。そこで王は『勝利のコナル』と、クーフリンと、年長者のフェルグス・マク・ロイを呼《よ》んで、こう言った。「ウシュナの息子たちが追放されてから、ずいぶん長い時が流れた。そろそろ呼《よ》びもどすべきではないかと思うが、どうだ？」

「寛大《かんだい》な心のゆえですか？」クーフリンが尋《たず》ねた。というのもクーフリンはこの王のことを、どれほど時が過《す》ぎようが、不正を働いた者を心やすく許《ゆる》す人間だと思ったことはなかったからだ。

「そのとおりじゃ」と王は言った。「わしは愚《おろ》かにも若《わか》い娘《むすめ》に心を奪《うば》われたが、それは昔のことだ。今では側に仕《つか》えていた若《わか》い戦士がもどってくることのほうが、ずっと意味があることに思える。だからおまえたちのうちのひとりがエティブの谷に出向いて、過去《かこ》は水に流すよう伝え、彼《かれ》らをエウィン・ワハに連れ帰ってはくれぬか」

「われわれのうちの誰《だれ》をお望みですか？」コナルが聞いた。

王は考えながら、難《むずか》しい顔をしてひとりひとりを見た。「コナル、もしわしがおまえを選び、後でわしが彼《かれ》らの身に危害《きがい》を加えたとしたら、おまえはどうする？」

コナルは、同じように難《むず》しい顔をして王を見た。「彼《かれ》らの恨《うら》みを晴らす方法、また彼《かれ》らとともに失われたわが名誉《めいよ》を晴らす方法、どちらも知っているつもりですが」

「わしを脅《おど》かすつもりか？　だが、まあそんなことはどうでもいい。どうせ意味のない質《しつ》問《もん》だったのだからな」そして王はクーフリンに顔を向けた。

クーフリンは言った。「コナルと同じとしか、答えられません。だが彼《かれ》らの恨《うら》みを晴らした後では、おれは『アルスターの猛犬《もうけん》』ではなく、『アルスターのオオカミ』と呼《よ》ばれるでしょう」それから王の目をじっと見つめた。「ですから、ウシュナの息子たちを連れてくるのは、おれではなく、別の人間のほうがいいように思います」

「そうだ、おまえではない。その役目はフェルグス・マク・ロイにまかせよう」コノール王は言った。フェルグスはふだんは知恵《ちえ》がまわるのだが、このときは喜びのあまり、慎重《しんちょう》さを欠いた。フェルグスはノイシュとその弟たちを愛しており、クーフリンと同じくらい、あるいは自分の息子と同じくらいかわいがっていたからだ。だから追放された彼《かれ》らを思って、ずっと心を痛《いた》めていたのだった。おかげでクーフリンが王に投げかけたその目つきに、気がつかなかった。

そんなわけでフェルグスは海岸に行き、スコットランド行きの船に乗った。そして苦心《くしん》惨憺《さんたん》のすえに、エティブの谷の湖のそばの、草葺《くさぶ》きの小屋へと道をたどっていた。おだやかな夜のことだった。ちょうど狩《か》りから帰ってきたノイシュと弟たちが、湖畔《こはん》を歩いてくるフェルグスを見つけて、大騒《さわ》ぎで走ってきた。フェルグスの肩《かた》に腕《うで》をまわし、あいさつを交わして、フェルグスが来たことを驚《おどろ》いたり喜んだりした。それから故郷《こきょう》のアイルランドの最新の出来事を話してくれと頼《たの》んだ。

「アイルランドの最新の出来事と言えば」みんなで小屋へと向かいながら、フェルグス・マク・ロイが言った。「われらがコノール王は、寛大《かんだい》な心で、過去《かこ》を忘《わす》れることにしたとのこと。今から四つの春をさかのぼった昔、おまえとディアドラと王自身のあいだに起こったことは、もう昔のこととして葬《ほうむ》ったとのことだ。だからおまえたち、帰ってこい。王は、おまえたちがいないことを寂《さび》しく思い、また蜜酒《みつしゅ》をくみかわし、竪琴《たてごと》の甘《あま》い調べにともに耳を傾《かたむ》けようと言っておいでだぞ」

これを聞いて、三人の口から歓声《かんせい》が上がった。フェルグスが喜びいさんで話したと同様、三人も喜びいさんで聞いた。だが小屋から出てきたディアドラは、彼《かれ》らの話に加わるところ言った。「ウシュナの息子たちはここスコットランドで申し分なく暮《く》らしております。

さあ、わたしたちの炉《ろ》ばたにおいでになり、心からの歓迎《かんげい》を受けてください。でもその後はお帰りになって、コノール王にそうお伝えてくださいまし」

「もちろんおれたちは、ここの暮《く》らしに不満はない。だが人は生まれ育った土地でこそ最《さい》善《ぜん》のことができる。心の根は故郷《こきょう》にあるのだからな」とノイシュが言った。

「ああ、ノイシュ、ノイシュ、あなたもアーダンもアンリも、この幸せなエティブの谷に飽《あ》きてしまったと、知っていたわ。お城《しろ》が恋《こい》しくてたまらず、もう一度アルスターの駿馬《しゅんめ》の引く戦車を勇ましく駆《か》りたいのだと、わかっていたのよ。でもわたしはこのところ悪い夢《ゆめ》ばかりを見ていて、心に暗い影《かげ》がさしている」

「ディアドラ、なにを怖《こわ》がっているんだ？」

「わたしにも、よくわからない。王が許《ゆる》すというのが、わたしには信じられないの。王の権力《けんりょく》のもとに帰ったら、わたしたちには身を守る術《すべ》はないでしょう？」

そこでフェルグスが言った。「おまえたちを守るのは、このおれだ。アイルランドのいかなる王も、おれを怒《おこ》らせたいとは思うまいぞ」

彼《かれ》らは小屋に入り、泥炭《でいたん》の火のまわりで夕食をとった。そのあいだも、ノイシュはディアドラの心配を笑い、ベルトに親指をかけて、ちょっとばかりえばって見せた。なにしろ王がわざわざ使者をよこして、もどってこいと言うほどなのだ。そして次の日、道具や身のまわりの品をかき集めて、海岸に向かった。海岸では、フェルグスをアイルランドから運んできた船が、満ち潮《しお》に浮《う》かんで待っていた。彼《かれ》らの住んでいた小屋は無人となり、その場にうち捨《す》てられた。

こぎ手たちが櫂《かい》の上にかがみ、細長いかご船は、海に滑《すべ》りだした。ディアドラは年老いた乳母《うば》のひざに寄《よ》りかかって、船の船尾《とも》に座《すわ》っていた。舵取《かじと》りの男の向こうに、スコットランドの海岸が見える。遠ざかっていくその海岸をながめていると、ディアドラの心に悲しみがあふれた。

「わたしの愛したアルバの地よ。あなたの港も澄《す》んだ緑の丘《おか》も、わたしたちにやさしかったわねえ。ああ、アーカンの谷！　雄《お》ジカの声は高く、咲《さ》く花はかわいかった。アーカンの谷を駆《か》けめぐるウシュナの兄弟ほど、陽気な若者《わかもの》がいたかしら。ああ、ダルアの谷！　あなたの森のカッコーは、きれいな声で鳴いたわねえ。そして、ああ、エティブの谷！　悲しみでわたしの心がはり裂《さ》ける音が聞こえる？　あなたの湖のほとりに、わたしたちは初めての家を建てた。わたしはノイシュの腕《うで》を枕《まくら》にして、柔《やわ》らかな掛《か》け布《ぬの》にくるまって眠《ねむ》ったわ。エティブの谷よ、あなたのもとを離《はな》れなくてはいけないとは！　でも、でも、泣くのはよそう。わたしは行きます。愛するノイシュといっしょに……」

もう少しでふたたびアルスターの地を踏《ふ》むというあたりで、赤枝《あかえだ》の古参戦士バルフに出くわした。バルフといっしょに、フェルグスのふたりの息子、金髪《きんぱつ》のイランと赤毛のブイネが、父親を出迎《でむか》えにきていた。バルフはフェルグスを、近くの自分の館《やかた》で宴《うたげ》を催《もよお》すから、古い友人として寄《よ》ってくれと誘《さそ》った。その宴《うたげ》が実は王が命じたものだと、フェルグスには知るよしもなかった。だがフェルグスは、ディアドラとウシュナの三人の息子たちをまっすぐにエウィン・ワハに連れかえると王に約束したことが心にかかっていた。それで、なんとか誘《さそ》いを逃《のが》れようと、ディアドラと三兄弟を無事に王の前に連れていくまでは、脇道《わきみち》にそれるわけにはいかないと言った。しかしバルフは承知《しょうち》せず、フェルグスに、宴《うたげ》に招《まね》かれたら断《こと》わってはいけないという彼《かれ》の禁戒《ゲシュ》を思い出させた。そこでディアドラの懇願《こんがん》にもかかわらず（戦士はいかなる場合も、自分の禁戒《ゲシュ》を破《やぶ》ってはならなかったので）、とうとうフェルグスは自分の息子に一行の世話を頼《たの》むと、自分はバルフといっしょに宴《うたげ》に行ってしまった。

一行がエウィン・ワハの近くまで来ると、ディアドラが言った。「いったいどちらになることか。もしコノール王がわたしたちを王の広間に呼《よ》び入れ、自分の炉《ろ》ばたに招《まね》くなら、王は危害《きがい》を加えるつもりはないのでしょう。でももしわたしたちを、離《はな》れた赤枝《あかえだ》の宿舎《しゅくしゃ》に入れるなら、それは悲しいことが起こるしるし！　恐《おそ》れていたことがやってくるでしょう」

一行が王の城《しろ》に入ると、赤枝《あかえだ》の宿舎《しゅくしゃ》に案内され、王が呼《よ》ぶまで待つようにと言われた。ディアドラは耳を傾《かたむ》けてもらえないのを知っていたが「こうなると、わたしは言ったのに」とつぶやいた。

だがノイシュは笑うだけで、ディアドラをやさしく腕《うで》に抱《だ》いて言った。「王はじきに、寛大《かんだい》な声をかけてくれるよ。そうしたらすべて、元通りになるだろう」

しかし王はまず、老いた乳母《うば》のレバルハムを呼《よ》んだ。レバルハムは王のところに行き、王と和解《わかい》の言葉を交わした。王はお気に入りの猟犬《りょうけん》を足元において、陰鬱《いんうつ》な顔で寝所《しんじょ》に座《すわ》っていたが、ディアドラはどんなふうか、荒《あ》れ野の暮《く》らしが長かったが、まだ美しいかどうかと聞いた。

「これはまた、王様はいったいなにを期待しておいでなのでしょう？　荒《あ》れ野の暮《く》らしは女の身にはまことにきびしいものでございましてね、あれほど白かったお肌《はだ》も今では日に焼けてシワが寄《よ》り、風で唇《くちびる》はひび割《わ》れ、髪《かみ》の色つやもすっかり褪《あ》せてしまいましたよ。お美しかったあのかたですが、かわいそうに、今となっては見るかげもありません。今ご覧《らん》になったら、きっとどこぞの農家のおかみさんとまちがわれることでございましょう」

「それではウシュナの息子たちを呼《よ》ぶときに、ディアドラは呼《よ》ぶまい」王はこう言って、ため息をついた。「ノイシュがあの娘《むすめ》の美しさを奪《うば》ったのだから、ノイシュにずっとあてがっておこう。わしは二度とあの女は見ないことにする」

だがレバルハムが去ってしばらくすると、王は本当のことを聞かされたのかどうか疑《うたが》わしく思いはじめた。そこで自分の盾《たて》持ちを呼《よ》んで言いつけた。「なにか方法を考えて、赤枝《えだ》の宿舎《しゅくしゃ》にいる女をこっそり見てこい。そして女が美しいかどうか、報告《ほうこく》しろ」

そんなわけで、宿舎《しゅくしゃ》の一同が夕食をすませて、ディアドラとノイシュはチェスをし、他の者たちは火のそばで横になってくつろいでいたときに、アーダンが突然《とつぜん》大声をあげて立ちあがり、切妻《きりづま》屋根の下の高窓《たかまど》を指さした。ノイシュがその方向を見ると、王の盾《たて》持ちの顔がのぞいていた。ノイシュはチェス盤《ばん》から金の駒《こま》をつかみ、盾《たて》持ちめがけて投げつけた。駒《こま》は相手の顔に当たり、左目を直撃《ちょくげき》した。

男は悲鳴をあげ、窓《まど》の枠《わく》から手を離《はな》したので地面に落ちた。そして血の流れる顔を両手で押《お》さえながら、よろよろと王のところへもどった。

「赤枝《あかえだ》の宿舎《しゅくしゃ》にいる女は、これまで見たことがないほど美しい女でした。ウシュナの息子ノイシュに、金のチェス駒《ごま》を投げつけられなかったら、窓《まど》にぶらさがって、いつまでも見ていたかったくらいです」

これを聞いてコノール王は、どす黒い怒《いか》りにおそわれた。大広間に向かうと、そこで晩《ばん》餐《さん》を囲んでいた戦士たちに大声で命令した。すぐに行って、ウシュナの三人の息子を捕《つか》まえてこい。生け捕《ど》りにしようが、殺そうがかまわん。必要とあれば、赤枝《あかえだ》の宿舎《しゅくしゃ》の壁板《かべいた》を引きはがし、屋根を引きむしってでも、引っ捕《と》らえろ。やつらは、ディアドラという女のために、わしに対し下劣《げれつ》な不正を働いた裏切《うらぎ》り者だ。

戦士たちはすばやく立ちあがって武器《ぶき》を取ると、走っていった。あちこちで叫《さけ》び声が上がり、幾人《いくにん》かは炉《ろ》から燃《も》えさかる薪《たきぎ》を引っつかみ、頭上でぐるぐる回しながら走った。宿《しゅく》舎《しゃ》にいたノイシュたちは、高窓《たかまど》の向こうにちらちら燃《も》える薪《たきぎ》を見、荒々《あらあら》しい叫《さけ》び声を聞いた。ディアドラは、嵐《あらし》に追われる小鳥のように、狂乱《きょうらん》して言った。「だまされたんだわ！ノイシュ、ノイシュ、悪いことが起きると言ったけれど、あなたは耳を貸《か》してくれなかった！」

間髪《かんはつ》入れずに、ノイシュ自身飛びあがって、頑丈《がんじょう》なかんぬきをかけた。

「窓《まど》を見張《みは》れ！　窓《まど》だ、弟たち！　フェルグスの息子たちも！」

それぞれ武器《ぶき》を取り、持ち場についた。一瞬静寂《いっしゅんせいじゃく》が支配《しはい》したが、すぐに戸口で、ウティカの息子ケルテアの大音声《だいおんじょう》が響《ひび》いた。「出てこい、盗人《ぬすっと》の人さらいめ！　今すぐここに出てきて、王から盗《ぬす》んだ女を差しだせ！」

戸口の内側から、ノイシュが声を張《は》りあげた。「盗人《ぬすっと》の人さらいとは、言いがかりもはなはだしい！　女はおれといるが、それは自ら選んだ愛のためだ。彼女《かのじょ》はおれと弟たちと運命をともにする。赤枝《あかえだ》の戦士が何人来ようが、絶対《ぜったい》に渡《わた》しはしない！」

だがすぐに、この場を守るのは不可能《ふかのう》となった。「よーし、やつらを焼き殺せ！　薪《たきぎ》をつかえ！」と叫《さけ》ぶ声がし、それがやがて怒号《どごう》に変わり、戦士たちは火のついた枝《えだ》をワラ屋根の下に突《つ》っこんだ。垂木《たるき》に赤い炎《ほのお》が走るのを見て、ディアドラは悲鳴を上げた。あたりに煙《けむり》が充満《じゅうまん》しはじめた。

ノイシュが言った。「扉《とびら》を開こう。煙《けむり》で窒息《ちっそく》するくらいなら、裏切《うらぎ》りの刃《は》にかかって死ぬほうがましだ！」

それで彼《かれ》らはかんぬきをはずし、扉《とびら》を開け放つと、敵《てき》の前に躍《おど》りでた。扉《とびら》の前では王の戦士たちが、ネズミ穴《あな》の前で待つ猟犬《りょうけん》のように、獲物《えもの》を待ちかまえていた。壮絶《そうぜつ》な戦いとなった。赤枝《あかえだ》の宿舎《しゅくしゃ》の門口で、おおぜいのアルスターの戦士が、ウシュナの息子たちとフェルグスの息子たちの刃《は》に倒《たお》れた。この戦いで金髪《きんぱつ》のイランは命を落としたが、赤毛のブイネは死よりも悪い運命を得た。王は策略《さくりゃく》をめぐらし、彼《かれ》を生け捕《ど》りにして連れてこさせると、広い土地とひきかえに寝返《ねがえ》らせたのだ。

やがて赤枝《あかえだ》の宿舎《しゅくしゃ》は、めらめらと燃《も》え上がった。ノイシュと弟たちは三つの盾《たて》を連《つら》ねて輪にし、まんなかにディアドラを入れ、押《お》しよせる戦士たちのあいだを突破《とっぱ》しようと前進した。疲《つか》れはて傷《きず》を負ってはいたものの、それでも勝ち目はあった。だがコノール王は戦《せん》況《きょう》が不利と見ると、ドルイドを呼《よ》びよせ、敵《てき》に魔法《まほう》をかけるよう命じた。ドルイドたちは幻《まぼろし》の暗い荒海《あらうみ》を作り、輪にした盾《たて》の島のまわりに波を叩《たた》きつけた。そのためウシュナの息子たちは、王の戦士とではなく、波と戦わなければならなくなった。ノイシュは盾《たて》の輪のまわりに冷たい海が押《お》しよせ、波が白い牙《きば》をむいて襲《おそ》いかかるのを見て、ディアドラを守ろうと肩《かた》に担《かつ》ぎあげた。彼《かれ》らは水で息ができず、溺《おぼ》れかかっていた。だがそのあいだずっと、彼《かれ》ら以外の戦士たちにとっては、その場は乾《かわ》いていた。燃《も》える宿舎《しゅくしゃ》の赤い炎《ほのお》のもと、夏の干《かん》ばつのときのようにカラカラに乾《かわ》いていたのだが。

ついに三人兄弟の力が尽《つ》きるときが来た。赤枝《あかえだ》の戦士が押《お》し寄《よ》せ、彼《かれ》らの手から剣《けん》を叩《たた》きおとすと、捕《と》らえて縛《しば》りあげ、立って見ていたコノール王の前に引きだした。

コノール王は、誰《だれ》か三人を処刑《しょけい》せよ、と命じた。ところがいくら命令しても、誰《だれ》も聞く耳を持たないようだった。『勝利のコナル』も、フィンタンの息子ケテルンも、『アルスターのクソ虫』ダフタハも、そしてこのとき初めて顔をだしたクーフリンも、応《おう》じなかった。ついにフェルニーの領主《りょうしゅ》オーエンが進みでて、地面に転がっていたノイシュの剣《けん》を拾いあげた。

「一太刀《ひとたち》で、われら三人の首を同時にはねろ」ノイシュが言った。「その剣《けん》なら、それができる。そうすれば三人は連れだって、一気にむこうに行ける」三人は後ろ手に縛《しば》られたまま、並《なら》んで立った。その三つの誇《ほこ》らしげな首を、フェルニーの領主《りょうしゅ》が一刀のもとに切りおとした。このとき赤枝《あかえだ》の戦士全員が、三度、悲しみの叫《さけ》びをあげたのだった。ディアドラは自分を捕《とら》えていた戦士の腕《うで》をふりほどくと、輝《かがや》く髪《かみ》をふりみだし、首のない三つの死体に取りすがった。ディアドラは慟哭《どうこく》し、そして彼《かれ》らがまだ聞こえるかのように、語りかけた。「三人を失って、わたしにあるのは闇《やみ》。そう、ただ、ただ、闇《やみ》ばかり。ウシュナの三人の息子たちよ、あなたがたと過《す》ごした日々《ひび》は、あれほど輝《かがや》いていたのに。アルスターの最高の権力者《けんりょくしゃ》、王その人が、わたしの許嫁《いいなずけ》だった。でもわたしはノイシュを愛し、愛のために王を捨《す》てたのだ。おかげで、わたしたちみんな、こんなに悲しいことになってしまった。わたしを愛してくれた人たち、わたしを許《ゆる》して。ああ、嘆《なげ》け、この胸《むね》。裂《さ》けてしまえ、この身体。三人の英雄《えいゆう》はアルスターに帰り、そして裏切《うらぎ》られて殺された。ウシュナの息子たちは戦って倒《たお》れたけれど、まっすぐ力強く育った三本の枝《えだ》のようだった。枝《えだ》は美しく、みごとな花を咲《さ》かせていたのに、今は、はや、切り落とされてしまった」

「お願いです、新しい墓《はか》を掘《ほ》っている方。狭《せま》い墓《はか》にはしないでください。どうかかたわらに場所を空けてください。ついていくわたしのために。わたしは嘆《なげ》きのディアドラ。もう、命を終えるのですから!」

ノイシュの遺体《いたい》から引き離《はな》されようとしたとき、ディアドラは自分を押《お》さえていた戦士の革帯《かわおび》から鋭《するど》い短剣《たんけん》を抜《ぬ》きとった。そして最後の絶望《ぜつぼう》の叫《さけ》びをあげると、自分の胸《むね》深く突《つ》きさした。こうして彼女《かのじょ》の命は、戦士たちの手のあいだをすり抜《ぬ》けていった。小鳥がはたはたと、壊《こわ》れた鳥かごから抜《ぬ》けだすように。

ディアドラとノイシュは、そう離《はな》れていない場所に、別々《べつべつ》に埋葬《まいそう》されたのだった。後になってアーマーの大聖堂《せいどう》が建てられた、ちょうどその場所だ。やがてディアドラの墓《はか》とノイシュの墓《はか》から、それぞれ、イチイの木が生えてきた。二本の木は大きくなると、それぞれ教会の屋根の上に頂上《ちょうじょう》のこずえを伸《の》ばした。伸《の》ばし伸《の》ばして、その黒々《くろぐろ》とした枝《えだ》が出会うまで。出会った枝《えだ》は屋根の上で固く絡《から》みあい、二度と再《ふたた》び、人の手で引き離《はな》されることはなくなった。海風が枝《えだ》のあいだを抜《ぬ》けてざわざわと鳴ると、人々《ひとびと》はこう言った。「耳をすませてごらん。ほら、ディアドラとノイシュがいっしょに歌を歌っているよ」夏が来て、うっそうと茂《しげ》った葉のあいだに、宝石《ほうせき》のような小さな赤い実が実ると、人々《ひとびと》はこう語った。「見てごらん。ほら、ディアドラとノイシュが自分たちの婚礼《こんれい》のお飾《かざ》りをしているよ」

第十章　メーブ女王の出撃《しゅつげき》

フェルグス・マク・ロイはバルフの宴《うたげ》を終えて、エウィン・ワハにもどってきた。すると息子ふたりのうち、ひとりは死に、もうひとりは死ぬよりももっと悪いことになっているではないか。しかも自分が保護《ほご》し無事に連れもどしたはずのウシュナの息子たちは、結局だまされ殺されていた。フェルグスはあらん限《かぎ》りの怒《いか》りと悲しみでもって、コノール王を呪《のろ》った。昔からの忠誠心《ちゅうせいしん》は一転して憎悪《ぞうお》となり、火と剣《けん》による王への報復《ほうふく》を誓《ちか》った。そこで武器《ぶき》を集め馬を戦車につけさせると、『狩《か》りの鬼神《きじん》』のごとくに戦車を駆《か》って、アルスターから出奔《しゅっぽん》した。コナハトのメーブ女王に仕《つか》えようというのだ。

こうして、コノール王が自分で防《ふせ》ごうと考えた悲運は、ほかならぬ王自身の手によって現実《げんじつ》のものとなってしまった。赤枝《あかえだ》戦士団《だん》の大立者《おおだてもの》のひとりだったフェルグスが、復讐《ふくしゅう》の念に燃《も》えて、アルスターの敵方《てきがた》に身を投じたのだ。しかもフェルグスについていった者はひとりではなく、『アルスターのクソ虫』ダフタハや、王の実子コルマク・コリングラスも加わった。クーフリンはアルスターの敵《てき》に仕えることはできないと、同行こそしなかったが、ダンダルガンの自分の館《やかた》に引きこもってしまった。おかげでエウィン・ワハでは、クーフリンを見ることも、その声を聞くことも絶《た》えてなくなった。

さてコナハトでは、王権《おうけん》は母から娘《むすめ》へとゆずられるので、王は影《かげ》の薄《うす》い存在《そんざい》だった。メーブは、コナハトの高貴《こうき》な女性《じょせい》の例にたがわず、背《せ》が高く、気性《きしょう》は激《はげ》しく、色白で金髪《きんぱつ》、自分の激《はげ》しい意志《いし》のほかはなにものも意に介《かい》さなかった。フェルグスがロスコモンの彼女《かのじょ》の城《しろ》へとやってきたことを歓迎《かんげい》し、早速助力を求めることにした。

というのもフェルグスが来る少し前、メーブ女王とアリル王は、どちらがより多くの財《ざい》産《さん》を持っているかで、激《はげ》しく言い争っていたのだ。結局ふたりの財産《ざいさん》は互角《ごかく》で、ただひとつの違《ちが》いは、巨大《きょだい》な白い雄牛《おうし》のフィンベナハだった。この雄牛《おうし》フィンベナハは、はじめは女王が所有していたのだが、あるとき自ら女王の群《む》れを去って、アリル王の群《む》れに入ってしまった。王は、フィンベナハは女に所有されるのを嫌《きら》ったのだと、メーブをあざけった。メーブは怒《いか》り狂《くる》って、近習《きんじゅう》のマク・ロトを呼《よ》びつけて命令した。アイルランドじゅうの草の根を分けても、フィンベナハと同じくらい立派《りっぱ》な雄牛《おうし》を見つけてまいれ、と。

マク・ロトは答えた。「それでしたら、探《さが》すまでもございません。老いた『巨人《きょじん》のファクトナ』の息子ダーラが持っている『クェルグニーの赤牛』、これこそがアイルランドじゅうで最高の雄牛《おうし》にまちがいありません。その背中《せなか》の広いことといったら、一度に五十人の子どもが遊べるほど。怒《おこ》って牛飼《うしか》いを踏《ふ》みつけたときには、牛飼《うしか》いは地面の下三十フィートまでもぐってしまったそうですから！」

「すばらしい。早速その牛を手に入れてこい」メーブがどなった。

だがマク・ロトは首を横に振《ふ》った。「それは、そう簡単《かんたん》にはまいりません。なにしろクェルグニーは、コナハトとの国境《こっきょう》からずっと離《はな》れており、近くにはクーフリンが砦《とりで》を構《かま》えております。偉大《いだい》なる女王さまとて、よもやアルスターの者が、コナハトに言われたからといって、彼《かれ》らの最大の誇《ほこ》りである雄牛《おうし》をゆずりわたすとはお考えになりますまい」

フェルグス・マク・ロイが城門《じょうもん》の前に立っているという報告《ほうこく》が飛びこんできたのは、この話からひとときも過《す》ぎないうちだった。

何日何夜もしないうちに、フェルグスとメーブ女王とアリル王は手を結んで、アルスターに牛を強奪《ごうだつ》に行く計画を立てた。メーブ女王にとっては戦争と危険《きけん》ほど、好もしいものはなかった。戦争と、胸《むね》の高鳴る危険《きけん》とは、七年物の蜜酒《みつしゅ》のように、メーブを酔《よ》わせてくれるのだ。だいいち、と女王は考えた。その『赤牛』のついでに多くの牛を奪《うば》ってくれば、アルスターとの戦争に必要な軍資金《ぐんしきん》が手に入るではないか。牛争いから戦争へ、これがいつもの流儀《りゅうぎ》なのだ。いっぽうフェルグスは、息子を殺され、名誉《めいよ》を奪《うば》われ、信頼《しんらい》を裏《うら》切《ぎ》られたことの復讐《ふくしゅう》を果たそうと、胸《むね》をたぎらせていた。アリル王にさえ、賛同《さんどう》する理由があった。強いふたりの言うことには引きずられるしかない、という理由が。

まず初めに、もっともらしく公正に見えるように、女王は巨人《きょじん》ファクトナの息子ダーラに交渉《こうしょう》の使節団《しせつだん》を送った。コナハトの雌牛《めうし》に立派《りっぱ》な仔牛《こうし》が産まれるように、あのすばらしい雄牛《おうし》を一年間だけ貸《か》してもらえないだろうか。その見返りに、五十頭の雌《めす》の仔牛《こうし》と、メーブ女王の友情《ゆうじょう》と、女奴隷《どれい》二十人に匹敵《ひってき》するだけの、戦車と馬と御者《ぎょしゃ》のひとそろいを贈《おく》るから、という条件《じょうけん》だ。

悪くない申し出だったから、最初はダーラも心を動かされた。だが偶然《ぐうぜん》に――あるいは偶然《ぐうぜん》ではなかったのかもしれないが――コナハトの使者たちが、笑いながら話しているのを耳にした。あの雄牛《おうし》を貸《か》さないと言うなら、力ずくで奪《うば》うまでだ。いずれにしろ、目的はコナハトの牛の群《む》れを増強《ぞうきょう》することにある。牛の数が増《ふ》えれば、コナハトがアルスターを襲撃《しゅうげき》する日が、それだけ近づくというものだ……。これを聞いてしまったために、使者が返事を求めてきたとき、ダーラは答えた。「アルスターの雄牛《おうし》は、アルスターの草原で、アルスターの雌牛《めうし》といてこそ、意義《いぎ》がある。メーブ女王がコナハトの牛の群《む》れを増《ふ》やしたければ、どこかほかで雄牛《おうし》を見つけるがよい。『アルスターの誇《ほこ》り』は貸《か》すわけにはいかぬ」

この言葉がもたらされると、クルアハン城《じょう》の板張《いたば》りの大広間に座《すわ》っていたメーブは、炎《ほのお》を見つめてニヤリと笑った。「やはりそうか。まっとうな手段《しゅだん》であの雄牛《おうし》が手に入るとは、思っていなかったが。そうと決まれば、汚《きたな》い手を使うまで」そして立ちあがり、壁《かべ》から大きな剣《けん》を下ろすと、指でもてあそんだ。「いよいよ『古《いにしえ》の血の召集《しょうしゅう》』をかけるときがきたな」

こうして黒ヤギが生贄《いけにえ》にされ、ハシバミの枝《えだ》の一方の端《はし》がその血に浸《ひた》され、もう一方の端《はし》は火で焼かれた。この枝《えだ》をコナハトの各地に回し、部族を召集《しょうしゅう》するのだ。コナハトじゅうから戦士や族長が、ぞくぞくと集まってきた。その先頭に立つのがメーブの七人の息子で、それぞれが自分の手勢《てぜい》を率《ひき》いていた。マガの息子のケトとアンルアンは三千人の戦士を引きつれてやってきた。レンスターの軍勢《ぐんぜい》を率《ひき》いる王は、アリル王の弟だった。かつてクーフリンと兄弟の契《ちぎ》りを交わしたフェルディアも、コナハトの貴族《きぞく》の当然の義務《ぎむ》として、自分の手勢《てぜい》を連れてやってきた。だが戦士になったばかりの若《わか》い日に交わした、クーフリンとの熱い誓《ちか》いを思って、心を痛《いた》めていた。また、ディアドラの嘆《なげ》きと殺されたウシュナの息子たちのためにエウィン・ワハに反旗《はんき》を翻《ひるがえ》した者たち、苦悩《くのう》の老戦士フェルグスや、敵《てき》のコノール王の実子コルマク・コリングラスをはじめとする戦士たちも、すでにロスコモンに集っていた。

刀鍛冶《かたなかじ》の鉄床《かなとこ》では一日中、武器《ぶき》を打つ音が響《ひび》き、コナハト全体が巣分かれ寸前《すんぜん》のスズメバチの巣のように低くうなりをあげていた。戦車は西の海からシャノン川まで、コナハト全土を轟音《ごうおん》を響《ひび》かせて走った。メーブはドルイドの長を訪《たず》ねて、煙《けむり》と砂《すな》とまだぴくぴく動いている黒いオンドリのはらわたを読んで、この牛争いの戦の勝敗を占《うらな》うようにと命じた。ドルイドの占《うらな》いの結果は「だれがもどってこないにしろ、女王ご自身は自分の狩《か》り場へと、またおもどりになるであろう」というもので、それだけで口をつぐんだ。

ドルイドのところからクルアハンの城《しろ》にもどるとちゅう、女王の戦車が丘《おか》の小道を通ると、馬が急に前足を蹴《け》立てて立ち止まった。女王が前を見ると、くびきの端《はし》に乙女《おとめ》が立っている。乙女《おとめ》はエニシダのような金色の髪《かみ》をひざまで垂《た》らしており、緑の服の上に金のマントをはおっていた。手に金の柄《つか》の剣《けん》を持ち、その剣《けん》で空中に、クモの巣を幾種類《いくしゅるい》も張《は》るような仕草をしていた。

「わたしの馬を驚《おどろ》かせたのは誰《だれ》だ？　おまえは何者で、そこでなにをしている？」メーブが鋭《するど》い声をあげた。

乙女《おとめ》は答えた。「誰《だれ》かといわば――われはフェデルマ。クルアハンの神族の住まう丘《おか》から来たりし者。なにをなすかといわば――アイルランドの四つの王国を、ひとつに織《お》りなしておる。アルスター国侵略《しんりゃく》のために」

「それで勝敗は？　四王国連合軍は勝つのか？」メーブは戦争への決意は固いにもかかわらず、つい質問《しつもん》した。

「われは見る、全軍の朱《あけ》に染《そ》まるを。全軍これすべて血の色――血の色。全軍を苛《さいな》みしは、ひとりの男子《おのこ》。見目《みめ》よい姿《すがた》は乙女子《おとめご》のよう。だが額《ひたい》には英雄光《えいゆうこう》の輝《かがや》く。メーブ軍を血に染《そ》むるは、その男子《おのこ》……」乙女《おとめ》はなにも持っていないほうの手を目の前にかざしていたが、その手を落とした。「あの希代《きたい》の勇者こそ、ムルテムニーのクーフリン」

メーブはその名を聞くと、怒《いか》りとも恐《おそ》れともつかない叫《さけ》び声を上げた。そして御者《ぎょしゃ》の手から突《つ》き棒《ぼう》をもぎとると、それで乙女《おとめ》を打とうとした――すると瞬《また》きひとつのあいだに、乙女《おとめ》の姿《すがた》はかき消え、馬は誰《だれ》もいない丘《おか》の小道を駆《か》けていた。メーブはもう一言も口を開かず、ただ黙《だま》って戦車に乗っていた。

コナハトの戦闘準備《せんとうじゅんび》は、ざわめき、うなり、そして青銅《せいどう》がぶつかる音となって、アルスターまで響《ひび》いてきた。その響《ひび》きは、遠くの丘《おか》で鳴る暗い雷鳴《らいめい》のようであり、暗い運命の予兆のようでもあった。それというのも何年も前のことだが、アルスターにある不吉《ふきつ》な事件《じけん》が起こった。人間の農夫と結婚《けっこん》した神族の女がいたのだが、この女がアルスターの貴族《きぞく》たちに無理強いされて、王の戦車を引く馬とどちらが速いか、競争をさせられた。女は馬より速く走り、競争には勝ったのだが、決勝地点で倒《たお》れて死んでしまった。死に際《ぎわ》にこの女は、アルスターの男たちに呪《のろ》いをかけたのだ。「この日より後は、おまえたちがわたしに与《あた》えた苦しみを、おまえたち自身にふりかからせてやる。敵《てき》に襲《おそ》われ、もっとも力を必要とするときに、おまえたちは、死にかかった女のように、まったく無力となるであろう」女の言葉どおり、アルスターの男たちは呪《のろ》いにかかって衰弱《すいじゃく》していた。今、コノール王本人はエウィン・ワハで床《とこ》につき、息子のクスクリッド、フェルニーの領主《りょうしゅ》オーエン、そして『勝利のコナル』までが、槍《やり》を持ちあげることさえできずに、床《ゆか》でうめいていた。赤枝《あかえだ》の戦士全員が苦しんでいたが、たったひとり、それに当てはまらない者がいた。その例外とはクーフリンで、なぜならクーフリンは、母方はアルスターの人間だが、『光の神』である父の血も受けついでいたからだ。『光の神』の血は、どんな呪《のろ》いもはねのけた。

クーフリンはムルテムニーの南の国境《こっきょう》地方にあるアルト・キランで、ふたりの族長のあいだに起きたいさかいを調停していた。だが『大衰弱《すいじゃく》』が襲《おそ》ってきて、同時にアイルランドの四王国の軍勢《ぐんぜい》が南に集結する地鳴りも聞こえてきた。クーフリンはなにが起こったのかを察知した。その日の夜のこと、クーフリンはいさかいを起こした族長の館《やかた》で、夕食をとっていた。男たちは寝床《ねどこ》でうなっており、給仕する女たちはおろおろしている。そこへ戸口から軽い槍《やり》が投げこまれ、拾いあげてみると、柄《え》にオガム文字が刻《きざ》まれていた。「この槍《やり》を、汝《なんじ》の友であり父代わりでもあるフェルグス・マク・ロイが、愛をこめて贈《おく》る。二日以内に北峡谷《きょうこく》で、槍《やり》の踊《おど》りがあるようだ」

クーフリンは、御者《ぎょしゃ》のロイグの目を見つめた。ロイグはアルスターの生まれではなかったため、こちらもアルスターの呪《のろ》いとは無縁《むえん》だった。「これはフェルグスがくれた、おれへの警告《けいこく》だ。どうやら敵《てき》の軍勢《ぐんぜい》が二日以内に、北峡谷《きょうこく》へと攻《せ》めてくるらしい」

「よし、戦車に馬をつけてくる」ロイグが言った。

「その前に、アルスターの全土に警告《けいこく》を送ってやろう。エウィン・ワハは安全だと思う。だが『大衰弱《すいじゃく》』にかかったほかの土地の戦士たちは、開けた土地にいては危険《きけん》だ。牛のようにただ殺されるのを待つばかりだろう。だからエウィン・ワハに行くか、または敵《てき》の軍《ぐん》勢《ぜい》に見つからないよう、深い森か峡谷《きょうこく》へと逃《に》げこんだほうがいい。わが友ロイグよ、今夜は忙《いそが》しくなるぞ。女たちのなかで若《わか》くて足の速い者を、手伝わせろ。いったん警告《けいこく》を発すれば、それは炉《ろ》の火のようにすぐに広がるだろう。広がりだしたら、ここにもどってきて、馬を戦車のくびきにつけ、車軸《しゃじく》に戦闘《せんとう》用の大鎌《おおがま》をとりつけてくれ」

「おまえは?」ロイグが尋《たず》ねた。

「おれはひとつやることがある。これで、ひと晩《ばん》と一日はかせげるはずだ。そうすれば槍《やり》の踊《おど》りがはじまる前に、こっちの戦士は開けた土地から姿《すがた》を消すことができる」

ロイグが土地の少年と若《わか》い女を集め、アルスターの各地に警告《けいこく》を発する仕事にとりかかっているあいだに、クーフリンは厩舎《きゅうしゃ》に行った。厩舎《きゅうしゃ》では『黒のセイングレンド』と『灰色《はいいろ》のマハ』が、もう戦いの匂《にお》いが風に乗ってきたかのように、足を踏《ふ》み鳴らし鼻息を荒《あら》くしていた。クーフリンは族長の馬のなかから、足の速い雌馬《めすうま》を選ぶと、はるか下の谷の森をめざして駆《か》けていった。この谷には、風で変形した背《せ》の低いカシの木のもと、茶色い秋のワラビのあいだを小川が流れている。この流れの速い小川が、ムルテムニーの国境《こっきょう》だった。クーフリンはカシの苗木《なえぎ》を切ると、それを曲げて、的《まと》に使うような環《わ》を作った。そして、まんなかのしなやかな幹《みき》に、オガム文字を刻《きざ》み、岸辺に立っていたアルト・キランの石柱にひっかけた。

次の夜の黄昏時《たそがれどき》に、メーブ女王の軍勢《ぐんぜい》がアルト・キランの石柱のあたりに到着《とうちゃく》し、若枝《わかえだ》の環《わ》を発見した。そこにはクーフリンの名と、その夜は石柱を越《こ》えてはならぬ、もし越《こ》えたりしたら、翌朝《よくあさ》の報復《ほうふく》は想像《そうぞう》を絶《ぜっ》したものとなろう、と書いてあった。

メーブ女王は言った。「アルスター勢《ぜい》がわれらより先に血祭りをあげることになっては、口惜《くちお》しい。戦士のなかにはそれを凶兆《きょうちょう》ととって、意気消沈《いきしょうちん》する者が出てくるかもしれぬ」

メーブは腹《はら》を立て、血が出るまで爪《つめ》を噛《か》んだが、ほかに方法がないことをさとった。その晩《ばん》は野営《やえい》し、次の朝までは、アルスターに向けて進軍することをあきらめるほか仕方がなかった。

その晩《ばん》は初雪となり、戦士たちは休息する場所も、料理する場所も見つけることができなかった。馬も頭を垂《た》れ、渦巻《うずま》く雪に尻《しり》をさらして、みじめに震《ふる》えていた。だが明け方には雪も止み、雲が切れて、太陽が差してきた。骨《ほね》まで凍《こお》りついていた軍勢《ぐんぜい》は歓声《かんせい》を上げて、急いで馬をくびきにつけた。

「聞こえるか、これで一晩《ひとばん》かせげただろ」クーフリンがロイグに言った。アルト・キランの砦《とりで》のほうから、メーブ女王の軍勢《ぐんぜい》がムルテムニーになだれこむ、雷鳴《らいめい》のような地響《じひび》きが聞こえてきたのだ。クーフリンはロイグの肩《かた》に腕《うで》をまわし、笑いながら言った。「それに雪がおれたちに味方して、敵《てき》をくじいてくれる！　優秀《ゆうしゅう》で勇敢《ゆうかん》なアルスターの雪だからな。さあ兄弟、馬をつないでくれ」

こうして太陽がファド山の青い肩《かた》の上に出る前に、戦車に乗ったクーフリンは軍勢《ぐんぜい》の通った跡《あと》へとやってきた。人間と軍馬、戦車のわだちが踏《ふ》みつけた跡《あと》が、広い谷間の雪の上一面に、入り乱《みだ》れていた。クーフリンは臭《にお》いを嗅《か》ぎわける猟犬《りょうけん》のように、あちこちの跡《あと》を追い、その跡《あと》が語るすべてを読みとった。

「五千人以上の戦士がここを通ったようだ。これはかつてなかったほど大規模《だいきぼ》な牛捕《うしと》りだな。しかもやつらはムチと突《つ》き棒《ぼう》が許《ゆる》す限《かぎ》りの猛烈《もうれつ》な速さで移動《いどう》したな。よし、とにかく、おれたちでちょっとからかってやろう」クーフリンは笑いながら、言った。それから突《つ》き棒《ぼう》と手綱《たづな》をロイグから受けとると、戦車を飛ぶように走らせた。馬の尻《しり》のあっちやこっちと、突《つ》き棒《ぼう》をアブのように動かしながら、それでもけっして血を流させたりせずに、離《はな》れた敵《てき》の軍勢《ぐんぜい》を追っていった。「走れ、兄弟！　その調子だ。この競争は、勝つだけの値《ね》うちがあるぞ！」

そして正午をたいして過《す》ぎないうちに、実際《じっさい》に競争にうち勝ったのだ。女王軍の先鋒《せんぽう》のずっと先まで進み、彼《かれ》らを迎《むか》え撃《う》つために向きを変えた。ここでクーフリンは突《つ》き棒《ぼう》と手綱《たづな》をロイグに返した。この先はロイグが戦車を駆《か》り、クーフリンは戦うのだ。ロイグは汗《あせ》びっしょりの馬の息を整え、クーフリンは聞き耳を立てて待っていた。自分の身ひとつに、ブリギアの険《けわ》しい谷間の奥《おく》まで、全アルスターの運命がかかっているのが感じられる。味方から『大衰弱《すいじゃく》』が去るまで、アイルランドの連合軍を防《ふせ》ぐのは自分しかいない。『輝《かがや》く槍《やり》のルグ』に向かって、心のなかで壮絶《そうぜつ》な叫《さけ》びをあげた。「父よ、もしおれがほんとうにあなたの息子なら、いまこそおれを助けてくれ。これほどあなたの助けを必要としたことはなかった――おれをアルスターへの贈《おく》り物にしたのなら、それだけの価値《かち》のある贈《おく》り物にしてくれ！　おれの馬がそのひづめで、敵《てき》を腐《くさ》ったリンゴのように踏《ふ》みつぶせるように。おれの槍《やり》が稲妻《いなずま》のように敵《てき》をこっぱみじんにうち砕《くだ》き、敵《てき》を皆殺《みなごろ》しにできるよう、助けてくれ！」

秋の谷間は、雪解《ゆきど》け水とかすかな風の音のほかは深閑《しんかん》としていたが、そこにひたひたと迫《せま》る、ひづめと車輪の音がした。荒野《こうや》の上に、軽量戦車が二台現《あら》われ、川の浅瀬《あさせ》のほうへと下りてきた。「メーブ女王め、慎重《しんちょう》な司令官らしく、斥候《せっこう》を送ってきたな」クーフリンは斥候《せっこう》を発見して、小声で言った。「よし、少なくともひとつは女王に報告《ほうこく》できるようにしてやる——アルスターに通じる道は、そう簡単《かんたん》にはたどれない、とな。今だ、ロイグ！やつらは浅瀬《あさせ》を渡《わた》っている——できるだけ近づけ！」

斥候《せっこう》の戦車の一台目とすれちがいざまに、戦車から身を乗りだしたクーフリンが、大音声《だいおんじょう》もろとも鋭《するど》い一太刀《ひとたち》を浴びせた。戦士と御者《ぎょしゃ》の首は、ひとたまりもなく肩《かた》からすっとんだ。すると命令もしないのに、『黒のセイングレンド』と『灰色《はいいろ》のマハ』は向きを変えた。もう一台の戦車の御者《ぎょしゃ》がムチをふるって、クーフリンに立ちむかってきたのだ。ふたたびクーフリンの白刃《はくじん》が雪で青ざめた陽光を反射《はんしゃ》し、ふたたびふたつの首が落ちた。

クーフリンは戦車から飛び降《お》りると、引き綱《づな》を切って、おののいていた敵《てき》の馬を逃《に》がしてやった。そして自分は、川岸の背《せ》の低いハンノキのところに行った。枝《えだ》が四つに分れている若木《わかぎ》を見つけると、切りとって、よぶんな枝《えだ》を下ろし、枝先《えださき》を鋭《するど》くとがらせた。そして四つの枝先《えださき》にそれぞれ切り落とした首を突《つ》き刺《さ》し、それを川の浅瀬《あさせ》に突《つ》き立てて、警告《けいこく》とした。それ以来、この地は『分かれた枝の浅瀬《アトゴウラ》』と呼《よ》ばれている。

しばらくして、浅瀬《あさせ》になだれこんできたメーブ軍が、血まみれの生首《なまくび》が四個刺《さ》さった不気味な枝《えだ》を見つけた。まるで死の樹木《じゅもく》に、果実が実っているようだ。メーブ軍は、たとえこのときまで知らなかったとしても、今ではクーフリンが道を守っていることを思い知らされた。最も優秀《ゆうしゅう》な追跡《ついせき》隊をくりだして、ファド山とキラン山の谷あいを残るくまなく探《さが》させたが、自分の山を駆《か》けめぐる『アルスターの猛犬《もうけん》』の毛一本すら、見つけることはできなかった。

それでもメーブ軍は押《お》し寄《よ》せつづけ山火事のように広がって、ブリギアとムルテムニーに黒い破壊《はかい》と悲しみの爪痕《つめあと》を残していった。農場は次々《つぎつぎ》焼き討《う》ちにあい、女たちは悲鳴を上げて逃《に》げまどったが、結局は連れ去られて奴隷《どれい》とされた。そのあいだに雪は解《と》け、冬の初めだった季節は緑の季節へと変わりかけていた。とはいえメーブ軍も無傷《むきず》で進めたわけではなく、夜になると投石器の石がうなりをあげて飛んできた。昼間はクーフリンが軍勢《ぐんぜい》の横腹《よこばら》につきまとい、すきを見つけては襲《おそ》いかかってきた。はじめはひとりかふたりずつだったが、例の灼熱《しゃくねつ》の戦闘欲《せんとうよく》に駆《か》られると、部隊をまるごと打ちのめした。まるで並《なら》んだ大麦の穂《ほ》を一列に刈《か》りとるように、凶暴《きょうぼう》な皆殺《みなごろ》しがおこなわれた。一時に何十人、何百人もが猛襲《もうしゅう》にさらされ、飛びくる槍《やり》とブンブン回る車輪の大鎌《おおがま》に倒《たお》され、車輪と馬のひづめに踏《ふ》みつぶされて、血に染《そ》まって倒《たお》れた。

　このころになって初めて、コナハト、レンスターその他の連合軍は、ひとりの男の姿《すがた》を目にした。ピタリとつきまとう貪婪《どんらん》なオオカミの群《む》れのように殺戮《さつりく》をくりかえすひとりの男、『アルスターの猛犬《もうけん》』の姿《すがた》を。そのときクーフリンは、そら恐《おそ》ろしい戦闘欲《せんとうよく》に燃《も》えていた。額《ひたい》に英雄光《えいゆうこう》が光り、黒い血が空に向かって噴《ふ》きあがって、迫《せま》りくる黒雲のような暗《くら》闇《やみ》を頭上に作っていた。今やクーフリンは、武器《ぶき》を使って殺すだけではなくなっていた。クーフリンが神速の戦車に乗って迫《せま》ってくるその姿《すがた》、その形相《ぎょうそう》を見ただけで、あるときなどメーブ軍の一部隊がそっくり、恐怖《きょうふ》に凍《こお》りついて死んでしまったと言われている。

　メーブ女王は絶望《ぜつぼう》的になり、『休戦の枝《えだ》』の名のもとに、クーフリンに次々《つぎつぎ》と使いを送りつけた。アルスターのどの戦士も持ったことのないほどの力と富《とみ》を約束するといって、買収《ばいしゅう》を試みた。だがクーフリンは使者の面前で一笑に付し、新たな攻撃《こうげき》の準備《じゅんび》を御者《ぎょしゃ》に命じたのだった。こういうやり方では、なんとも埒《らち》があかないため、ついに四日目にメーブ女王とクーフリンは、直接《ちょくせつ》対面することになった。キラン山の中途《ちゅうと》にある丘《おか》の上で、まるで剣《けん》で切ったような暗く深い狭谷《きょうこく》をはさんで、ふたりは向きあった。女王はうしろに族長や指揮官《しきかん》を従《したが》え、槍《やり》を手にし、頭には金の王冠《おうかん》をかぶっていた。吹《ふ》きつける秋の風に、長いていた。クーフリンの兜《かぶと》からも黒い髪《かみ》が、女王と同じように風になびいている。武装《ぶそう》したクーフリンは、黒い炎《ほのお》のようだった。だがうしろにはロイグひとりがひかえているだけで、ほかには誰《だれ》もいない。メーブ女王は内心、こんな華奢《きゃしゃ》な若者《わかもの》が――実際《じっさい》には若者《わかもの》というより、少年のようだったから――全軍の恐怖《きょうふ》の的《まと》であることにいまさらながら舌《した》をまいた。戦意に燃《も》えたクーフリンは、戦士というより、紅蓮《ぐれん》に燃《も》える『軍神』そのもののように見えた。だがメーブ女王が会見を申し入れたわけは、クーフリンがどういう人物かを知るためではなかった。

緑のチドリが深い谷間を飛びこえては、斜面《しゃめん》で鳴きかわしている、そのチチという鳴き声を背《せ》に、ふたりは名を呼《よ》びあい、条件《じょうけん》を出したり拒否《きょひ》したりして、幾度《いくど》となく取引を繰《く》り返した。最後の最後に、槍《やり》にもたれたクーフリンが、谷の向こうに呼《よ》びかけた。「一日中あれこれ言いあって、うんざりしてしまった。もう終わりにしよう、コナハトの女王。これが最後の条件《じょうけん》だから、よく聞くがいい。この条件《じょうけん》をのむというのなら、おれはこれ以上連合軍に攻撃《こうげき》は加えない。ここから北に一時間行くと、アルスター峡谷《きょうこく》のほぼまんなかとなるが、そこに川の浅瀬《あさせ》がある。おれはそこで待っているから、おれと一騎《いっき》討ちをする戦士を送ってよこせ。一度にひとりずつ、一日に一回だけだ。そのひとりひとりと、おれは浅瀬《あさせ》を守って対戦する。一騎討《いっきう》ちが続いているあいだだけは、アイルランド軍はアルスターに進撃《しんげき》してよいこととする。だが一騎討《いっきう》ちが終わったら、どこにいようとその場で止まり、そこで次の朝まで野営《やえい》しなくてはならない。コナハトのメーブ女王よ、これがおれの条件《じょうけん》だ。拒否《きょひ》する前によく考えるんだな」

メーブはやはり槍《やり》にもたれて、長いこと考えていた。やがて顔を上げ、峡谷越《きょうこくご》しに声を張《は》りあげた。「まったく進まないよりは、一口に槍《やり》の届《とど》く距離《きょり》でも進軍できたほうがましというもの。また戦士を一日に百人失うよりは、ひとり失ったほうがましだ。だから『アルスターの猛犬《もうけん》』クーフリン、おまえの条件《じょうけん》を受け入れることにする」

第十一章　浅瀬《あさせ》の攻防《こうぼう》

そういうわけでクーフリンは浅瀬《あさせ》で待った。早速その日の夕方、メーブ女王が送った最初の戦士がやってきて、ふたりはひざまで流れにつかり、水しぶきを上げて戦った。だがアイルランド軍の先鋒《せんぽう》が矢の届《とど》く距離《きょり》も進まないうちに、クーフリンの槍《やり》が相手の心臓《しんぞう》を射抜《いぬ》き、全軍はその場でまた野営《やえい》しなければならなかった。とはいえクーフリンは約束を守ったので、アイルランドの全戦士が夜じゅう枕《まくら》を高くして眠《ねむ》ることができた。次の日には、二番目の挑戦者《ちょうせんしゃ》がやってきた。二回目の一騎《いっき》討《う》ちも最初と同じように終わったが、今度は軍勢《ぐんぜい》は少しは距離《きょり》を伸《の》ばすことができて、槍《やり》を三回投げたぶんだけ北に進んだ。

次々《つぎつぎ》と挑戦者《ちょうせんしゃ》がやってきて、クーフリンと一騎《いっき》討《う》ちをしては、殺されていった。そのつどアイルランドの軍勢《ぐんぜい》は、勝負が続いているあいだは前進し、勝負が終わると停止して、夜は野営《やえい》した。ついに女王は『浅瀬《あさせ》の守り手』の一騎《いっき》討《う》ちの相手に、フェルグス・マク・

ロイその人を送りだした。誰《だれ》がやってきたかを見たとき、クーフリンの胸《むね》に冷たい衝撃《しょうげき》が走った。だが養父の顔が、なにかを語っている。茶色のあごひげの奥《おく》で笑っているような表情《ひょうじょう》が、チラチラのぞいている。ふたりが浅瀬《あさせ》のまんなかで出会うと、フェルグスは盾《たて》の縁《ふち》ごしにささやいた。「おい、ちびのシャモ、今回はおまえが逃《に》げてくれよ。その代わり次の機会には、おれが逃《に》げるから」笑いがフェルグスからクーフリンに伝染《でんせん》した。

「わかった――今おれが逃《に》げるかわりに、別のときにおれが頼《たの》んだら、そっちが逃《に》げる。それなら公平だな」

そしてふたりは盾《たて》の青銅《せいどう》の縁《ふち》ごしに、猛烈《もうれつ》な勢《いきお》いですばやく打ちあった。見ている者の目には、ふたりはまさしく命がけで戦っていると映《うつ》ったにちがいない。クーフリンはしばらくフェルグスが大身《おおみ》の槍《やり》を突《つ》きだすにまかせていたが、適当《てきとう》なところでギャッと叫《さけ》んでうしろに飛びすさると、背中《せなか》を向けて逃《に》げていった。

さあメーブ軍は喜びに沸《わ》きかえり、槍《やり》を盾《たて》にがんがん打ちつけて、初勝利を祝ったそのあざけり浮《う》かれる大騒動《そうどう》には、ついにはキラン山やファド山までが鳴動するかと思われた。フェルグス自身は女王の戦車の横でふんぞり返っていたが、やがて、この勝利はその日一日分の勝利にすぎないことを、皆《みな》に思い出させた。メーブ軍はもうひと晩野営《ばんやえい》をし、翌朝《よくあさ》には、別の挑戦者《ちょうせんしゃ》を浅瀬《あさせ》に送った。

だがメーブ女王は、味方の全軍勢《ぐんぜい》がたったひとりのためにこれほど動きがとれないでいることに、だんだん腹《はら》が立ってきて、ある計画を思いついた。その日の一騎討《いっきう》ちが続いているあいだに――その日メーブが送りだしたのは、コナハトの戦士のなかでも音に聞こえた豪傑《ごうけつ》ナトフランタルだったため、戦いは長く続いた。――えり抜《ぬ》きの兵士を集めると、誓約《せいやく》を守る残りの軍勢《ぐんぜい》とは切り離《はな》して、アルスターの略奪《りゃくだつ》に向かわせたのだ。略奪《りゃくだつ》はこれまでも各地でくりかえされてきたが、今回の荒《あら》くれぶりも徹底《てってい》していた。クーフリンは浅《あさ》瀬《せ》の一騎討《いっきう》ちに手一杯《ていっぱい》だし、他のアルスターの戦士は衰弱《すいじゃく》して寝《ね》こんでいたから、阻止《そし》する者もない。略奪者《りゃくだつしゃ》たちは行く先々《さきざき》で火を放ったり盗《ぬす》んだりしながら、アーマーを突《つ》っきり、キラン山の北の谷間に入りこみ、ここでついに、あの『赤牛』を見つけた。『赤牛』はお気に入りの雌牛《めうし》五十頭とともに、この谷に隠《かく》されていたのだ。包囲された『赤牛』は怒《おこ》って足を踏《ふ》みならし、荒々《あらあら》しく吠《ほ》えたてたが、兵士たちは大喜びで追いたてていった。

いっぽうクーフリンはその日の一騎討《いっきう》ちに片《かた》をつけた後、食糧《しょくりょう》になる獲物《えもの》を求めて、近くで狩《か》りをしていた。メーブ軍はうしろに控《ひか》えた四王国全土から十分な食糧《しょくりょう》の補給《ほきゅう》を受けていたが、クーフリンとロイグは自分たちで狩《か》りをしなければ、食べ物がなかったのだ。

狩《か》りのとちゅうで『赤牛』が連れ去られていくのを発見し、大急ぎで奪《うば》い返しにいった。クーフリンは、略奪《りゃくだつ》軍の首領《しゅりょう》、ビュイックの息子バンブライを始め多くの兵士を殺したが、それでも『赤牛』を奪《うば》い返すことはできなかった。胸《むね》を焦《こ》がすどす黒い怒《いか》りに耐《た》えて、アルスターの誇《ほこ》りであり、牛の世界の王でもある雄牛《おうし》が南のコナハトに連れていかれるのを、黙《だま》って見ているほかはなかった。なぜならクーフリンにはどんな犠牲《ぎせい》を払《はら》おうとも死守しなければならない、あの浅瀬《あさせ》があったから――この戦いのそもそもの原因《げんいん》はこの『赤牛』だったが、たとえこれを奪《うば》ったところで、戦が終わるはずはないとわかっていた。今や敵《てき》は、略奪《りゃくだつ》という狂《くる》おしい蜜《みつ》の味を味わってしまったのだ。アルスターの国の誇《ほこ》りを汚《よご》すだけで満足するはずがない。日がたつにつれて、これが事実であることが判明《はんめい》した。

まさしく、メーブ女王は誓約《せいやく》を一度破《やぶ》ったからには、もう全部破《やぶ》っても同じだと思うようになっていた。そこで挑戦者《ちょうせんしゃ》をひとりずつではなく、ときには十人も二十人もを束にして送りこむようになった。おかげでクーフリンはびっしりと包囲され、傷《きず》を負い、体力を使い果たして弱っていった。それればかりではない。クーフリンの身には新たな危険《きけん》が降《ふ》りかかっていた。ある夜、ロイグがおこした小さな焚《た》き火のそばで、疲《つか》れはてて眠《ねむ》ることもできずに横になっていると、闇《やみ》のなかから現《あらわ》れるものがあった。戦車のそばの焚《た》き火に照らされた姿《すがた》は、若《わか》く美しい女だった。髪《かみ》は赤く、弓なりの眉《まゆ》も赤く、身にまとった衣《きぬ》もマントも血のように赤い。女は暗く輝《かがや》く髪《かみ》がクーフリンの唇《くちびる》にかかるほど深くかがむと、目をひたと合わせて、その目で笑った。

クーフリンはひじをついて上体を起こしかけた。「なにものだ？　コナハトの女王の回し者なら、さっさと帰れ。のぞき見したことをなんとでも伝えるがいい」

「王の娘《むすめ》と話すというに、その物言いはふさわしくありませぬ」女が言った。

「どこの王だと言うんだ？」

「はるけき彼方《かなた》の国の王であり、そなたは名も知らぬ。だが彼《か》の国までも『アルスターの猛犬《もうけん》』とその勲《いさおし》は聞こえておるのじゃ。それをわが目で確《たし》かめようと、わらわは参った。そして今そなたを見初《みそ》め、ここ、『アルスターの猛犬《もうけん》』のかたわらに留《とど》まりたいと望んでおる」

女の声は低く澄《す》んでいて、小さな銅《あか》の鈴《すず》のようだった。またクーフリンの手に重ねられた手が、女の望みを伝えていた。だが、クーフリンはそれを払《はら》いのけた。

「おれは戦いで疲《つか》れきっている。女と関わりを持つつもりはない」

女はうしろに飛びのき、クーフリンを見おろして立った。「わらわの望みを聞かぬとあらば、仕方がない。うぬが責《せ》めを受けるまでじゃ。次に打ち合う折り、そう、あすの一騎《いっき》討《う》ちの折り、わらわは浅川の瀬《せ》の真底で、鰻《むなぎ》となりて、うぬが足《あ》にまつわってみせよう」

パチリと焚《た》き火が跳《は》ね、ゆらりと炎《ほのお》がゆれるあいだに、女の姿《すがた》はこつ然と消え、クーフリンの頭上の戦車の枠《わく》に、巨大《きょだい》な黒いカラスが止まるだけとなった。カラスはあざ笑うように「カー」と一声鳴いて、パタパタと飛び去っていった。それでクーフリンは、自分が話していた相手は『戦いの女神』モリガンだったことを知った。だがロイグは槍《やり》をひざに乗せて坐《すわ》ったまま、炎《ほのお》を見てまばたきしているだけだった。近くにつながれた馬だけは不安そうにしきりに動いていたが、起こったことは夢《ゆめ》のようでもあった。

翌朝《よくあさ》クーフリンは起きると、ロイグを呼《よ》んで戦支度《いくさじたく》を整え、浅瀬《あさせ》を守るために再《ふた》び出ていった。だが身体は重く、かつて感じたことのない不安を覚えていた。その日の挑戦者《ちょうせんしゃ》はモフォビスの息子のロッホだった。戦いはじめたとたんに、赤い耳の白い雌牛《めうし》が土手を突《とっ》進《しん》してきた。牛はクーフリンの横腹《よこばら》に突《つ》きかかり、剣《けん》をふるうのを妨《さまた》げ、目くらましに水しぶきの幕《まく》をあげた。クーフリンは軽い投げ槍《やり》を夢中《むちゅう》でひっつかむと、牛めがけて投げつけた。槍《やり》は牛の目に命中し、牛は女のような悲鳴をあげて消えた。ところが雌牛《めうし》が消えたその瞬間《しゅんかん》に、黒い大ウナギが水中をくねくねとのたうってきて、クーフリンの足に巻《ま》きついた。クーフリンは態勢《たいせい》をくずしてよろめき、ウナギを引きはがそうと一瞬《いっしゅん》盾《たて》を下げた。そこをすかさずロッホがとらえ、槍《やり》で肩《かた》を突《つ》いた。大ウナギは消えたが、今度は片目《かため》で灰《はい》色《いろ》の雌《めす》オオカミが水中から飛びだしてきて、のどに喰《く》らいつこうとした。クーフリンはのけぞって、槍《やり》をオオカミに向けた。だがこのすきに、ロッホの槍《やり》はクーフリンの盾《たて》をかいくぐり、脇腹《わきばら》に傷《きず》を負わせた。これがかえってクーフリンの戦闘欲《せんとうよく》を燃《も》えあがらせ、オオカミをむんずとつかんで投げとばした。妖《あや》かしのオオカミは、一陣《じん》の煙《けむり》のように消え去った。そこでクーフリンは空中高く跳《と》び、ロッホの盾《たて》の上部から深々《ふかぶか》と槍《やり》を突《つ》き、敵《てき》の心臓《しんぞう》をまっぷたつに引き裂《さ》いた。

ロッホは恐《おそ》ろしい声でうめくと、がっくりとひざをついた。それでも槍《やり》の柄《え》にしがみついて、倒《たお》れないよう身体を支《ささ》えていた。「立たせてくれ」ロッホは激《はげ》しくあえいで、のどから声を絞《しぼ》りだした。「立たせてくれ、『アルスターの猛犬《もうけん》』。敵方《てきがた》を向いて死にたい。敵《てき》に背《せ》を向け、逃《に》げ傷《きず》負って、死ぬは屈辱《くつじょく》！」

「それでこそ、あっぱれ武勇《ぶゆう》に生きる者。喜んで応《おう》じよう」クーフリンは妙《みょう》に静かに言うと、かがんでロッホに腕《うで》をまわして立たせ、その先の土手へとたどり着かせた。ロッホはそこで倒《たお》れ、アルスターを向いて死んだ。

ロッホの死とともに、深い疲《つか》れと悲しみがクーフリンを襲《おそ》った。まるで太陽と自分のあいだに黒い翼《つばさ》の影《かげ》がかかったようだ。今やクーフリンは多くの傷《きず》を負って弱り、長い戦いに力を使い果たしていた。これまでいったい幾人《いくにん》、敵《てき》として出会ったのでなければ友としたかった男たちを殺してきただろう。そのうえ幾晩《いくばん》も幾晩《いくばん》も、せいぜい槍《やり》に寄《よ》りかかって休むくらいで、一睡《いっすい》もせずに過《す》ごしてきた。クーフリンは、気力も体力も限界《げんかい》に近づいていることを悟《さと》った。

そしてロッホが死んで二晩《ばん》目のこと、クーフリンはロイグに傷《きず》の手当てをさせながら、戦車の先端《せんたん》に寄《よ》りかかって、敵《てき》の軍勢《ぐんぜい》の方角をながめていた。もう連合軍は、浅瀬《あさせ》のすぐ近くまで迫《せま》っている。クーフリンはロイグに言った。「おれたちのうしろに、衰弱《すいじゃく》から立ち直りかけている者が、少しはいないだろうか。日の出とともに北へ行き、途中《とちゅう》で馬を見つけて、エウィン・ワハに行ってくれ。なんとか戦士を起こして、どんなにちっぽけな軍《ぐん》勢《ぜい》でもいいから、味方を連れてきてくれ。もうこれ以上、おれひとりではアルスターの国《こっ》境《きょう》を守れそうにない」

「おまえひとりをここに残していくのは、つらい。だが人間ひとりの声でアルスターの全戦士をたたき起こせるものなら、必ず起こして、おまえを助けによこしてやる」

こうして朝になると、ロイグはエウィン・ワハに向けて出発した。クーフリンは突然《とつぜん》、これまでなかったほど自分をひとりぼっちだと感じた。だがメーブ女王の軍勢《ぐんぜい》は、どうしても防《ふせ》ぎ止めなくてはならない。その夜は自分で焚《た》き火をたき、これまで幾夜《いくよ》もしてきたように、古代の墳墓《ふんぼ》の下でマントにくるまって横になった。冷たい風がハンノキの最後に残った枯《か》れ葉を吹《ふ》きとばそうとしていたが、ここなら風をさけることができた。晩飯《ばんめし》の用意ができたことを知らせるロイグの軽い口笛が聞こえないのが、ひどく淋《さび》しかった。疲労《ひろう》のあまり、そして孤独《こどく》のあまり、腕《うで》に頭をのせて、不幸せな七歳《さい》の女の子のように泣きじゃくりたかった。

しばらく横になって、対岸のマンスターとコナハトの陣営《じんえい》の焚《た》き火を見ていた。なんとたくさんの焚《た》き火だろう。それにひきかえこちら側の小さな焚《た》き火は、ダ・デルガの墳墓《ふんぼ》のもとに、自分と同じようにひとつだけぽつんと燃《も》えている。向こうをながめているうちに、男がひとり、大陣営《じんえい》を突《つ》っ切ってこちらへやってくるのに気がついた。警備《けいび》のかがり火に照らされては消え、照らされては消える。だが男が通りすぎても、騒《さわ》いだり振《ふ》り向いたりする者はいない。男のチュニカは金の縫《ぬ》い取りがきらめいており、緑のまだらのマントは、銀の円盾《まるたて》の形のブローチで留《と》められている。そして片腕《かたうで》で、銀の縁《ふち》と鋲《びょう》のついた黒い盾《たて》を抱《かか》え、右手には二本の槍《やり》を持っている。男はまっすぐ浅瀬《あさせ》に下りてきて、川を渡《わた》った。その足取りは、水中でも軽くよどみがなかった。いつだったか湿地《しっち》のワタスゲの上を歩く、こんな足どりを見たのではなかったか。男が近づいてくるのを見ているうちに、クーフリンは突然《とつぜん》、前にどこで会ったかを思い出した。

訪問者《ほうもんしゃ》はクーフリンの上にかがみこんだ。いかめしいが慈愛《じあい》に満ちた顔が、焚《た》き火に照らしだされた。焚《た》き火の光はにじんでいき、その男自身の放つ光に吸《す》いこまれてしまった。

「苛酷《かこく》な戦いだったな、わたしの猛犬《もうけん》。しかもまだ先がある。おまえは疲《つか》れ果て、傷《きず》に苦しみ、幾晩《いくばん》も眠《ねむ》っておらぬ。さあ眠《ねむ》るがいい、わが子クーフリン。これから三日と三晩《ばん》ぐっすりと、その墓《はか》に眠《ねむ》る族長デルガのように静かに眠《ねむ》るがいい」

「でも、誰《だれ》が浅瀬《あさせ》を守るんですか？」

「わたしが守ろう。守っているのがおまえでないことは、誰《だれ》にもわからぬ」

クーフリンは絶《た》えがたい苦しみに直面した今、父親のルグ神が助けにきてくれたことを知った。それはこれまでよく知っていたことのようでもあった。こうしてクーフリンは、ネー湖の底のような深い眠《ねむ》りに身をまかせた。ネー湖に巣を作る黒ビーバーの毛皮のように、柔《やわ》らかな闇《やみ》が、彼《かれ》を包んだ。太陽神ルグが傷《きず》に薬草を塗《ぬ》ってくれたことも、ルグが日の出とともにクーフリンの武器《ぶき》を取り、ふつうの人間には『アルスターの猛犬《もうけん》』としか見えない姿《すがた》となって、浅瀬《あさせ》に出かけたことも、気づくことはなかった。

アルスターの男たちは、上はエウィン・ワハの王から、下は城門《じょうもん》の一番若《わか》い槍《やり》持ちまで、ロイグがどれほど起こそうとしても、なすすべもなく倒《たお》れふしたままだった。だが『大衰《すい》弱《じゃく》』は成人男子だけを襲《おそ》ったために、少年組の者たちはふだんどおり訓練に励《はげ》んでいた。少年たちは、英雄《えいゆう》クーフリンがどんな苦境《くきょう》に立たされているか、ロイグから聞いたとたんに武器《ぶき》をつかみ、ある者たちは馬屋から戦車と馬を引きだしてきた。『武者《むしゃ》立ちの儀《ぎ》』が近い者のなかには、彼《かれ》らが少年組に入ったばかりのころ、少年たちのリーダーだったクーフリンを覚えている者がいたのだ。そして王の末息子フォラマンを先頭に、アルスターの名誉《めいよ》と『猛犬《もうけん》』の助太刀《すけだち》のため、連合軍征伐《せいばつ》に出陣《しゅつじん》することを決めた。少年たちは王の武《ぶ》器《き》研《と》ぎの柱石のかたわらで、敵《てき》のアリル王の首をあげて凱旋《がいせん》するまでは、エウィン・ワハには帰らぬ、と出立《しゅったつ》の誓《ちか》いを立てた。

少年たちは敵《てき》に出くわすと、三度、ときの声も高らかに突撃《とつげき》した。三度の突撃《とつげき》のたびに敵《てき》も殺したが、そのたびに少年組も痛手《いたで》をこうむった。とうとう年若《としわか》の指揮官《しきかん》に続く、ただ一握《ひとにぎ》りの少年たちが残るだけとなったが、それでも一丸となって進み、果敢《かかん》に敵《てき》の槍《やり》におどりかかった。最後に残された少年は、敵《てき》の戦車と馬に踏《ふ》みしだかれて散った。こうして少年たちはクーフリンに信義《しんぎ》を尽《つ》くし、王の柱石での誓《ちか》いを守った。敵《てき》のアリル王の首を槍《やり》に掲《かか》げて凱旋《がいせん》できなかったので、二度とエウィン・ワハには帰らなかったのだ。少年たちをしのんで血の涙《なみだ》を流したのは、ただ彼《かれ》らの母親だけだった。

これはクーフリンが死んだように眠《ねむ》っているあいだの出来事だった。さてクーフリンは目を覚まし、その朝が世界の始まりの朝であるかのように、身も心も力がみなぎっているのを感じた。だが北峡谷《きょうこく》のあちこちで少年たちの死体を発見し、さらに戦場全体に散らばっているのを知ると、なにがあったのかを理解《りかい》した。

激《はげ》しい憤《いきどお》りが胸《むね》を焼いた。悲憤《ひふん》の風が吹《ふ》き荒《あ》れて、目の前が血の赤に染《そ》まった。クーフリンはからっぽの空に向かって、声を張《は》りあげた。「おれの弟たち、おまえたちは気高くもおれに信義《しんぎ》を尽《つ》くしてくれた。今からは、おれがおまえたちへの信義《しんぎ》を果たす！」クーフリンは自分で鎧《よろい》をつけ、まだ近くで草を食《は》んでいた『黒のセイングレンド』と『灰色《はいいろ》のマハ』に引き具をつけた。今回ばかりは、浅瀬《あさせ》で敵《てき》を待つことはしない。待つのはこれまでだ。馬に語りかけながら、モチの木のくびきのところへとつれていき、ゆれる引き具をしっかり締《し》めた。優《すぐ》れた御者《ぎょしゃ》ならそうするように、馬を勇気づけ励《はげ》ましてやり、静かに、着々《ちゃくちゃく》と準備《じゅんび》を整えた。だが目の奥《おく》に赤いもやが、どろどろ、どろどろと渦巻《うずま》いている。耳の奥《おく》では血が、どくどく、どくどくと鳴っている。まるでオオカミの皮の太鼓《たいこ》のように。『褐色《かっしょく》の肌《はだ》の種族』が丘《おか》で生贄《いけにえ》を捧《ささ》げて叩《たた》く、あの太鼓《たいこ》の響《ひび》きのように。

すべての戦支度《いくさじたく》が整うと、クーフリンは戦車に飛び乗り、雄叫《おたけ》びとともにメーブ軍めがけてまっしぐらに突《つ》き進んだ。戦車は轟音《ごうおん》をたて、両側に豪壮《ごうそう》な水の翼《つばさ》をはねあげて、浅《あさ》瀬《せ》を渡《わた》った。ゆれうごく戦車の床《ゆか》に、グッと足を開いてふんばり、両手が使えるように、手綱《たづな》は腰《こし》に巻《ま》きつけた。雄叫《おたけ》びをあげた瞬間《しゅんかん》、これまで苦心して抑《おさ》えていた灼熱《しゃくねつ》の戦闘欲《せんとうよく》が炸裂《さくれつ》した。クーフリンの額《ひたい》には、英雄光《えいゆうこう》が火のように燃《も》えた。恐慌《きょうこう》をきたしたアイルランドの戦士たちは武器《ぶき》に飛びついたが、火焔《かえん》を吐《は》く鬼神《きじん》が、空飛ぶ地獄《じごく》の馬を駆《か》って襲《おそ》いかかってきたとしか思えなかった。鬼神《きじん》は黒く強大な嵐《あらし》の翼《つばさ》を広げて、そこにいっさいがっさいを飲みこんで、引っさらっていくようだった。

クーフリンは敵陣《てきじん》に直進せずに、叫《さけ》んだり、吠《ほ》えたり、疾走《しっそう》する馬に歌いかけたりしながら、陣地《じんち》の周囲を回りながら、疾風怒濤《しっぷうどとう》の攻撃《こうげき》をくりだした。戦車の車輪は石を踏《ふ》んで火花を散らし、軋《きし》んでかん高い音をたて、ついに地面を掘《ほ》ったわだちが大陣営《じんえい》の濠《ごう》のようになった。ギラギラ光る大槍《おおやり》を電光石火と突《つ》きだす攻撃《こうげき》はすさまじさの極みで、雷電《らいでん》のように当たるものすべてを殺しさった。そのうえ戦車の車輪につけた大鎌《おおがま》が、ビュンビュン回って敵《てき》をなぎ倒《たお》しては、切り刻《きざ》む。またたくまに死体は累々《るいるい》と積み重なり、やがて濠《ごう》のなかに死体の壁《かべ》ができた。クーフリンが行くところ、風は吠《ほ》え狂《くる》い、恐怖《きょうふ》と妖《あや》かしの渦巻《うずま》く暗闇《くらやみ》が巻《ま》きおこった。クーフリンが怒《いか》りの叫《さけ》びをあげるたびに、アイルランドじゅうの悪鬼《あっき》や夜の魔物《まもの》が吠《ほ》えたり金切り声を上げたりして呼応《こおう》した。『アルスターの猛犬《もうけん》』への恐怖《きょうふ》は、妖《あや》かしへの恐怖《きょうふ》で増大《ぞうだい》し、軍勢《ぐんぜい》はただただ恐慌《きょうこう》のうちにあった。戦士たちは右往《うおう》左往《さおう》し、あわてふためいてはたがいに邪魔《じゃま》をした。ある者は同士《どうし》討ちで倒《たお》れ、またある者は狂走《きょうそう》する馬に踏《ふ》み殺された。なかにはただ恐怖《きょうふ》のあまり、忌《い》まわしい夢《ゆめ》に首をしめられたかのように、息ができなくなって死ぬ者もいた。こうしてその日が暮《く》れ、一番星がまたたきはじめると、馬が疲《つか》れはてて冷えてきた。それでクーフリンはやっと引きあげ、敵陣《てきじん》を離《はな》れて帰っていった。

その日メーブ軍では、二百人近くの族長や貴族《きぞく》が死に、下級の戦士や馬や猟犬《りょうけん》や女たちはいったいどれほど死んだのか、その数さえ知れなかった。

この戦いは以後『ムルテムニーの大虐殺《だいぎゃくさつ》』と呼《よ》ばれるようになった。これがクーフリンが少年組のかたきを討《う》った、弔《とむら》い合戦だった。

第十二章　フェルディアの死

その晩《ばん》メーブ女王は、生き残りの族長や貴族《きぞく》を集めて会議を開き、今やあの怪物《かいぶつ》クラン・カラティンを放つ以外、クーフリンを倒《たお》す手はないと決断《けつだん》した。

クラン・カラティンというのはおどろおどろしい力を持った不気味な魔物《まもの》で、自身とその二十七人の息子が一体となっている。つまりそれぞれの息子が父親の手足のようなもので、ちょうどニレの吸枝《きゅうし》が別の木に見えながら実は親木の一部であるのと同じだ。頭と心がひとつの戦闘集団《せんとうしゅうだん》と言ったらよいだろうか。身体に毒を持っているため、彼《かれ》らが放った武器《ぶき》は相手の皮膚《ひふ》をかすっただけで、九日以内に確実《かくじつ》に相手に死をもたらした。

そんなわけで次の朝、クーフリンが馬の世話からもどると——夜はいつものように、武《ぶ》装《そう》のままで横になった——この不気味な怪物《かいぶつ》が、二十八本の右手全部に槍《やり》をかまえて、浅《あさ》瀬《せ》へ急いでいるのが見えた。

クーフリンは槍《やり》をつかみ、駆《か》けだした。怪物《かいぶつ》もクーフリンを見つけて、走りだした。たくさんの脚《あし》が地面にうごめいて、まるで猟犬《りょうけん》の群《む》れが走ってくるようだ。こうして両者は、浅瀬《あさせ》で対決するため、急いで土手を駆《か》けおりた。近くにくるとクラン・カラティンはぴたりと足を止め、アルスターの英雄《えいゆう》めがけて、いっせいに毒槍《どくやり》を投げた。

槍《やり》がまだ空を飛んでいるあいだに、クーフリンも槍《やり》を投げ返し、いっぽうの盾《たて》で、怪物《かいぶつ》が投げた二十八本の毒槍《どくやり》をひとつ残らず受けとめた。クーフリンは血の一滴《いってき》すら流しはしなかったが、大きな牛革《ぎゅうかわ》の盾《たて》に突《つ》き刺《さ》さった槍《やり》の重さは、さすがにこたえた。それで槍《やり》の柄《え》を叩《たた》ききろうと鞘《さや》から剣《けん》を抜《ぬ》いたその瞬間《しゅんかん》、すかさず怪物《かいぶつ》が飛びかかってきた。その素《す》早《ばや》さは生身の人間に防《ふせ》げるものではなく、怪物《かいぶつ》は二十八人力の怪力《かいりき》でクーフリンをつかんで振《ふ》りまわした。浅瀬《あさせ》の縁《ふち》に、鋭《するど》くとがった石がびっしり並《なら》んでいたので、怪物《かいぶつ》はうなり声をあげ、よだれをたらしながら、クーフリンの顔をこれですりつぶそうとした。

クーフリンは胸《むね》を圧迫《あっぱく》されて息もできず、苦痛《くつう》のあまり断末魔《だんまつま》のような叫《さけ》びをもらした。助けを求めるその悲鳴が、アルスターの戦士のひとりに届《とど》いた。フェルグスとともに故郷《ふるさと》を捨《す》てた、フィラバの息子フィアハが、戦いを見ようと近くにきていたのだ。この男の胸《むね》に突然《とつぜん》、『赤枝《あかえだ》』に対する昔ながらの忠誠心《ちゅうせいしん》が沸《わ》きあがった。そこで剣《けん》を抜《ぬ》き、クーフリンを助けに飛びこんだ。クラン・カラティンはクーフリンの顔を人殺し石ですりつぶしにかかっていたが、フィアハは満身の力をこめて、怪物《かいぶつ》の五十六本のかぎ爪《づめ》の手を、すっぱりと切り落とした。

飛びおきたクーフリンの顔からは、血がダラダラと流れていた。いくつもある怪物《かいぶつ》の頭が金切り声を上げたり、うなったりしていたが、クーフリンは自分の身体の下に封《ふう》じられていた剣《けん》をとって、次々《つぎつぎ》切り落とした。さらにフィアハの助太刀がメーブ女王に知られることのないよう、怪物《かいぶつ》の体を切り刻《きざ》んで、手がかりをなくした。「おれの窮地《きゅうち》を救ってくれた友やその仲間が、そのために殺されるようなことがあっては、すまないからな」クーフリンは言った。

これがクーフリンが浅瀬《あさせ》で戦った、最後から二番目の戦いだった。そしていちばん最後の戦いは、すべての戦いのなかでもっとも苛酷《かこく》なものとなった。

これからなにが起きようとしているか、クーフリンは胸《むね》の奥《おく》ではわかっていたにちがいない。その晩《ばん》ちょうどロイグがもどってきたので、クーフリンは言った。「気にするな。おれは味方がいなくても、おれひとりで片《かた》がつく。クラン・カラティンが死んだ今では、おれはメーブ軍の最強の戦士の全員と戦って、勝ったんだ。ただひとりを除《のぞ》いてだが」

「そのひとりとは?」

「フェルディア・マク・ダマン――老フェルグスの次に、偉大《いだい》な戦士だ」クーフリンはロイグから顔をそむけて、ハンノキのところへ行き、ざらざらした幹《みき》に寄《よ》りかかると、両腕《りょううで》のなかに顔を伏《ふ》せた。

その同じ夜、メーブの陣営《じんえい》はすでに川を渡《わた》り、丘《おか》を上って、岩が流れをはばむあたりで野営《やえい》していた。連合軍の陣営《じんえい》では、豪勢《ごうせい》な晩飯《ばんめし》がふるまわれた――ムルテムニーのよく肥《こ》えた最高の牛を、たらふく腹《はら》に詰《つ》めこんだのだ。メーブ女王は使いをやって、フェルディアを自分の焚《た》き火のそばに呼《よ》びよせた。フェルディアはなぜ呼《よ》びだされたのか、わかりすぎるほどわかっていたので、重い気分で女王のところに行った。

女王は戦車用の深紅《しんく》の敷物《しきもの》を何枚《まい》も重ねて座《すわ》り、戦車の車輪に寄《よ》りかかって、フェルディアを見あげた。淡《あわ》い色の瞳《ひとみ》と金髪《きんぱつ》が、火明かりを映《うつ》して輝《かがや》いている。女王でさえ、どう話を切りだしていいのか迷《まよ》っているようだった。

「フェルディア」とうとう女王が口を開いた。「おまえとあの『アルスターの猛犬《もうけん》』との関係は、承知《しょうち》しておる。これまで一騎討《いっきう》ちが長く続いていたが、おまえに行けと言わなかったのは、そのためだ。だが力のある戦士で残っているのは、おまえだけとなってしまった。おまえが武器《ぶき》を取って戦う番がきた」

「なるほど、わたしと『アルスターの猛犬《もうけん》』の関係をご承知《しょうち》でしたか」フェルディアは女王の前に立って言った。「それでは、この件《けん》では、わたしが命令に従《したが》わないことも、ご承《しょう》知《ち》のことでしょう」

「わたしはコナハトの女王であり、おまえはコナハトの戦士であることを忘《わす》れたのか？」

「忘《わす》れはしません。だがわたしは、武器《ぶき》を手にして友に立ち向かうつもりはありません」

「おまえの友とは、われわれ味方以外にはありえんな」女王が言った。

「では、言い直します。わたしの弟に立ち向かうつもりはありません」フェルディアは青い目を槍《やり》のようにまっすぐに向けて、メーブの淡《あわ》い色の目を見た。

女王であるメーブが身を乗りだした。「では弟よりも甘美《かんび》なものを、おまえにくれてやろう」

「いったい、なんのことでしょうか？」

「わたしの娘《むすめ》のフィンダウィルを美しいと思わぬか？　武器《ぶき》を取って、クーフリンと戦うのだ。その代わりもし勝ったら、『あでやかな眉《まゆ》のフィンダウィル』を娶《めと》らせよう」

フェルディアは女王の申し出の意味を、十分わかっていた。世継《よつ》ぎの姫《ひめ》と結婚《けっこん》すれば、彼女《かのじょ》が女王を継《つ》いだときには、自分はコナハトの王となる。「つまりいつの日か、アリル王のような偉大《いだい》な権力者《けんりょくしゃ》になれると、そうおっしゃるのですね？　お情《なさ》け深いお言葉には、感謝《かんしゃ》いたします。だがわたしは、そのような望みは抱《いだ》いておりません」

長い沈黙《ちんもく》が続いた。夜風が炎《ほのお》とたわむれ、向こうで杭《くい》につながれた何頭もの馬が足踏《あしぶ》みする音がする。メーブ女王の目が、フーッとうなる前のヤマネコのように細くなった。しかもその目が、これもまた猫《ねこ》のように、爛々《らんらん》と光っている。「なるほど。女王の贈《おく》り物も、コナハトへの忠節《ちゅうせつ》も、おまえを動かすことはできないとみえる。だが、フェルディア・マク・ダマンよ、このことを考えて見るがいい。アイルランドの全戦士のなかで、猛犬《もうけん》と戦えというわたしの命令を拒絶《きょぜつ》したのは、おまえひとりだ。なぜなら、あれは友だから、とおまえは言う――ああ、なんと美しく、気高く聞こえることか――だが、それをほんとうだと、人は信じるだろうか？　ほんとうは怖《こわ》いからだと、人は思うのではなかろうか？」

「陣営《じんえい》の仲間から、わたしは信頼《しんらい》されている」フェルディアが言った。

「陣営《じんえい》の仲間だと？　浅瀬《あさせ》で命を落とした者たちのことか？　彼《かれ》らはコナハトの名誉《めいよ》を命よりも重んじたから、死んだのだ。西の島、常若《ティル＝ナ＝ノーグ》の国で、彼《かれ》らは言わぬものだろうか？フェルディア・マク・ダマンは自分たちを裏切《うらぎ》り、見捨《みす》てたと。おまえの裏切《うらぎ》りは、竪琴《たてごと》弾《ひ》きのさぞかっこうの材料となるだろうよ。いつか族長たちの炉《ろ》ばたという炉《ろ》ばたで、臆《おく》病《びょう》なおまえの裏切《うらぎ》りの歌が歌われることだろう。おまえは女王の娘《むすめ》を娶《めと》るつもりはないと言ったが、さて、おまえが未来永劫《みらいえいごう》の恥《はじ》を受けたなら、いったいどこの女がおまえと結ばれたいと思うだろうか？　困窮《こんきゅう》した仲間を見捨《みす》てたフェルディア・マク・ダマンと、いったいどこの戦士が酒杯《しゅはい》を分かちあおうとするだろうか？」

フェルディアは心臓《しんぞう》が七つ拍《う》つあいだ、立ったまま、火の向こうのメーブを見つめていた。唇《くちびる》までが、幽霊《ゆうれい》のようにまっ青《さお》だった。やがて身体を翻《ひるがえ》し、悲哀《ひあい》と苦い怒《いか》りを胸《むね》に大《おお》股《また》で出ていき、御者《ぎょしゃ》を探《さが》すと、命令した。「馬を用意しろ。暁《あかつき》の最初の光が射《さ》すまえに、すべての準備《じゅんび》を整えるんだ。浅瀬《あさせ》に向かうぞ」

この話は、カサコソささやく真冬の風のように、陣営《じんえい》じゅうに伝わった。フェルディアの配下の戦士たちは、胸《むね》を痛《いた》めた。指揮官《しきかん》はもう生きては、クーフリンの浅瀬《あさせ》から帰るまいと思ってのことだった。

空にはもう光の気配があるものの、世界はまだ影《かげ》のなかで眠《ねむ》っている。フェルディアは浅瀬《あさせ》についたが、まだクーフリンの姿《すがた》は見えなかった。そこで戦車から毛皮の敷物《しきもの》を持ち出して横になり、クーフリンが来るまで、耳をそばだてたままの狩人《かりゅうど》の仮眠《かみん》をとった。

御者《ぎょしゃ》が呼《よ》ぶのを聞いて、フェルディアが目を覚ましたときには、あたりはすっかり明るくなっていた。戦車の音が近づいてきたが、見る前から、クーフリンの戦車だとわかっていた。

戦車は土煙《つちけむり》を上げながら、つむじ風のように浅瀬《あさせ》に下りてきた。クーフリンが戦車から飛び降《お》り、背《せ》の高い赤毛の御者《ぎょしゃ》が戦車と馬をわきに寄《よ》せた。クーフリンとフェルディアはそれぞれの側の土手に立って、たがいに相手を見た。「とうとう来たか、フェルディア。兄と信じたおまえなのに」クーフリンの声が悲哀《ひあい》に満ちていた。「毎日、もしかしたら、と心配はしていた。だが心のうちでは、おまえは来ないだろうと望みをかけていた」

「来ないわけがない。おれは、ほかの者と同じコナハトの戦士だぞ」フェルディアは乱暴《らんぼう》に言い返した。

「ああ――だがスカサハのところで武芸《ぶげい》を学んでいたときは、おれたちはどんなときも肩《かた》を並《なら》べて、ともに戦った。同じ道をたどっていっしょに狩《か》りをし、日が暮《く》れれば、ともに食事をし、杯《さかずき》を分けあい、ひとつ寝床《ねどこ》で眠《ねむ》りを分けあった。ちがうか？」

フェルディアは泣いているような声をだした。「おれたちの友情《ゆうじょう》のことは、もう言うな。ぜんぶ忘《わす》れるんだ！　そんなものは、もう無用だ。聞こえたか、『アルスターの猛犬《もうけん》』？

もう、無用だ！」

クーフリンは、空いているほうの腕《うで》を動かしたが、それはまるで、翼《つばさ》を折られた鳥のような不思議な仕草だった。「ではしかたがない、忘《わす》れよう。どう戦うか、おまえが武器《ぶき》を選べ」

「おれたちは、軽い投げ槍《やり》の腕《うで》が、自慢《じまん》だったな」フェルディアが言った。

そこで軽い投げ槍《やり》を、それぞれ御者《ぎょしゃ》に戦車から持ってこさせた。その日の午前中は浅瀬《あさせ》の両岸から、投げ槍《やり》を投げあった。槍《やり》はヒュンヒュンと飛ぶトンボのように、すばやく川を行き来した。ふたりとも投げる腕《うで》もたいしたものだが、相手の槍《やり》を盾《たて》で防《ふせ》ぐのも見事だったので、昼になっても血の一滴《いってき》すら流れていなかった。ふたりは槍《やり》を、青銅《せいどう》の切っ先の重いものに変えた。夕方までにはそれなりの傷《きず》を負ったが、傷《きず》の程度《ていど》はどちらも同じだった。やがて夕闇《ゆうやみ》が濃《こ》くなり、標的が見えなくなったので、ふたりはハンノキの下で、戦いを中止することを決めた。

「これで、一日の戦いは終わりだ」クーフリンは、武器《ぶき》を御者《ぎょしゃ》に投げ返した。

それからふたりは浅瀬《あさせ》のまんなかに走り寄《よ》り、たがいの肩《かた》に腕《うで》をまわして抱《だ》きあった。

そしていっしょにアルスター側の土手にもどった。その夜、ふたりの戦士はたがいに傷《きず》の手当てをし、食糧《しょくりょう》を分けあい、ふたつの戦車の間に敷物《しきもの》を広げて、いっしょに眠《ねむ》った。そのあいだ、彼《かれ》らの馬はともに冬のわずかな草を食んでいたし、彼《かれ》らの御者《ぎょしゃ》はともにひとつの焚《た》き火で暖《だん》をとっていた。

明け方にふたりは起きて、大麦パンとチーズを少し食べると、また浅瀬《あさせ》に出かけた。今度はクーフリンが武器《ぶき》を選ぶ番だった。その日一日、戦車に乗ったまま、大身《おおみ》の突《つ》き槍《やり》で戦う接近戦《せっきんせん》が続いた。夕刻《ゆうこく》、冬の入り日が水面をかすかにきらめかせて消えるころには、馬も御者《ぎょしゃ》も憔悴《しょうすい》しきり、ふたりの戦士は深手を負って、かみつきあったイノシシのように血まみれだった。ふたりは血煙《ちけむり》がたった突《つ》き槍《やり》をわきに放り投げると、浅瀬《あさせ》に飛びおりていって、ひたと抱《だ》きあった。その晩《ばん》も、前の晩《ばん》とすっかり同じだった。クーフリンとフェルディアはかつて少年のころそうしたように、一枚《まい》の掛《か》け布《ぬの》にもぐって眠《ねむ》った。

翌朝《よくあさ》、ふたりが盾《たて》を手にしたときに、クーフリンはこらえていたものをぶちまけるように、フェルディアの肩《かた》をつかんで言った。「フェルディア、ああフェルディア、なんだって女なんかのために、おれとの戦いを請《う》けあったんだ——あの女がほうびを約束したのは、おまえだけじゃない。自分の戦士の半分を、ほうびで釣《つ》ろうとしていたんだ——浅瀬《あさせ》をあけわたす代わりにと、このおれさえ釣《つ》ろうとしたくらいだ」

「ほうびとは、コナハトの世継《よつ》ぎの姫《ひめ》のことか?」フェルディアは苦々《にがにが》しげに答えた。

「おれはそんなものなど、気にかけたこともない。だが、もし浅瀬《あさせ》に来なければ、ロスコモンどころかコナハト全土で、おれは恥《はじ》を受けただろう。おれの名誉《めいよ》を未来永劫《みらいえいごう》おとしめてやると、あのメーブ女王が誓《ちか》ったんだ!」

「それじゃあ、おまえは、おれより自分の名誉《めいよ》を選んだんだな」クーフリンの声は、悲しみのために重く沈《しず》んでいた。

フェルディアは頭をあげて、なにも言わずに友を見ていた。その様子は「スカサハの少年たちのなかで一番強かったのは、おれではなかった」と言っているようでもあった。

「きょうはおまえが武器《ぶき》を選ぶ番だ」とクーフリンは言った。

その日は冬の薄《うす》い日が射《さ》しているあいだじゅう、流れのただなかで、重い鉄の葉剣《ようけん》で戦った。たがいに何回も相手に深手を負わせたものの、勝負はつかなかった。だがその晩《ばん》、明るいオリオン座《ざ》の星がハンノキの枝越《えだご》しに霜《しも》をきらめかせたときには、ふたりの戦士は離《はな》れた場所で眠《ねむ》っていた。馬も離《はな》れて草を食《は》み、御者《ぎょしゃ》もそれぞれ別の焚《た》き火にあたっていた。

次の明け方、フェルディアは目を覚ましたときに、きょうが最後の戦いになるだろう、と確信《かくしん》した。戦いの結果がどうでるか、自分でよくわかっていた。自分の手で、念入りに戦支度《じたく》を整えた。絹《きぬ》の縞《しま》の胴着《どうぎ》の上に、革鎧《かわよろい》をまとい、腹《はら》には平らな石を巻《ま》き、その上から鉄の胸甲《きょうこう》をつけた。クーフリンがきょうこそは魔《ま》の槍《やり》、ゲイ・ボルグを使うだろうと考えたからだ。エナメルで装飾《そうしょく》された、羽毛つきの兜《かぶと》をかぶり、剣《けん》を下げて、五十個《こ》もの青銅《どう》の突起《とっき》が突《つ》きでた牛革《ぎゅうかわ》の大盾《おおだて》を持った。こうして浅瀬《あさせ》に行き、自分の陣地《じんち》の側へと渡《わた》った。クーフリンを待っているうちに、突然《とつぜん》、気分が高揚《こうよう》してきた。フェルディアはやけっぱちの陽気さで、道化師《どうけし》がりんごでお手玉をするように、槍《やり》を放りあげては受けとめて遊んでいた。

『アルスターの猛犬《もうけん》』クーフリンは、浅瀬《あさせ》の自分の陣地《じんち》で、これを見ていた。それから肩《かた》ごしに、御者《ぎょしゃ》のロイグに言った。「ロイグ、ひとつ頼《たの》みがある。もしおれが劣勢《れっせい》になったら、おれを馬鹿《ばか》にして、怒《おこ》らせてくれ。カッとすれば、おれは奮《ふる》いたって死力を尽《つ》くすから」そういえば、初めて『跳躍《ちょうやく》の橋』を跳《と》んだときに、フェルディアはまさにそうやって、自分に力を発揮《はっき》させてくれたのだ。それを思うと、クーフリンは女のように泣きたかった。

それでも、川の向こうに呼《よ》びかけた。「今日使うのは、どの武器《ぶき》だ?」

「おまえが選ぶ番だぞ」フェルディアが答えた。

「それなら、どれでも、なんでも、ありにしよう」クーフリンが言った。

その朝は、太陽が真上にくるまでずっと槍《やり》で戦ったが、どちらも相手を打ち負かすことはできなかった。それでクーフリンは剣《けん》を抜《ぬ》いてかまえ、フェルディアの防御《ぼうぎょ》をかいくぐって、一撃《いちげき》をくらわそうとした。三度空中に跳《と》びあがって、必殺技《ひっさつわざ》で相手の盾《たて》を叩《たた》き割《わ》ろうとしたのだが、そのたびにフェルディアは盾《たて》の前面で防《ふせ》ぎ、とうとうクーフリンを水の深いところにはね飛ばした。ここでロイグがクーフリンを怒《おこ》らせようと、大声で悪口を並《なら》べたてた。「おーい、簡単《かんたん》に投げられたな！　まるでくさった棒《ぼう》きれが川に落ちたみたいだ。おつぎは、粉々《こなごな》にされるぞ、石臼《いしうす》でオオムギを挽《ひ》くみたいにな！　このチビ野郎《やろう》め、今度自分を戦士などと言ったら、アルスターの女たちの笑いものだぜ。女たちは笑いすぎて病気になっちまうとよ！」

ロイグの悪口で、ついにクーフリンにあの灼熱《しゃくねつ》の戦闘欲《せんとうよく》がもどってきた。突然《とつぜん》、長身のフェルディアより、もっと背《せ》が高くなったように見え、頭に英雄光《えいゆうこう》が光りだした。ふたりの戦士はたがいに相手に飛びかかり、ハッシとからみあったまま、あっちによろけ、こちらによろけた。その間、悪魔《あくま》や死の精霊《バンシー》や谷間の異形《いぎょう》のものすべてが、飛びかう刃《は》のまわりで渦《うず》を巻《ま》き、奇声《きせい》を発した。川の水までもがあわてふためいて、浅瀬《あさせ》から巻《ま》きあがっていったので、しばらくは、乾《かわ》いた地面の上での戦いとなった。

やがてクーフリンはグラグラする石でよろけて、一瞬無防備《いっしゅんむぼうび》になった。フェルディアはこの機を逃《のが》さず、剣《けん》で一撃《いちげき》し、クーフリンの肩《かた》に傷《きず》を負わせた。鮮血《せんけつ》が石に飛びちり、川は深紅《しんく》の水の束を流した。この血でフェルディアは逆上《ぎゃくじょう》したかのように、クーフリンを攻《せ》めたてた。突《つ》いたり叩《たた》いたり、まるで止まることを知らない金髪《きんぱつ》の鬼神《きじん》さながらだった。

ついにクーフリンはそれ以上持ちこたえられなくなり、魔《ま》の槍《やり》『ゲイ・ボルグ』を投げろ、とロイグに叫《さけ》んだ。

フェルディアはすばやく盾《たて》を下ろして自分の胴体《どうたい》を守ろうとしたが、防《ふせ》げるものではなかった。クーフリンはロイグが投げた魔《ま》の槍《やり》をつかむと、飛びあがって、フェルディアの盾《たて》の上側から、下に向かって突《つ》き刺《さ》した。槍《やり》は、フェルディアの腹《はら》の石を砕《くだ》き、鎧《よろい》を突《つ》き破《やぶ》って、腹《はら》と胸《むね》の間を深くえぐった。ついにフェルディアの偉大《いだい》な心臓《しんぞう》は破《やぶ》れ、その命が外へとほとばしった。

「終わった」フェルディアが絶《た》えだえに言った。「無念だ！　おれの死はおまえのものだ、クーフリン、おれの弟。おまえの勝ちだ！」

クーフリンはフェルディアが倒《たお》れたのを受けとめ、土手に運び――憎《にく》いコナハトの岸で死なせないよう、アルスターの岸に——横たえた。海がいくつも押《お》しよせてくるかのように耳がとどろき、目の前は闇《やみ》となった。クーフリンは、友の身体を両腕《りょううで》に抱《だ》いたまま、その上におおいかぶさった。

ロイグはかがんで、必死にクーフリンを立たせようとした。「立て！　立ってくれ、クーフリン！　最後の勇者が死んだからには、連合軍が攻《せ》めこんでくるぞ！」

「どうしてふたたび立ちあがれるだろう？　おれは、おれの兄を殺してしまった」

クーフリンはそのまま暗闇《くらやみ》に沈《しず》んだ。メーブ女王の軍勢《ぐんぜい》がアルスターの谷間になだれこんでくる、そのひづめの音も、勝利の戦歌をどなる声も、いっさい聞こえはしなかった。ロイグに戦車に運ばれ、ファド山の北峡谷《きょうこく》の避難《ひなん》場所をめざして、いちもくさんに戦車で疾走《しっそう》したことも、いっさい知ることはなかった。

第十三章　牛争いの結末

「アルスターの男は殺され、女は連れ去られ、牛が略奪《りゃくだつ》された。クーフリンがたったひとりでアイルランドの四軍と戦って、北峡谷《きょうこく》を死守しているぞ！」ロイグはエウィン・ワハじゅうを叫《さけ》んでまわった。だが、ふぬけのようになった戦士たちの耳には入らなかった。わずかに頭を振《ふ》るものがいるだけで、それもガチョウがケール畑を荒《あ》らしているぐらいにしか聞こえないらしい。

絶望《ぜつぼう》したロイグは、赤枝《あかえだ》の馬屋から新しい馬を引きだすと、クーフリンのところに飛んで帰った。だが、実はロイグの叫《さけ》びを受けとめた者がいたのだ。女たちだった。「王様、聞こえないのですか？　お立ちください、コノール・マク・ネサ王！　病いにかかる前に一度でも戦士だったことがあるのなら、立つんです。そして戦士たちを起こし、クーフリンを助けにいってください！　アイルランドのほかの国々《くにぐに》が軍を並《なら》べて、アルスターの入口に迫《せま》っています。それをせきとめているのは、『アルスターの猛犬《もうけん》』ひとりです。力をふりしぼって、立ちなさい、コノール・マク・ネサ王！」

ゆっくりと『マハの呪《のろ》い』は解《と》けていった。戦士たちのしびれた頭に、女たちの言葉が届《とど》きはじめ、どんよりと虚《うつ》ろだった目が、元の赤枝《あかえだ》戦士団《だん》の目にもどっていった。彼《かれ》らの妻《つま》が知っており、彼《かれ》らの敵《てき》も忘《わす》れない、あの戦士の目に。そしてついにコノール王が立ちあがった。ケシの実の汁《しる》を飲んだかのように、まだ身体がけだるかったので、大広間の中央の柱にもたれていたが、それでも力強い誓約《せいやく》をたてた。「死者を呼《よ》びもどすことはできぬ。だが、天はわれらの上にあり、大地はわれらの下にあり、海はわれらを囲んでいる。この大地の裂《さ》けてわれらを呑《の》まぬ限《かぎ》り、海の逆巻《さかま》いて大地を呑《の》まぬ限《かぎ》り、そして天落ちてわれらを星で砕《くだ》かぬ限《かぎ》り、われらは誓《ちか》いを破《やぶ》ることあたわず。女という女をすべて元の炉《ろ》ばたに帰し、牛という牛をすべて元の牛小屋に帰すと誓言《せいごん》する」

それから、メーブ女王がコナハトでやったように、黒いヤギを殺して『古《いにしえ》の血の召集《しょうしゅう》』をかけることさえ命じた。こうしてアルスターじゅうをくまなく、東の端《はし》から西の果てまで、最北端《さいほくたん》の岬《みさき》からムルテムニーの国境《こっきょう》まで、召集《しょうしゅう》がかかった。さらに王は、馳《は》せ参ぜよ、と、たくさんの戦士を名指しした。生きている者だけでなく、ずっと以前に死んだ者まで呼《よ》んだのは、王の頭が『大衰弱《すいじゃく》』のなごりでまだ少しぼけていたからだった。

やがて『大衰弱《すいじゃく》』がアルスター全土から消えていき、召集《しょうしゅう》をかけられた戦士たちは、勇んでぞくぞくと集まってきた。国じゅうのありとあらゆる場所が、剣《けん》や槍《やり》を石で砥《と》ぐ音、武具《ぶぐ》を締《し》める音、戦車に馬をつなぐ音でわきかえった。

数日のうちに、軍備《ぐんび》は整った。軍勢《ぐんぜい》の半分は王自身が率《ひき》いてエウィン・ワハから南へと向かい、残りの半分はウティカの息子ケルテアが率《ひき》いて、メーブ軍の戦車の跡《あと》を追うようにして、西から進軍した。途中《とちゅう》で王の軍勢《ぐんぜい》は、ミースの略奪《りゃくだつ》軍百五十余名《よめい》が女たちを数珠《じゅず》つなぎにして、牛のように追い立てていくところにぶつかった。王の軍勢《ぐんぜい》は、それ血祭りとばかりに、略奪者《りゃくだつしゃ》をひとり残らず斬《き》り殺して、女たちをそれぞれの炉《ろ》ばたに帰してやった。

メーブ軍は、アルスター軍接近《せっきん》の報《ほう》を受けて、すでにコナハトに向かって退却《たいきゃく》中だった。とてもではないが、無傷《むきず》のアルスター軍と戦える状態《じょうたい》ではなかったからだ。だが『殺戮の丘《スレモン・ミディ》』に到着《とうちゃく》すると、二手に分れたアルスター軍に、巧妙《こうみょう》に挟《はさ》み撃《う》ちにされたことがわかり、どうしても一戦交えないではすまなくなった。さしもの勇猛《ゆうもう》な女王も重い気分で、以前も斥候《せっこう》をさせたマク・ロトを呼《よ》び、ガラハ平原のアルスター軍を偵察《ていさつ》し、その規《き》模《ぼ》と兵力を報告《ほうこく》せよと命じた。

マク・ロトは出発し、『殺戮の丘《スレモン・ミディ》』の北の斜面《しゃめん》から平原を見渡《みわた》した。長いこと手をかざして真剣《しんけん》にながめたあげくに、見たことを女王にどう報告《ほうこく》したものか、困惑《こんわく》しながらもどってきた。

メーブ女王は警護《けいご》のかがり火の近くに座《すわ》っていた。冬の終わりにしては暖《あたた》かな夜だったが、なぜか心の芯《しん》まで寒いように思えたのだ。女王のかたわらには、フェルグス・マク・ロイがひざに剣《けん》を置いて、悠然《ゆうぜん》と黒いオオカミの毛皮の上に座《すわ》っていた。

「それで、なにが見えたのだ？」女王が尋《たず》ねた。

「平原を見ると、まずシカなどの獣《けもの》がたくさん見えました。獣《けもの》たちは、夏の暑い日に炉《ろ》ばたの火から逃《に》げるように、みな一目散に南に走っていました」

「炉《ろ》ばたの火から、逃《に》げたわけではない。アルスターの軍勢《ぐんぜい》が森のなかを近づいてきたから逃《に》げたのだ」フェルグスは茶色いひげに埋《う》もれて、笑っていた。

「そうしているうちに霧《きり》が谷間に流れてきて、丘《おか》の頂《いただき》だけが、白い海のなかの島のように、取り残されたのです。霧《きり》のなかは見えませんでしたが、なかから雷鳴《らいめい》が聞こえ、稲妻《いなずま》のような光が見えました。それから突風《とっぷう》が吹《ふ》いてきて、もう少しで足をすくわれるところでした。それ以上見るものはなかったので、ご注進にと、もどった次第です」

「この話をどう考える？　魔術《まじゅつ》だろうか？」メーブ女王はかたわらのフェルグスのほうを向いて問うた。

フェルグスはまだあごひげのなかで笑っていた。「いや、魔術《まじゅつ》ではござらぬ。霧《きり》は、軍勢《ぐんぜい》が行軍中に吐《は》く息であろう。稲妻《いなずま》は、怒《おこ》った目が発する光であろう。そして雷鳴《らいめい》は武器《ぶき》や戦車がぶつかる音と、軍馬のひづめの轟《とどろ》きであろう」

「わが軍とて、やつらと戦う戦士に不足のあるはずがない」メーブが言った。

「これほど戦士を必要としたことは、いまだかつてありませんぞ」フェルグスがまだ笑いを含《ふく》んだまま言った。「わが女王に、申しあげる。猛《たけ》り狂《くる》ったアルスターの戦士におじけづかずに立ち向かえる者は、全アイルランド、いや全世界を探《さが》したところで、めったなことでは見つかりますまい」

これを聞いて、メーブ女王は立ちあがった。「では、試してみるまでだ」

両軍は『殺戮の丘《スレモン・ミディ》』の麓《ふもと》のガラハ平原で激突《げきとつ》した。連合軍を率《ひき》いるのはメーブ女王その人と、フェルグス・マク・ロイ。フェルグスは、両刃《りょうば》の大太刀を帯びていたが、これは戦場で振《ふ》りまわすと、七色の光を発して虹《にじ》の弧《こ》を描《えが》くと伝えられる名剣《めいけん》だった。

フェルグスは三度、敵《てき》の心臓《しんぞう》部に突《つ》っこみ、ついにコノール王の前に立ちふさがった。「ディアドラとウシュナの息子の仇《かたき》、思い知れ！　おれの息子の仇《かたき》も、とらずにはおかぬぞ！」大音声《だいおんじょう》もろとも太刀を振《ふ》りかざし、王の金縁《きんぶち》の盾《たて》に斬《き》りつけた。

そのとき、フェルグスと肩《かた》を並《なら》べて戦っていた、コノール王の息子コルマク・コリングラスがふたりの間に割《わ》って入り、大声で諌《いさ》めた。「やめろ、赤枝《あかえだ》の戦士フェルグス！　相手が王であることを思い出せ！」この声で、フェルグスはハッと向きを変えた。すると目の前に『勝利のコナル』の顔が見えた。コナルは傷《きず》を負ったらしく血だらけだったが、抜《ぬ》き身の剣《けん》をひっさげたまま、笑っていた。

コナルが大声で言った。「やりすぎだ、フェルグス！　淫《みだ》らな女ひとりのために、同郷《どうきょう》の仲間を敵《てき》にまわすなど、貴公《きこう》とも思えんぞ！　頭を冷やせ！」これを聞いたフェルグスはうめき声を発し、コナルにも、ほかのアルスターの戦士にも背《せ》を向けて、去っていった。もっとも彼《かれ》が復讐《ふくしゅう》を誓《ちか》った理由のなかで、ディアドラは、一番小さい理由だったのだが。だが燃《も》えあがったフェルグスの闘争心《とうそうしん》はいっこうに冷めず、自分でもなにをしているかわからないままに、虹《にじ》の太刀を丘《おか》に向かって振《ふ》りまわした。おかげで、ミースの三つの丘《おか》は、頂《いただき》が切りとられ平らになったのだと、今日まで言い伝えられている。

クーフリンは気を失ったまま山の隠《かく》れ家にいたが、武器《ぶき》がぶつかりあう音が丘々《おかおか》にこだまし、この地まで響《ひび》いてきた。音はクーフリンの暗黒の眠《ねむ》りを揺《ゆ》さぶり、意識《いしき》をこじあけ、しきりに呼《よ》びかけた。ついにクーフリンは我《われ》に返り、顔をしかめてあたりを見まわした。御者《ぎょしゃ》のロイグが、シダを敷《し》いた寝床《ねどこ》の足元に座《すわ》りこんでいるのに、やっと気がついた。

「丘《おか》をゆるがすあの音は、いったいなんだろう?」

ロイグは立ちあがると、クーフリンの上にかがみこんで答えた。「アルスターの男たちがついに衰弱《すいじゃく》から目覚めて、参戦したんだ。今聞こえたのは、フェルグス・マク・ロイがやつの大太刀を振《ふ》るった音だ」

「では、おれも行かなければ」クーフリンは飛びおきた。例の灼熱《しゃくねつ》の戦闘欲《せんとうよく》に火がついたらしく、体がふくれあがり、背《せ》も高くなった。おかげでロイグが傷口《きずぐち》に巻《ま》いた、予備《よび》のマントを裂《さ》いて作った包帯ははじけとんだ。クーフリンはロイグに向かって叫《さけ》んだ。「なんだってポカンとつっ立っているんだ? 鎧《よろい》をつけるのを手伝ってくれ。それから戦車に馬をつなげ!」

そんなわけで両軍の前に、クーフリンの戦車が、轟音《ごうおん》を響《ひび》かせもうもうと土煙《つちけむり》を上げて疾走《しっそう》してきた。味方は勝利の勝ちどきを上げ、敵《てき》は恐怖《きょうふ》の叫《さけ》び声を上げた。「『アルスターの猛犬《もうけん》』だ！　『アルスターの猛犬《もうけん》』だぞ！」

クーフリンは天翔《あまが》ける戦車のうしろで一声吠《ほ》えると、雷電《らいでん》のように戦場に突進《とっしん》した。

クーフリンが高揚《こうよう》の極みにあったときに、フェルグス・マク・ロイが前を横切るのを見つけて、叫《さけ》んだ。「おーい、こっちを向け――こっちだ、フェルグス。水たまりの泡《あわ》みたいに、吹《ふ》きとばしてやるぞ！　猫《ねこ》のしっぽみたいに、丸めてやるぞ！　母親がちっちゃいのをおしおきするように、おしおきしてやるぞ！」

「馬鹿《ばか》なことをほざいているのは、どこのどいつだ？」フェルグスは御者《ぎょしゃ》から手綱《たづな》を奪《うば》って、戦車を急転回させた。

「みんながおれの名を呼《よ》んでいるのが聞こえないのか？　『アルスターの猛犬《もうけん》』のクーフリンだ！　さあ今こそ、あの浅瀬《あさせ》で約束した残りの半分を果たしてもらうぞ！」

渦巻《うずま》く戦いの喧噪《けんそう》のただなか、ふたりは戦車越《ご》しに、一瞬《いっしゅん》見つめあった。フェルグスは「約束の半分、しかとわきまえた」と言葉を残すと、御者《ぎょしゃ》に戦車の向きを変えるよう命じて、戦場から去っていった。

フェルグス離脱《りだつ》の報《ほう》が戦塵《せんじん》のなかに広まると、レンスターの戦士もマンスターの戦士も、みな後を追った。おかげで影《かげ》が長くなりはじめたころには、メーブが維持《いじ》していたのは、自分の七人の息子とコナハト軍、ただそれだけとなってしまった。それでも残った戦士たちは、追いつめられたイノシシのように猛烈《もうれつ》に戦った。

クーフリンが戦いに加わったのは真昼を過《す》ぎてからだったが、夕陽がヒースの枯《か》れ野を輝《かがや》く金色に染《そ》めたころには、彼《かれ》の偉大《いだい》な戦車はふたつの車輪を残して、肋材《ろくざい》はばらばらとなり、牛革《ぎゅうかわ》は裂《さ》けていた。そしてコナハト軍はと言えば、ついにロスコモンめがけて、一目散に逃走《とうそう》を始めていた。

追跡隊《ついせきたい》の一翼《いちよく》を率《ひき》いたクーフリンは、壊《こわ》れた戦車の下にかくれようとしている、取り乱《みだ》した女を見つけた。二頭の馬はくびきにつながれたまま死んでいる。女はクーフリンのほうに手を差し伸《の》べて叫《さけ》んだ。「慈悲《じひ》だ！　コナハトのメーブに慈悲《じひ》を！」

クーフリンが言った。「おれは女を殺すつもりなどない。それが味方に見捨《みす》てられた女王であってもな」

「あいつらにモリガンの呪《のろ》いあれ！　とりわけアリル王の上に！」

「あんたは長いこと、その王とやらを、猟犬《りょうけん》のように綱《つな》につないでいたじゃないか。その綱《つな》が切れた今、あちらはあんたになんの借りもない。ここに残ってあんたを守って死ねとは、虫がよすぎる要求というものだろう」

とはいえクーフリンは、自分の戦士たちを呼《よ》び集めた。誰《だれ》も女王をさげすむこともなく、『勝利のコナル』の戦車に乗せてやり、まわりを守ってシャノン川を安全に渡《わた》らせ、アトロンへと帰してやった。「これでコナハトも、もう気安くアルスターに牛捕《と》りにくることはあるまい。しばらくのあいだはな」クーフリンは言った。

こうして『クェルグニーの牛争い』は終わった。だが結局『赤牛』はコナハトの牛の群《む》れに入ることはなかった。なぜなら『赤牛』が来たとわかると、アリル王の『白牛』が足かせを壊《こわ》し、地響《じひび》きをたてて一戦を交えにやってきたのだ。二頭は女王の放牧場で、群《む》れの支配権《しはいけん》をかけて争った。その戦いのものすごさといったら、地面がゆれ動き、足音や吠《ほ》え声で丘《おか》がうち震《ふる》えるほどだった。ついに『赤牛』が『白牛』を殺して上に乗り、足で踏《ふ》み潰《つぶ》し、角で切り裂《さ》き、その肉片《にくへん》を勢《いきお》いよく振《ふ》りまいた。ちぎれた肉は、クルアハンから上王の住むタラにまで飛んでいった。だが『赤牛』は吠《ほ》えながら走っていき、最後には心《しん》臓《ぞう》が破《やぶ》れ、黒い血を吐《は》いて息絶《いきた》えた。その場所は、今日まで『雄牛《おうし》の峰《みね》』と言い伝えられている。

さて、クルアハンの城《しろ》の奥《おく》では、アリル王がメーブ女王にこう言った——王は、これまでメーブ女王に向かって出したことのない声を出していた。「わが国は、わが名と、それからそなたの名において、アルスターと七年間の和平を結ぶこととする」

メーブ女王はアリル王に復讐《ふくしゅう》をしたいと思ったものの、そうはしなかった。あのとき、自分がいかに人心を掌握《しょうあく》していなかったか、身にしみていたからだ。そこで、ただこう言った。「わが国だと？　七年後も自分はまだコナハトの王と、信じているようだな？」

「どんな男も――いや、女もだが――七年後にまだ息をしているかどうか、誰《だれ》にも分かったものではない。だが七年後にわしがまだコナハト王だろうとなかろうと、この国のあちこちの炉《ろ》ばたに空いた席を見れば、人々《ひとびと》は思い出すだろう。あのとき、アルスターに牛捕《うしと》りに行くよう命じたのは、そなただったということをな。だからもう一度そんなことをたくらみでもしようものなら、軍勢《ぐんぜい》を率《ひき》いるおまえの力は、今回よりさらに無力なものとなるだろう！」

第十四章　やってきたコンラ

浅瀬《あさせ》の戦いでフェルディアが死んでから、時が流れ、また流れた。クーフリンは、身体の傷《きず》は癒《い》えたものの、心は深い傷《きず》を負ったままだった。何事にも喜びを見いだすことができず、狩《か》りに出ても、竪琴《たてごと》の歌を聞いても、エウェルの手に触《ふ》れてさえ、少しも楽しむことはなかった。だがそれでも、少しずつ少しずつ、何カ月かがやがて何年かとなるうちに、クーフリンの心の傷口《きずぐち》もゆっくりとふさがっていった。たぶん傷《きず》の痛《いた》みが完全に消えることは、生涯《しょうがい》ないのだろう。だが表面は、昔のクーフリンがもどってきた。生命の炎《ほのお》がふたたび高らかに燃《も》えて、目の前にやってくるどんな冒険《ぼうけん》にも、昔と同じように応《おう》じるようになった。

どれほど多くの冒険《ぼうけん》が訪《おとず》れたことだろう。向こうからやってこなければ、自分のほうから探《さが》しに出かけた。一度などは、常若《ティル＝ナ＝ノーグ》の国を訪《おとず》れて、神人族の『素早《すばや》き剣《けん》さばきのラブリド』のために戦った。海神マナナーンの妻《つま》のファンに出会って、新月から次の新月まで愛しあったのは、このときのことだった。クーフリンはすぐに恋《こい》に落ちるかわりに、じきにその新しい恋人《こいびと》を忘《わす》れてしまい、一日の狩《か》りを終えた狩人《かりゅうど》が家に帰るように、エウェルのところにもどってきた。このときも、そうだった。エウェルは、夫が自分から帰ってくるまで待つことを学んでいたので、ダンダルガンのリンゴの木の下でじっと待っていた。

クーフリンが武芸《ぶげい》の修行《しゅぎょう》に出てから、何年もの時が流れていた。クーフリンはあの『金《きん》髪《ぱつ》のアイフェ』のことも、その後出会ったほかの女たち同様、すっかり忘《わす》れたのだろうか。そうとも言えるし、そうでないとも言えた。というのもエウェルには、いっこうに子どもが授《さず》かる様子がなかった。そこでハーリングをしている少年たちを見かけることがあると、クーフリンの心に、自分の息子が遠い『影《かげ》の国』のどこかで育っているかもしれないという思いが、つとよぎるのだった。そんなときエウェルはクーフリンの心中を察し、小さな鋭《するど》い刃物《はもの》で胸《むね》を刺《さ》されるような痛《いた》みをあじわった。

さてある夏の日、コノール王と何人かの戦士たちは、彼方《かなた》にダンダルガンを臨《のぞ》む浜辺《はまべ》に集い、波打ち際《ぎわ》のきめ細かな白砂の浜辺《はまべ》で、馬を競《きそ》わせていた。そのとき一そうの小舟《こぶね》が、カモメのように波間をすばやく縫《ぬ》って、海岸へと向かってくるのが見えた。船にはなめし皮でなく、青銅《せいどう》の薄《うす》い板が貼《は》られていて、なかでは少年がひとり、金色の櫂《かい》を握《にぎ》っていた。少年の見事な金髪《きんぱつ》は、陽の光と踊《おど》る波の反射《はんしゃ》を受けて、金の櫂《かい》よりもいっそうキラキラしていた。舟《ふね》のなかには石の小山があり、王と領主《りょうしゅ》たちが見ていると、少年は投石器に石をつがえて、頭上を回ったり下りたりしてくる海鳥をねらい打ちした。とはいえ少年は鳥を殺さず、生きたまま足元に落ちるように、正確《せいかく》にねらいをつけていた。そして落ちてきた鳥は拾いあげ、やさしくなでてやってから、けがひとつなく青い空に放すのだった。そのほかにもいろいろと、めずらしく不思議な技《わざ》をやってのけ、浜辺《はまべ》で見ている男たちに、うれしそうに見せびらかした。

だがコノール王は砂州《さす》に近づいてきた小舟《こぶね》を見ながら、白髪《しらが》の筋《すじ》が増《ふ》えてアナグマのようになった頭を振《ふ》って、こう言った。「もしあの子の国から大人の男たちが攻《せ》めてきたら、われわれは、ひき臼《うす》のなかの大麦のように、粉々《こなごな》にされてしまうだろう。あの少年は行った先々《さきざき》で災《わざわ》いを起こす、とわしは見てとった。なぜならあの子が大人になったとき、彼《かれ》を満足させるほど広い土地など、どこにもないからだ！」そして、小舟《こぶね》の竜骨《りゅうこつ》が白砂をこすると、横に立っていたフィンタンの息子のケテルンに言った。「あの少年に、やってきた海をそのまま帰るよう命じてこい」

だがケテルンが王の言葉を伝えると、少年は鼻で笑って、きかん気の仔馬《こうま》のように頭を振《ふ》りあげた。「他国の人間に対して、たいした歓迎《かんげい》ぶりだな！　そう言われても、帰るものか」

「これはわたしではなく、王の言葉だ」ケテルンは言った。

「王の言葉でも、だれの言葉でも、帰るものか！」少年は答えた。

それでケテルンは王のところにもどり、少年がどう言ったかを伝えた。

コノール王は『勝利のコナル』のほうを向いて言った。「おまえが行って、わしの言葉をもっとはっきり伝えてくるがいい――必要とあらば、手荒《てあら》に扱《あつか》うのもやむを得まい」

そこでコナルは青銅《せいどう》の葉剣《ようけん》を抜《ぬ》き、砂州《さす》に向かって大股《おおまた》に歩いていった。少年はコナルが来るのを見ると、石を投石器につがえ、高らかな勝利の雄叫《おたけ》びとともに、コナルめがけて飛ばした。石はコナルの頬《ほお》をかすめ、そのあおりを喰《く》らってコナルは倒《たお》れた。コナルが起きあがって海水を吐《は》くより早く、少年はコナルの上に飛びのり、相手の両腕《りょううで》を背中《せなか》でねじって、コナル自身の盾《たて》の紐《ひも》で縛《しば》りあげてしまった。

王は、少年の力を見て、ますます危険《きけん》だという確信《かくしん》を深めた。少年がどこから来たのかを聞きだそうと、次の戦士を送りだした。だが次から次と戦士をやっても、少年は、彼《かれ》らを『勝利のコナル』と同じようにやっつけてしまった。

少年にやりこめられた赤枝《あかえだ》の戦士が二十人を越《こ》えたときには、王はあせりを感じて、フィンタンの息子ケテルンに言いつけた。「ダンダルガンまで馬を飛ばして、クーフリンを連れてまいれ。『勝利のコナル』さえ歯が立たなかったあの少年だが、クーフリンなら片《かた》づけることができよう」

そんなわけでケテルンは自分の馬にまたがり、砂塵《さじん》を巻《ま》きあげて、何マイルか先のダンダルガンへと駆《か》けていった。

クーフリンは、王から召還命令《しょうかんめいれい》が届《とど》いたときには、妻《つま》のエウェルといっしょに女たちの部屋にいた。ただちに応《おう》じようと、武器《ぶき》を手にしかけたところを、エウェルが引きとめた。エウェルは刺繍《ししゅう》を手に、柔《やわ》らかな長椅子《ながいす》に座《すわ》っていたが、すっくと立ちあがってクーフリンの腕《うで》をつかんだ。「クーフリン、行かないでください！」

クーフリンは憂《うれ》いを含《ふく》んだ顔に、笑いを浮《う》かべた。「行くなと言うのか、王のお召《め》しだというのにか？」

エウェルは即座《そくざ》に言った。「あなたは病気ですわ。頭が痛《いた》いと、ついさっきもおっしゃったではありませんか。さ、今すぐ、ベッドでお休みにならなくては。王にはわたしから、そのようにおことわり申しあげますから」

「エウェル、ばかなことを言うな。おれは頭など、少しも痛《いた》くない。なぜ行ってはいけないのだ？」

「わかりません。でもわたしの心に黒い影《かげ》がさしていて、それはあなたから来ている……。アイフェが産んだあなたの息子というのは、その少年のような子どもかもしれない。わたしにはそんなふうに思えてなりません」

クーフリンは剣《けん》を取り、腰《こし》に差した。エウェルはクーフリンがなんとしても行くつもりであることを見てとった。それで新婚《しんこん》当時よくやったように、彼《かれ》の首にぎゅっとしがみついた。「聞いて、わたしのあなた、わたしの猛犬《もうけん》さん。お願いだから、王のもとへは行かないでください。わたしは不安でたまらないの。もし行ったら、あなたは自分の息子を殺すはめになるかもしれない」

だが、クーフリンはエウェルにくちづけをし、彼女《かのじょ》の腕《うで》をはらった。「さあ、放しておくれ、いい子だから。王が、このよそ者と戦えとおれを呼《よ》んでおいでだ。たとえ相手が息子のコンラであったとしても、必要とあらば、殺さなければならない。アルスターの名誉《めいよ》を守るためだ」

「名誉《めいよ》ですって！」エウェルは叫《さけ》んだ。目がぎらぎらと激《はげ》しく燃《も》えていた。「名誉《めいよ》、名《めい》誉《よ》って、男はいつも名誉《めいよ》を持ちだすのね！　真実よりも、愛よりも、名誉《めいよ》が大事なのよね。そうやって男たちは永久《えいきゅう》に殺しあい、殺されあうんだわ。後に残された女たちの心を引き裂《さ》いたことなど、ご立派《りっぱ》な戦士さまがたにとっては、さぞどうでもよいことなのでしょうね」

「エウェル、エウェル、リンゴの木の下で、おれが初めておまえを求めたときには、おまえはそんなことは言わなかったじゃないか？」

「あの頃《ころ》のわたしは、まだ小さな青いリンゴだった――あのころにくらべれば、わたしも少しはものを知るようになったのです――わたしがその子の母親だったかもしれないのですから」

だがクーフリンはエウェルの言葉をほとんど聞いていなかった。大股《おおまた》で戸口に向かい、ロイグを呼《よ》んで戦車の準備《じゅんび》をするよう、命じていた。

馬がくびきにつけられ、勢《いきお》いよく走って前庭へ連れてこられると、クーフリンは戦車に飛び乗り、自ら手綱《たづな》を握《にぎ》った。クーフリンは槍《やり》や盾《たて》を持つ必要のないときには、よくこうして戦車を御《ぎょ》すのだった。クーフリンの戦車は、ケテルンの後を追っていった。

海ぞいを走って、白砂の広がる浜辺《はまべ》に到着《とうちゃく》すると、そこには王とその側近《そっきん》が待ちあぐねた様子で、馬のそばに立っていた。何人かは、傷《きず》やら、縛《しば》られてできたみみずばれやらの手当てをしていた。問題の少年は波打ちぎわに立っていたが、浜辺《はまべ》に到着《とうちゃく》したときと同じように元気いっぱいに見えた。投げ槍《やり》を軽く放って光る弧《こ》を描《えが》いたり、槍《やり》を陽光のもとで回転させ、穂先《ほさき》を小さな太陽のようにきらめかせたりと、遊んで時間をつぶしていた。

クーフリンは戦車から飛びおりると、ロイグにその場で他の者たちと待つように命じ、ひとりで前に進んでいった。「ぼうず、うまいこと武器《ぶき》を使って遊んでいるな。おまえの国では赤ん坊《ぼう》にそんな遊びを教えるのか？」

少年は笑いながら答えた。「やぶにらみでないやつだけにだよ。この遊びはそれなりに危険《きけん》だからね」それからまた槍《やり》を回転させて、空中に投げた。そして、穂先《ほさき》がクーフリンの胸先《むなさき》わずか指一本分のところを回りながら落ちてくるのを、さっとつかんだ。

クーフリンはびくともせずに「いずれにしても見事なものだ」と言った。「教えてくれ、ぼうず。おまえはだれで、どこから来た？」

「言うわけにはいかないんだ」少年は、今度は静かに槍《やり》を手にしていた。

「アルスターの国境《くにざかい》を越《こ》えていながら、名前も、どこから来たかも言わなければ、この先、長く生きる望みは持てないが」

「そうかもしれないけど、でも言わない」

「ではなにも言わぬまま、死ぬ覚悟《かくご》をするがいい」

「覚悟《かくご》はできている」少年が言った。その言葉が終わるか終わらないうちに、ふたりは同時に砂州《さす》に飛びだした。しばらくは剣《けん》で戦った。足もとでは海水が飛び散り、ふたつの刃《やいば》からは火花が飛び散っては、海風に消えた。クーフリンは自分に匹敵《ひってき》する剣《けん》の使い手に出会ったことを知り、互角《ごかく》に戦えるという激《はげ》しい喜びに胸《むね》をつらぬかれた。やがて少年は手首をすばやく返す絶妙《ぜつみょう》の技《わざ》を見せて、クーフリンのゆれる黒髪《くろかみ》の一房《ひとふさ》だけをスッパリと切りおとした。

クーフリンはのど元で鋭《するど》く笑うと、自分の剣《けん》をうしろの砂地《すなち》に投げ捨《す》てた。「剣技《けんわざ》はこまでだ」そして山猫《やまねこ》のように少年に飛びかかった。少年は同じように剣《けん》を捨《す》て、波の寄《よ》せる平らな岩場に飛び移《うつ》った。ここなら柔《やわ》らかい砂《すな》の上より、足場が安定する。ふたりは四つに組み、たがいに素手《すで》で相手を投げ飛ばそうとした。少年が気合いを入れて踏《ふ》んばったために、少年の足は岩の中までめりこんだ。——おかげでこの土地は、後に『足跡《あしあと》ガ浜《はま》』と呼《よ》ばれるようになった。クーフリンは渾身《こんしん》の力をこめたが、髪《かみ》の毛一筋《ひとすじ》ほども少年を動かすことはできなかった。

長い長い戦いだった。まるで二頭の強い雄《お》ジカが、群《むれ》の支配《しはい》を争っているようだ。だが、さすがのふたりも疲《つか》れの色が濃《こ》くなり、岩の上での踏《ふ》んばりがきかなくなった。突然《とつぜん》ふたりは組み合ったままザザッと滑《すべ》り、悲鳴と武器《ぶき》ががちゃつく音を響《ひび》かせて、浅い海が泡《あわ》だつなかに転げ落ちた。上になったのは少年で、腕《うで》でクーフリンを捕《と》らえたまま、ひざを胸《むね》にかけて海中に組み敷《し》いた。クーフリンは溺《おぼ》れかかった。胸《むね》が焼けるように苦しく、耳はガンガン鳴り、目はくらんで闇《やみ》となった。息が止まりかかったが、そのときかすかに、浜《はま》辺《べ》から叫《さけ》ぶ声が聞こえた。そして、なにかがブーンと音を立てて、ふたりがのたうちまわっているあたりに飛んできた。クーフリンは渾身《こんしん》の力をふりしぼって、片方《かたほう》の腕《うで》を自由にすると、つと伸《の》ばした。そこに、尾《お》の長い魚が沸《わ》きたつ海水を切って泳ぐように、大槍《おおやり》が届《とど》いた。手が柄《え》をつかんだ瞬間《しゅんかん》、ロイグが『ゲイ・ボルグ』を投げたのだとわかった。

クーフリンは気が遠くなりながらも、半身を起こして腕《うで》を引き、死のひと突《つ》きを見舞《みま》った。手応《てごた》えがあり、同時にクーフリンの胸《むね》にぞっとする記憶《きおく》がよみがえった。槍《やり》はかつて浅瀬《あさせ》でフェルディアの腹《はら》を裂《さ》いたのと同様に、今、少年の腹《はら》を裂《さ》き、砂州《さす》全体を血の赤に染《そ》めていた。

「そんなのスカサハは教えてくれなかった」少年が叫《さけ》んだ。「おれは傷《きず》を――傷《きず》を負った

——」

クーフリンは少年の弱った身体を引きはなすと、持ちあげて岩の上に置いた。おかげで少年の指に、金の指輪があるのがわかった。十五の夏をさかのぼった昔、自分がアイファに与《あた》えた、あの指輪が。

クーフリンは少年を腕《うで》に抱《だ》いて、海から運び、コノール王とアルスターの貴族《きぞく》たちの前の、白い砂《すな》の上に横たえた。「わが息子コンラを仕留《しと》めました」クーフリンの声は、暗く冷たかった。「アルスターもアルスターの名誉《めいよ》も、もうこいつを恐《おそ》れる必要はありません、わが王よ」

「この人が王?」少年はまだ息があり、弱々《よわよわ》しく聞いた。

「こちらがコノール・マク・ネサ王。おまえの親族《うから》であり、王だ」クーフリンはひざまずいて少年の体を支《ささ》えて答えた。

「もしおれがあと五年生きて大人になって、あなたの戦士の仲間になったら、おれたちは世界を征服《せいふく》したかもしれませんね――ローマの門までも――その先までも」そして少年は、もう遠くに行ってしまった者のような目で、父親の顔を見あげた。「でも、こういうこと

になってしまった。せめて父上、ここにいる有名な戦士たちを教えてください。おれはよく、赤枝《あかえだ》の戦士のことを思っていた。だからむこうへ行く前に、戦士たちの顔を見せてください」

そこで赤枝《あかえだ》の戦士たちは代わるがわる少年の横にひざまずいて、名を名乗った。すると少年は言った。「ああ、偉大《いだい》な戦士たちに会えて、とってもうれしいや。でも、もう、行かなくちゃならない時がきた」そして父親の肩《かた》に顔をうずめて、生まれたばかりの赤ん坊《ぼう》のようにか細く、もの悲しげな声で、一度だけ泣いた。こうして少年から命が消えていった。

アルスターの戦士たちは、海岸のまばらな草地に少年の墓《はか》を掘《ほ》り、深い悲しみをこめて墓碑《ぼひ》を立てた。ハリモクシュクの木陰《こかげ》に、ツノゲシが黄色い花をひらひらと咲《さ》かせる場所だった。

クーフリンが『ゲイ・ボルグ』を使ったのは、生涯《しょうがい》において、これが二度目で、そして最後だった。この槍《やり》で一度目は最愛の友を、二度目は自分の一人息子を殺したのだ。

第十五章　カラティンの魔女娘《まじょむすめ》たち

コンラの死後、『アルスターの猛犬《もうけん》』には、暗い影《かげ》がつきまとうようになった。同時にアルスターの国そのものにも、人知れず暗い影《かげ》が差していた。

そう、こんなふうに。

ガラハの戦いの後、コナハトのメーブ女王は、アルスターのコノール王とのあいだに、七年間の平和の取り決めを結んだ。だがメーブの心の奥《おく》に棲《す》むどう猛《もう》な闇《やみ》が、クーフリンを殺せと猛《たけ》っていた。自分が舐《な》めたあの屈辱《くつじょく》と損失《そんしつ》は、すべてあの男のせいではないか。自分だけではない、コナハト全体があの男ひとりにしてやられたのだ。そのうえ悔《くや》しいことには、アリル王までが、このメーブを打ち負かした気になっている。メーブは、胸《むね》に巣くった復讐《ふくしゅう》の芽をどう実らせようかと、機会をねらっていた。

しばし待つうちに、絶妙《ぜつみょう》な手段《しゅだん》が転がりこんできた。クーフリンに殺された怪物《かいぶつ》クラン・カラティンの妻《つま》は実は子を宿していたのだが、夫の死後まもなく三人の娘《むすめ》を産んだのだった。三人とも父親似《ちちおやに》で、不気味な姿《すがた》をしており、毒ヒキガエルを何匹《びき》も集めたほどの毒を持ち、ひとつ目でしかも邪悪《じゃあく》だった。メーブはある日、この娘《むすめ》たちが母親の足元で、泥炭《でいたん》の灰《はい》のなかにうずくまっているところに通りかかり、三人が生まれつき凶暴《きょうぼう》で、不吉《ふきつ》な力がすでに芽生えていることを見てとった。そこで早速三人を母親から離《はな》して、魔術《まじゅつ》を学ばせるために、アイルランドはおろか、ブリテン島や、遠くはバビロンにまで送りだした。バビロンこそは、予言や呪術《じゅじゅつ》、妖術《ようじゅつ》を学ぶための暗黒の妖都《ようと》だった。

彼女《かのじょ》たちは人間とは異《こと》なり、成長も早ければ学ぶのも早く、七年で完全に成長した。実の父親でさえ、戦うのは二の足を踏《ふ》んだだろうほどの恐《おそ》ろしい技《わざ》と力を身につけて、クルアハンに帰ってきた。こうして魔女娘《まじょむすめ》三人は、クーフリンに向かって雌《めす》オオカミのようにけしかけられる日を、メーブ女王のひざ元で待ちうけることになった。

メーブ女王は他にもクーフリンを憎《にく》んでいる者たちを呼《よ》び寄《よ》せた。集めるのになんの苦労もなかったのは、『アルスターの猛犬《もうけん》』のような生き方をしていれば、敵《てき》を作らないはずがないからだ。その筆頭はタラの上王エルクで、コナハト軍に参加した父のカルブリがクーフリンに討《う》たれていた。またエウェルに求婚《きゅうこん》していたあのマンスターの王もいたし、ケリーのクーロイ王の息子ルギーもいた。クーロイ王とは、クーフリンを『アイルランド一の英雄《えいゆう》』と判定《はんてい》したあの王のことだ。なぜルギーが、かつてはクーフリンの友人だったにもかかわらず敵《てき》と変わったのかについては、こんなわけがあった。

クーロイ王の妃《きさき》ブラニッドは、判定《はんてい》を仰《あお》ぎにやってきたクーフリンを見て、胸《むね》のうちに恋《こい》の炎《ほのお》を燃《も》やしたのだった。熱い想いを一年以上も胸《むね》に秘《ひ》めていたのだが、クーロイ王と激《はげ》しいいさかいを起こしたときに、決心をした。クーフリンのもとに女奴隷《どれい》をつかわして、夫からひどい虐待《ぎゃくたい》を受けていると、偽《いつわ》りの訴《うった》えをさせたのだ。そして、なんとかクーロイの城《しろ》に助けにきてほしい、城《しろ》の近くの森に部下とともにひそんでいてくれたら、城《しろ》を攻撃《こうげき》すべき時を、小川の水を白くして合図する、と頼《たの》んだ。それだけでなく小さな青い火をおこし、長い黒髪《くろかみ》をひとすじ取って、クーフリンが必ずくるようにと歌の魔法《まほう》をかけ、伝言を届《とど》ける役の女奴隷《どれい》に持たせたのだった。

そういうわけでクーフリンは手勢《てぜい》を連れてやってきて、森にひそんだ。王が家をあけたそのとき、ブラニッドは王が誇《ほこ》りとしている、赤耳の白牛三頭の乳《ちち》をしぼって、小川に流した。小川は白く変わり、クーフリンがひそんだ森へと流れていった。

クーフリンと仲間たちは森を出て、城《しろ》を襲《おそ》った。だがクーロイ王はなにか怪《あや》しいとにらんでいたので、実はひそかに城《しろ》にもどっていたのだ。おかげでクーフリン一行は奇襲《きしゅう》をかけるどころか、クーロイ王を中心に武装《ぶそう》した戦士たちが手ぐすね引いて待っているところに飛びこむはめとなった。戦いは激《はげ》しく、長く続いた。それでも最後にはクーフリン側が敵《てき》を破《やぶ》り、クーロイ王を殺し、王妃《おうひ》ブラニッドを連れだした。クーフリンはブラニッドをエウィン・ワハに連れていくつもりだったのだが、結局運命はそれを許《ゆる》さなかった。なぜならクーロイ王のお気に入りだった詩人のフェルハトネという者が、自分も主君から解放《かいほう》されて喜んでいるふりをして、いっしょについてきたからだった。フェルハトネは実は主君の仇《かたき》を討《う》とうとして、旅のあいだじゅう、ずっと機会をねらっていた。とうとうある夕方のこと、ブラニッドがベアラの崖《がけ》に立って海を見ていると、そばに近寄《ちかよ》って抱《だ》きつき、もろともに崖《がけ》から飛びおりたのだ。ふたりはまっさかさまに、波立つ海へと落ちていき、岩にあたって砕《くだ》け散った。

この事件《じけん》ゆえに、かつては友人だったルギーは、クーフリンを憎《にく》むようになり、メーブ女王の求めに、喜んで応《おう》じたのだった。

メーブは、アルスターの戦士たちは最大の力を必要とするときにかぎって、また『大衰《すい》弱《じゃく》』に襲《おそ》われることを知っていた。そうなれば彼《かれ》らが回復《かいふく》するまで、北峡谷《きょうこく》を守るのは、今度もクーフリンひとりだろう。「ただし」メーブは言った。「今度は前回よりも、いっそう強力な軍勢《ぐんぜい》を集めずにはおかぬ」そこでルギーを南にやって、マンスターの王を呼《よ》び寄《よ》せ、エルクをレンスターにやって、族長たちに参戦を呼《よ》びかけた。

老フェルグス・マク・ロイに声をかける者がいなかったのは、「フェルグスがわれわれのなかにいる限《かぎ》り、『猛犬《もうけん》』を倒《たお》すことはできぬ」とメーブが言ったからだった。メーブはカラティンの魔女娘《まじょむすめ》たちを呼《よ》び、フェルグスを無気力にさせる魔法《まほう》をかけさせた。おかげでフェルグスは、自分の領地《りょうち》の外の世界にはまったく注意を払《はら》わなくなり、自分の砦《とりで》に引きこもったままとなった。

こうして四ヵ国連合軍は、再《ふたた》びクルアハンの神人族の丘《おか》近くに集結し、ここからブリギアとクエルグニーの平原に向かって出発した。

コノール王のところに、マンスター、コナハト始め、全アイルランドの軍勢《ぐんぜい》がアルスターの国境《こっきょう》を襲撃《しゅうげき》中という知らせが届《とど》いた。だがすでに王は『大衰弱《すいじゃく》』にかかっており、アルスターの全戦士も自分と同じ状態《じょうたい》であることを、痛《いた》いほど知っていた。ただひとり、ムルテムニーの自分の城《しろ》にいるクーフリンだけが例外だろう。そこで王は、エウィン・ワハのなかで最年長の女である元乳母《うば》のレバルハムを呼《よ》び、こう言った。「クーフリンのところに行き、ここに連れてきてくれ。メーブがまた軍勢《ぐんぜい》を集めたのは、クーフリンを打ち負かすためなのだ。あいつを守るためには、ここにかくまわねばならぬ」

老女は困《こま》ったように言った。「来ないとおっしゃったら、どうしたらいいのでございますか？　あのお方は、ご自身の命を大切にはなさりませぬゆえ」

「ばかを言うな！　あいつを守るためだなどと、少しでもおまえが口をすべらせれば、あいつは絶対《ぜったい》に来るわけがない。そうではなく、王たるコノールがアルスターを救うために、クーフリンの力を必要としている。だからすぐに来い、と言うんだ」

そこで老女レバルハムは王の言葉を携《たずさ》えて、ダンダルガンに行った。クーフリンは初めのうちは老女の言葉を聞こうとしなかったが、最後には説得に負けた。ロイグを呼《よ》んで、戦車の準備《じゅんび》をするよう命じた。クーフリンが戦支度《じたく》を整えるあいだに、エウェルは自分の馬車を呼《よ》び、女奴隷《どれい》や砦《とりで》の子どもたちや大切な牛を、キラン山の、ここなら安全だろうと思える秘密《ひみつ》の谷へと、みんな送りだした。それからクーフリンとエウェルだけが、レバルハムとともにエウィン・ワハへと向かった。

一行が王の城《しろ》に着くと、女たちや竪琴弾《たてごとひ》きや詩人たちが出迎《でむか》えた。『大衰弱《すいじゃく》』は戦士たちを襲《おそ》ったが、竪琴弾《たてごとひ》きや詩人はのがれていた。みんなでクーフリンとエウェルを歓迎《かんげい》し、赤枝《あかえだ》の宿舎《しゅくしゃ》に連れていくと、宴《うたげ》を開き、甘《あま》い竪琴《たてごと》の調べでもてなした。彼《かれ》らは実は、王にこう言われていたのだった。「クーフリンをなんとかして、メーブ女王の憎《にく》しみと『魔女《まじょ》娘《むすめ》』の闇《やみ》の力から守らなければならぬ。おまえたちに預《あず》けるから、おまえたちがしっかり守ってくれ。クーフリンがその力を失うことがあれば、それはアルスターの繁栄《はんえい》が永久《えいきゅう》に失われることを意味するのだと、しっかり肝《きも》に命じておけ」

いっぽう、四王国の連合軍はすでにムルテムニーに達していたが、ダンダルガンにクーフリンがいないことがわかると、ただちに次の手を打った。三人の魔女娘《まじょむすめ》が風に乗ってエウィン・ワハに飛んできて、城《しろ》の下の草原にしゃがみこみ、芝草《しばくさ》を引き抜《ぬ》きはじめた。こうして魔術《まじゅつ》で、芝草《しばくさ》の茎《くき》としおれたハンノキの葉と綿毛《わたげ》の玉から、強力なまぼろしの軍勢《ぐんぜい》を作りだしたのだ。そのためクーフリンは、敵《てき》が押《お》しよせ、四方八方から戦士たちの叫《さけ》び声や城《しろ》が炎上《えんじょう》する煙《けむり》が上がっていると思いこみ、仰天《ぎょうてん》して席を蹴《け》たてて、表に飛びだそうとした。エウェルと側にいた者たちは、必死の思いで引きとめた。クーフリンに向かって、あれはクラン・カラティンの魔女《まじょ》の妖術《ようじゅつ》だと大声をあげ、クーフリンが死の戦いにおもむくのを止めようとした。するとクーフリンは麻薬《まやく》による眠《ねむ》りから覚めた者のように、あたりを見まわし、ふたたび席につき、ひたいを両手で押《お》さえた。だが再《ふたた》び錯乱《さくらん》に襲《おそ》われ、席から飛びあがって剣《けん》を抜《ぬ》き、外に出て戦おうとした。これがくり返され、そのたびに、引きとめるのは前よりいっそう困難《こんなん》になった。

こうして三日が過《す》ぎ、クーフリンの頭はますます錯乱《さくらん》し、闇《やみ》に呑《の》みこまれていった。なにしろ戦《いくさ》の音がひっきりなしにとどろいており、そこに神人族の竪琴《たてごと》の調べが入りまじった。頭のどこかでは、あれは魔《ま》法《ほう》なのだという老カトバドの言葉を信じていた。ドルイドの祖《そ》父《ふ》が「あと数日だけ、じっとがまんしておれ。あれは七日間の魔《ま》法《ほう》で、自然に燃《も》え尽《つ》きるのだから」と語ってきかせたときには、聞き入れたようにさえ見えた。そして『勝利のコナル』のもとに急使が立ったと聞くと、うなずいた。コナルは年貢《ねんぐ》を集めるために島々《しまじま》を回っていて、アルスターにはいなかったので、『衰弱《すいじゃく》』を逃《のが》れたにちがいなく、数日のうちにクーフリンを助けにもどってくるだろう。ところがどれほどわかったつもりになっても、クーフリンは何度も何度も飛びあがっては、いつもの雄叫《おたけ》びを上げ、まぼろしの軍勢《ぐんぜい》と戦おうとした。激《はげ》しくもがくクーフリンに飛びついて引きとめるのは命がけとなった。

四日目の朝、コノール王は起きあがり、痛《いた》みでもうろうとした頭をのろのろと働かせて、カトバドとエウェルと赤枝《あかえだ》の宿舎《しゅくしゃ》にいる残りの女たちを呼《よ》び寄《よ》せた。そのなかに『勝利のコナル』の妻《つま》のレンダウィルもいた。どういうわけかクーフリンは、レンダウィルの言うことには素直《すなお》に従《したが》う傾向《けいこう》があったからだ。毛皮を重ねた寝台《しんだい》のまわりに集まった者たちに向かって、コノール王は聞いた。王の言葉はせっぱつまっていた。「あと一日か二日、クーフリンをおまえたちのなかに安全に留《とど》めておくにはどうすればよいか、考えついたか？」

「考えに考えましたけれど、どうすればよいかわかりません」レンダウィルはこう言い、知恵《ちえ》を使いはたしたとでもいうように、指の関節を噛《か》んだ。

「仕方がない。ではわしの考えどおりにするがよい。クーフリンをここから『無音の谷《グレン＝ナ＝ボーダ》』へと連れていけ。アイルランドの全戦士があの谷の入口で、どんなに大きな叫《さけ》び声を上げようとも、あそこにいればなにも聞こえはしないから。クーフリンをあそこに連れていって、魔法《まほう》が切れ、『勝利のコナル』が助けにくるまで、留《とど》めておくのだ」

それに対して、エウェルが応《こた》えた。「わたしは皆《みな》さんといっしょにまいるわけにはいきません。ムルテムニーにメーブ軍が攻《せ》めてきたなら、わたしはダンダルガンの館《やかた》を守らなければなりません。一族の者を指示《しじ》する者がいなければ、誰《だれ》が牛小屋を守ってくれるでしょう。あの人の世話は、レンダウィルにお願いします。あの人はレンダウィルの言うことなら、よく聞きますから。わたしの言うことときたらると、聞いてくれたためしがないのです」エウェルは苦々《にがにが》しげにではなく、たんたんとほんとうのことを言った。

話はまとまり、カトバドはクーフリンのところに行って言った。「わが孫クーフリンよ、おまえは篭《かご》に入れられたハヤブサのように、ここに閉《と》じこめられていたな。ところで今日わしは、竪琴《たてごと》弾《ひ》きや詩人や赤枝《あかえだ》の女たちのために、宴《うたげ》を開こうと思う。おまえもいっしょに来るがいい。おまえはいつも竪琴《たてごと》の音楽が好きだった。だから今日、生きているうちにはめったに聞けないような竪琴《たてごと》の調べに耳を澄《す》まそうではないか」

「ここに飽《あ》きたということもないし、だいいち音楽を聞くような気分にはなれません」クーフリンは押《お》しよせる戦いの音にこぶしを握《にぎ》りしめて、こう言った。

「宴《うたげ》の招待《しょうたい》を断《こと》わってはいけないというのが、おまえの禁戒《ゲシュ》ではなかったかな」カトバドが言った。

「フェルグス・マク・ロイのときもそうだったが、あげくにどうなったか、ご存《ぞん》じのはずだ！　なんてことだ！　こんなときのんびり宴《うたげ》に出られるわけがない！　アルスター全体が炎《ほのお》に包まれ、アルスターの男たちは『衰弱《すいじゃく》』で身動きができないというのに。しかもおれがおびえた野ウサギのように逃《に》げだしたと言って、全アイルランド軍があざ笑っているというのに」

「それでも禁戒《ゲシュ》は破《やぶ》ってはいけない、と知っておろう」

エウェルがクーフリンの首に腕《うで》をまわして、抱《だ》きしめた。「猛犬《もうけん》さん、わたしの猛犬《もうけん》さん、これまでわたしは一度だって、あなたを冒険《ぼうけん》から引きとめようとはしなかった。どんなに危険《きけん》があったときでさえ。だから、今度だけはわたしの言うことを聞いてください。わたしの初恋《はつこい》の人、男という男のなかで一番愛《いと》しい人。どうかカトバドとレンダウィルといっしょに行ってください」

さらにレンダウィルがクーフリンのところに行き、その手を取った。「ね、聞いて、クーフリン。敵《てき》のアイルランドの男たちが笑っていられるのは今だけの話だわ。『勝利のコナル』がもどってくるのを待って、それから存分《ぞんぶん》に戦えばいい。そうじゃなくて？」

女たちは長いことなんだかんだと言いたて、結局クーフリンが折れた。クーフリンはエウェルに別れを告げ、むっつりと黙《だま》りこんだまま、ロイグが赤枝《あかえだ》の宿舎《しゅくしゃ》の前庭に回した戦車に乗りこみ、どこへだろうと行くがよいと、と彼《かれ》らに身をまかせた。

こうしてクーフリンは『無音の谷《グレン＝ナ＝ボーダ》』に連れていかれた。そこがどこだかわかると、両のこぶしを打ちあわせて、激《はげ》しくののしった。「最悪だ。よりによって、ここに来るとはな。

『猛犬《もうけん》』が尻尾《しっぽ》を巻《ま》いて逃《に》げだしたと、さぞやアイルランドじゅうの戦士の物笑いの種となることだろう」

ロイグがすかさず言った。「おまえはレンダウィルと約束したぞ。彼女《かのじょ》がいいと言うまでは、敵《てき》と戦わないとな」

「くそ！　だがそれがほんとうなら、交わした約束は守るべきだ」クーフリンは言った。

馬のくびきが外され、『灰色《はいいろ》のマハ』と『黒のセイングレンド』は、谷間で自由に草を食《は》んだ。カトバドは前もって召使《めしつか》いに家を準備《じゅんび》させており、全員がそこに招《まね》きいれられた。クーフリンは一段《いちだん》高いテーブルのまんなかに座《すわ》らされ、赤枝《あかえだ》の大広間に招《まね》かれたときと同じように、まわりではおもしろおかしい見せ物がくり広げられた。主役のクーフリンは暗い顔をして、弦《つる》を張《は》りすぎた弓のように神経《しんけい》をはりつめていた。浮《う》かれ騒《さわ》ぎの音をかいくぐって聞こえてくる物音に、耳をそばだてていたのだ。

長く待つ必要はなかった。それというのも魔女《まじょ》たちは、クーフリンが赤枝《あかえだ》の宿舎《しゅくしゃ》からいなくなったことに気がつくと、枯葉《かれは》が舞《ま》いあがるように空の高みへ上り、吹《ふ》きすさぶ強風に乗って、アルスターじゅうを飛びまわった。森や谷をシラミつぶしに探《さが》しまわったあげく、ついに『無音の谷《グレン＝ナ＝ボーダ》』にやってきた。眼下《がんか》では、ほかの馬や戦車に混《ま》じって、『黒のセイングレンド』と『灰色《はいいろ》のマハ』が草を食《は》み、そのそばでロイグが槍《やり》に寄《よ》りかかっているではないか。これで魔女《まじょ》たちは、この谷のどこかにクーフリンがいることを知った。つむじ風に乗って下りてくると、森の木々《きぎ》の間に建物を見つけた。なかからは笑い声や竪琴《たてごと》の歌が漏《も》れてくる。

魔女《まじょ》たちは、前と同じく、アザミの茎《くき》と小さな綿毛《わたげ》の玉としおれた葉っぱを集め、それらをまぼろしの大軍勢《ぐんぜい》に仕立てあげた。おかげで谷の向こうの全世界で大軍勢《ぐんぜい》がうごめいているかのように、いたるところで荒々《あらあら》しい叫《さけ》び声や話し声、傷《きず》ついた者のうめき声や女たちの泣き叫《さけ》ぶ声、馬のいななき、悪魔《あくま》の高笑い、進軍の角笛の音などが聞こえてきた。まるでアルスター全土が燃《も》えているように、あちこちで炎《ほのお》と煙《けむり》も上がった。

カトバドの宴《うたげ》の広間に、この阿鼻叫喚《あびきょうかん》が届《とど》いた。なんとかしてこの魔性《ましょう》の物音をクーフリンの耳に入れないように、男も女もいちだんと高い笑い声を上げ、竪琴《たてごと》に合わせて大声で歌い、手拍子《てびょうし》を打つなど、思いつく限《かぎ》りのことをやってのけた。だが、そうやっても音を完全に消すことはできない。クーフリンは飛びあがって、敵《てき》がアルスター全土を略奪《りゃくだつ》しているのが聞こえないのか、と叫《さけ》んだ。

だがカトバドがクーフリンの前に立ちはだかり、肩《かた》をぐっとつかんで言った。「ほっておけ。あれは魔女《まじょ》たちが作ったニセの音だ。おまえをこの安全な場所から引っぱりだして、命を奪《うば》おうと算段《さんだん》しておるのじゃ」

　クーフリンは顔をそむけ、広間の棟木《むなぎ》をこぶしで叩《たた》いたので、指から血が流れた。だが坐《すわ》り直して、頭を抱《かか》えた。カラティンの娘《むすめ》たちはその間も攻撃《こうげき》の手を休めず、まぼろしの軍勢《ぐんぜい》のかん高い襲来《しゅうらい》の声は、谷間の空気を震《ふる》わせつづけた。しまいに魔女《まじょ》たちは、カトバドとあの女と竪琴弾《たてごとひ》きたちが団結《だんけつ》していては、力が及《およ》ばないと悟《さと》った。魔女《まじょ》たちのなかでもっとも恐《おそ》ろしいのはベーブだが、ついにベーブが館《やかた》の戸口へとやってきた。そして、レンダウィルの侍女《じじょ》のひとりでここには来なかった者に変身すると、レンダウィルに話があるから来てほしい、と手招《てまね》きをした。

　レンダウィルは、エウィン・ワハからの知らせを持ってきたのだろうと、戸口へ行った。ベーブは唇《くちびる》に指を当てて、レンダウィルと侍女《じじょ》たちに自分のあとをついてくるよう促《うなが》した。それから、もう少し先まで、もう少し先まで、と一行をうまく言いくるめて、長い道のりを谷底まで引っぱっていった。これで充分《じゅうぶん》館から離《はな》したと判断《はんだん》したところで、まわりに濃《こ》い霧《きり》を起こし、女たちにさまよい歩く魔法《まほう》をかけた。おかげで彼女《かのじょ》たちはさまよいつづけ、帰る道すじを見つけたときには、もうおそすぎた。

ベーブは今度は魔法《まほう》でコナルの妻《つま》に変身し、宴《うたげ》の場へととって返すと、なかに入ってクーフリンのひざに身を投げた。そして憔悴《しょうすい》した目つきで、金髪《きんぱつ》をふりみだして訴《うった》えた。「クーフリン、立ちあがって！　ダンダルガンが燃《も》えていて、ムルテムニーは襲撃《しゅうげき》され、アルスター全体が敵《てき》に踏《ふ》みにじられている！　こうなれば男たちはみんな言うでしょう。わたしが悪いのだ、わたしがあなたを引きとめたからだって。だから、急いで、急いで行って！　でないと、わたしはコノール王に殺されるわ！」

「まったく女は信用できない」クーフリンが言った。「世界じゅうの宝《たから》をもらってもおれを行かせないと言ったのは、ほかならぬおまえだったじゃないか！」そう言いながらもクーフリンは立ちあがり、マントをひっかけて急いで出ていきながら、ロイグに馬をつなぎ戦車の用意をしろと命じた。カトバドと残った女たちがついてきて、なんとか引きとめようと力の限《かぎ》りをつくしたが、鬼火《おにび》とか山の霧《きり》とかを指でつかもうとするようなもので、もうまったく不可能《ふかのう》なことだった。というのは、あたりには阿鼻叫喚《あびきょうかん》がとどろき、クーフリンの目には、連合軍がアルスターを踏《ふ》みにじり、エウィン・ワハとダンダルガンの屋根は紅蓮《ぐれん》の炎《ほのお》と煙《けむり》に包まれ、エウェルの死体がダンダルガンの防壁《ぼうへき》から外に放りだされる様子が、見えていたからだった。

ロイグはできるだけ時間をかけて、クーフリンの命令に従《したが》った。これまでけっしてなかったことだが、初めて暗い気持で戦車の準備《じゅんび》をした。そしていつものように馬を呼《よ》ぼうと、馬に向かって手綱《たづな》を振《ふ》ると、なんと馬が言うことをきかない。鼻息を荒《あら》くして頭を振《ふ》りあげ、白目をむきだして、神経質《しんけいしつ》そうにぐるぐる回っていた。とくに『灰色《はいいろ》のマハ』は絶対《ぜったい》に、ロイグを近づけようとしなかった。「これは悪いことが起こる前兆だ」ロイグはうめいて独《ひと》りごとを言い、クーフリンのところに行った。「今日、『灰色《はいいろ》のマハ』をくびきにつけたいのなら、おまえが自分でやってくれ。これまであいつはおれに逆《さか》らったことなど一度もない。だが、おれの国の人々《ひとびと》が誓《ちか》う神々《かみがみ》に誓《ちか》って言うが、きょうのあの馬には、おれは触《ふ》れることさえできない！」

それでクーフリンが手綱《たづな》を持って近づこうとしたが、『灰色《はいいろ》』は、ロイグのときと同じように、クーフリンのことも寄《よ》せつけなかった。クーフリンは頼《たの》んだ。「おーい、兄弟。これまでそんなふうに気むずかしかったことなんか、なかったじゃないか。おれが好きなら、こっちへ来てくれ。おれたちはアルスターの敵《てき》をやっつけに行かねばならない。おまえとおれとでだ」

そう言われて、ついに『灰色《はいいろ》のマハ』はやってきたが、うなだれていた。立って手綱《たづな》をつけられているあいだ、『灰色《はいいろ》』はぼろぼろと悲しみの血の涙《なみだ》を、主人の足元に落としていた。

第十六章　クーフリンの最期《さいご》

いよいよ戦車の準備《じゅんび》が整った。まわりの者たちがなにを言おうとどうしようと、結局なんの役にも立たなかった。クーフリンは悪夢《あくむ》にとりつかれたかのように、ムルテムニーへと出発した。速く、もっと速く、と狂《くる》ったようにロイグを叱咤《しった》しつづけ、おかげで戦車はゲイル風に乗った雷雲《らいうん》のように疾駆《しっく》した。通りすがりの木も草も、大嵐《あらし》に出会ったかのように、ビュービューと激《はげ》しくなびいた。クーフリンの耳からは合戦の音が去らず、目には炎《ほのお》と、悪鬼《あっき》のような軍勢《ぐんぜい》と、惨《むご》たらしいエウェルの死体が防壁《ぼうへき》から投げ捨《す》てられるさまが映《うつ》りつづけた。

だが、リンゴの林に囲まれたダンダルガンに到着《とうちゃく》してみると、館《やかた》はなんの変哲《へんてつ》もなく、そのまま建っていた。エウェルはひだのある深紅《しんく》のマントをまとい、金の髪飾《かみかざ》りをゆらして出迎《でむか》えた。エウェルは戦車に手をかけて言った。「お帰りなさいませ、ご主人さま。さあ、降《お》りてくださいな。夕食が待っていますから」

「それどころではない。おれは四カ国の連合軍と戦わねばならない――集合した軍勢《ぐんぜい》が見えたんだ――あいつらが火を放ち、エウィン・ワハの城《しろ》までもが炎上《えんじょう》しているのがこの目に映《うつ》った」

「それこそカラティンの魔女《まじょ》の妖術《ようじゅつ》です。お願いです、そんなものに惑《まど》わされないで！　あと二日で、魔法《まほう》は解《と》けます。そして『勝利のコナル』があなたといっしょに戦うために、自軍を引き連れてやってきますから」

「『勝利のコナル』を待ってはいられない！　おまえは、おれの言葉が聞こえないのか。おれには見えるし、聞こえるんだ。今、この瞬間《しゅんかん》もだ。――心臓《しんぞう》がひとつ拍《う》つあいだきえ、むだにはできない！」

エウェルは、どうやっても引きとめることはできないと悟《さと》った。夫はその魂《たましい》まで、妖術《ようじゅつ》にからめとられていた。「せめて道中、のどが渇《かわ》かないように、ワインを一杯《いっぱい》持ってきます。それをのどに流しこむあいだくらい待てるはずです」

エウェルはこう言って走り去り、ギリシアのワインを年代物の琥珀《こはく》の杯《さかずき》に入れて、持ってきた。そのあいだもクーフリンはくびきにつながれた馬のように、イライラと落ちつきがなかった。ところが差しだされた杯《さかずき》をかがんで取ろうとしたとき、クーフリンはアッと叫《さけ》んで、身を引いた。エウェルがかかげた杯《さかずき》に満ちていたのは、血だった。

「なんということだ！　妻《つま》に血の飲み物を差しだされるとは！　なるほど他の者たちから見捨《みす》てられるのも当然だ」

エウェルは急いで杯《さかずき》を奪《うば》うと、血を捨《す》てて、もう一度ワインを満たした。だがその杯《さかずき》も、そして三度目の杯《さかずき》も、クーフリンが受けとろうとするたびに、ワインは血に変わった。三度目のときには、クーフリンは杯《さかずき》を家の柱石に叩《たた》きつけた。琥珀《こはく》の杯《さかずき》は金の花びらのように砕《くだ》け、血は柱石に飛び散った。「おまえのせいではない。おれはついに運命に見離《みはな》されたようだ。これでよくわかった、おれは今度ばかりは戦場からおまえのところに帰ることはなさそうだ。だが、それもよかろう。おれは『武者立《むしゃだ》ちの儀《ぎ》』を決めたときに、自分で自分の運命を選んだのだ。自分がどうなるか、とっくに承知《しょうち》している」

「お願い、待って！」エウェルは戦車の側面をつかんで、必死で頼《たの》んだ。「待って、待つだけでいいの。そうすれば、また運命の風向きが変わるから！」

「むだだ。どんな力も世界じゅうの黄金も、おれの運命を変えることはできない！　そしてエウェル、おれの心のハヤブサ、おまえがなんと言っても同じだ。『アルスターの猛犬《もうけん》』

は初めて武器《ぶき》を持ったその日から、戦いの角笛に尻《しり》ごみしたことは一度もない。それを、いまさら変えてたまるか。偉大《いだい》な名は死んでも残る、と人は言う」

そう言ってクーフリンは身をかがめ、一度だけエウェルにくちづけをした。唇《くちびる》が傷《きず》つくほど激《はげ》しいくちづけだった。それから彼女《かのじょ》の手を戦車の縁《ふち》から払《はら》いのけ、ロイグに向かって叫《さけ》んだ。「出発だ、兄弟。長い道草を喰《く》ってしまった！」

馬は突《つ》き棒《ぼう》を喰《く》らって飛びだし、クーフリンとエウェルのあいだに土煙《つちけむり》が舞《ま》いあがった。戦車は南へと、ゲイル風に追われる嵐雲《らんうん》のように飛んでいった。


ほどなく浅瀬《あさせ》につくと、川岸に乙女《おとめ》がひざまずいていた。肌《はだ》は凝乳《カード》のように白く、たらした髪《かみ》はエニシダの花のように黄色い。かたわらに血で汚《よご》れた衣服が積んであり、乙女《おとめ》はこれを洗《あら》っていた。そして洗《あら》いながら、愛しい者を失った女たちがそうするように、嘆《なげ》きの涙《なみだ》にくれていた。乙女《おとめ》が朱《あけ》に染《そ》まった胴着《どうぎ》を水から上げたとき、クーフリンはそれが自分のものであることに気づいた。

「あれが見えないのか？　この最後の警告《けいこく》さえ無視《むし》して、おまえはこのまま行くというのか？」ロイグが言った。

「このまま行こうが引き返そうが同じだ。おれの運命はもう決まっている」クーフリンは言った。その声も目も、突然狂気《とつぜんきょうき》からさめたように、彼《かれ》本来のものにもどっていた。「それに神人族の女が、血のついた、おれの衣服を洗《あら》っているからなんだと言うのだ？　おれはまだ敵《てき》の戦士と槍《やり》の試合を終えたわけではない。血に染《そ》まって倒《たお》れるのはおれではなく、敵《てき》のほうかもしれない」こう言ってから、ロイグにふりむいた。「だが、よければ、おまえは帰ってくれ。これはおまえの運命ではないのだから。エウェルのところにもどって、伝えてくれ。あいつとの別れにおれの胸《むね》がどれほど痛《いた》んでいるかを。これまで何回も、見知らぬ場所や最果《さいは》ての国から、喜びいさんで彼女《かのじょ》のもとへと帰ったのだから」

「わざわざ言わなくても、彼女《かのじょ》は分かっている。おまえの運命は、ずっとおれの運命でもあった。いまさら変えることはできない」ロイグはこう言うと、馬をなだめて水のなかを進めた。川を渡《わた》ると、乙女《おとめ》は、鬼火《おにび》が消えるように、ゆらゆらとゆれて消えていった。乙女《おとめ》がいた場所には、一本のハンノキが、長い穂《ほ》を水になびかせて立っているだけだった。

後ほど、ミードホンからルアヘアへ向かう道を進んでいくと、道のわきに三人の薄気味《うすきみ》悪い老婆《ろうば》がいるのに出会った。みな左目がつぶれており、馬はその姿《すがた》におじけづいて後ずさりした。老婆《ろうば》たちは木の枝《えだ》を燃《も》やし、犬の肉をナナカマドの枝《えだ》に刺《さ》して、焼いていた。クーフリンは、老婆《ろうば》たちが良い兆《きざ》しではないことがわかっていたから、できれば避《さ》けて通りたかった。だが老婆《ろうば》のひとりが声をかけた。「ちょっと寄《よ》っておいきよ、クーフリン。いっしょに食べようや」

「それはできない。今は食べているひまなどない」クーフリンは答えた。

「これが立派《りっぱ》なご馳走《ちそう》だったら、寄《よ》っていく気だろ。みすぼらしい、卑《いや》しい身分の者の誘《さそ》いだから断《ことわ》るなんて、立派《りっぱ》な戦士のやることじゃないやね！」

そこでクーフリンは、礼節を守るために、ロイグに馬を止めさせた。そして戦車から降《お》りて、老婆《ろうば》のひとりから犬の肩肉《かたにく》を受けとって口に入れた。とはいえ、自分の名となったクランの猛犬《もうけん》のために、犬の肉を食べないことを禁戒《ゲシュ》としたことを、忘《わす》れたわけではなかった。だが、こうも考えたのだ。「どのみち同じことだ。おれがなにをしようが、しまいが、運命はもう決まっているのだから」それでも注意して、肉は右手でなく、左手で持った。食べたとたんに、左手は痺《しび》れて、その力を失った。

クーフリンは戦車に飛びのると、ロイグにひたすら速く走れと命じ、ミードホンとルアヘアを結ぶ道を驀進《ばくしん》した。北峡谷《きょうこく》を抜《ぬ》け、ファド山の麓《ふもと》を行く険《けわ》しい道だった。クーフリンの心に、七年前にここを駆《か》けぬけたときのことがよぎった。

さて、カルブリの息子エルクは偵察隊《ていさつたい》の戦車の先頭に立って、ファド山のすそ野の林を駆《か》けていた。そこへもうもうと土煙《つちけむり》をあげて、クーフリンの戦車がやってきた。頭の英雄《えいゆう》光《こう》に照らされて、土煙《つちけむり》は輝《かがや》かしく紅《くれない》に染《そ》まり、まるで夕焼け雲のようだった。手にした槍《やり》の刃《は》も紅《あか》く染《そ》まり、頭の上には『戦の女神』の大カラスが羽ばたいていた。「クーフリンだ。クーフリンがやってくるぞ！」エルクはまわりに向かって叫《さけ》ぶと、馬を返して、後続の軍勢《ぐんぜい》のほうへと向かった。「クーフリンが炎《ほのお》の雲につつまれてやってくるぞ！　とうと う魔法《まほう》で引っぱりだされた！　だが魔法《まほう》で弱っている様子はないから、ゆだんするな。皆《みな》のもの、心して戦え！」

連合軍は石灰《せっかい》を塗《ぬ》った盾《たて》を構《かま》えた歩兵を並《なら》ばせて、盾《たて》の防壁《ぼうへき》のような陣《じん》を張《は》り、ときの声を上げた。歩兵の持つ槍《やり》の穂先《ほさき》が、夏の森の葉のようにびっしりと並《なら》んでいる。歩兵隊の両側と、列群の間、間には戦車が配された。

こうしてアイルランドの軍勢《ぐんぜい》は、さながら武器《ぶき》でできた森のように、ムルテムニーの平野全体、ファド山からキラン山の麓《ふもと》の斜面《しゃめん》までをおおいつくして、待ち構《かま》えていた。クーフリンはそれを見て、ロイグにさらに速く駆《か》けろと叫《さけ》んだ。戦車は神速で歩兵の上を走りぬけ、クーフリンは『勇者の雷鳴《らいめい》』の早わざで鬼神《きじん》もかくやの攻撃《こうげき》をくり返した。おかげで敵《てき》の死体は累々《るいるい》とどこまでも重なり、そのおびただしさといえば浜《はま》の真砂《まさご》か、降《ふ》り積もった雹《ひょう》の粒《つぶ》か、はたまた夏の草原をおおうキンポウゲの花かというありさまだった。

このとき軍勢《ぐんぜい》についてきた吟遊《ぎんゆう》詩人のひとりが、クーフリンの戦車の行く手に飛びでて、声をはりあげた。「ホーレホーレ、『アルスターの猛犬《もうけん》』クーフリンよ。汝《なんじ》の槍《やり》をわれに与《あた》えよ！」。それというのも三人の魔女娘《まじょむすめ》が、その日、クーフリンの偉大《いだい》な投げ槍《やり》が三人の王を殺すであろう、と予言していたからだ。そこにいる王と言えば、マンスターの王とレンスターの王とコナハトの王だった。

吟遊《ぎんゆう》詩人からなにかを求められたら、男たるものなんでも気前よく与《あた》えるべきで、断《ことわ》ることは恥《はじ》とされていた。しかしクーフリンは「きょうはおれのほうが、この槍《やり》を必要としているんだ」と拒《こば》んだ。

「ホーレホーレ、拒《こば》むとあらば、汝《なんじ》の恥《はじ》をば、われは歌わん。しからば汝《なんじ》の不名誉《ふめいよ》はとこしえに、人の口にのぼろうぞ」

「おれは贈《おく》り物をするのを拒《こば》んで不名誉《ふめいよ》のそしりを受けたことなど、これまで一度もない」クーフリンは叫《さけ》んだ。「そんなに欲《ほ》しければ、受けるがいい。どうだ、ルギーのお抱《かか》え詩人！」クーフリンは大槍《おおやり》を詩人めがけて、力いっぱい投げつけた。おかげで槍《やり》は見事に詩人をつらぬき、そのうしろの男を九人刺《さ》し殺した。

するとルギーが自分でその槍《やり》をひろいあげ、クーフリンめがけて投げつけた。ところが馬が突進《とっしん》してきたため、槍《やり》は代わりにロイグに当たった。そう、ロイグこそ御者《ぎょしゃ》の王だったから。ロイグは胸骨《きょうこつ》の下に深い傷《きず》を負って倒《たお》れた。「おれはもうだめだ。クーフリン、わが愛する兄弟。御者《ぎょしゃ》なしで、どう戦う？」

「おれが御者《ぎょしゃ》を兼《か》ねる」クーフリンは言い、ロイグの上にしゃがみ、槍《やり》を引きぬいた。ロイグは自分の手で、抜《ぬ》くのを手伝った。その瞬間《しゅんかん》、鮮血《せんけつ》がほとばしって、ロイグの身体から命が飛び去っていった。クーフリンはロイグにくちづけをすると、その体を戦車の床《ゆか》に横たえた。それから、両手が自由に使えるように、手綱《たづな》を自分の腰《こし》に結びつけて、アイルランドの軍勢《ぐんぜい》のなかに突《つ》き進んだ。

突進《とっしん》するクーフリンに向かって、また別の吟遊《ぎんゆう》詩人が槍《やり》をくれと呼《よ》びかけた。

「この槍《やり》一本で、アイルランドの四カ国連合軍を引きうけている」クーフリンは叫《さけ》んだ。

「今日は、おれのほうがこの槍《やり》を必要としているんだ！」

「ホーリャホーリャ、汝《なんじ》、忘《わす》れしか？　詩人の求めに応《こた》えんとて、さる大王が、自《みずか》らの目玉さええぐりとって差しだせしを。汝《なんじ》、拒《こば》むとあらば、あげてアルスターは、末代の汚名《おめい》をばこうむらん」

「アルスターがおれのせいで汚名《おめい》をかぶったことなど、一度もない」こう言ってクーフリンは力いっぱい、大槍《おおやり》を詩人めがけて投げつけた。槍《やり》は詩人の頭をつらぬき、そのうしろの男の頭九つを叩《たた》き割《わ》った。クーフリンはさらに突進《とっしん》した。

すると今度は、カルブリの息子エルクが出てきて、血まみれの槍《やり》をひろいあげ、投げ返した。ルギーのときよりさらに的《まと》がはずれて、槍《やり》は『灰色《はいいろ》のマハ』の脇腹《わきばら》を深くつらぬいた。そう、『灰色《はいいろ》のマハ』こそが、アイルランドの馬の王だったから。傷《きず》は深く、何日も保《も》たずに馬は死ぬだろう。

クーフリンは短剣《たんけん》を取りだし、腰《こし》に巻《ま》いた手綱《たづな》を断《た》ち、次にくびきの心棒《しんぼう》に飛び乗って槍《やり》を引きぬくと、『灰色《はいいろ》』を戦車につないでいる引き綱《づな》を切ってやった。

「神々《かみがみ》がおまえにやさしくしてくれるだろう、おれの兄弟。常若の国《ティル＝ナ＝ノーグ》の平野に雌馬《めすうま》がたくさんいるといいな」クーフリンは言った。偉大《いだい》な『灰色《はいいろ》』は向きを変え、血を点々《てんてん》と落としながら、戦場を駆《か》けぬけていった。はるか彼方《かなた》のファド山の麓《ふもと》の『灰色《はいいろ》の湖』へと致命《ちめい》傷《しょう》を癒《いや》しに向かったのだった。

戦車は『黒のセイングレンド』一頭が引いたが、まるで傷《きず》ついた鳥のように、斜《なな》めに進むしかなかった。だがそれでも再《ふたた》び、クーフリンは敵《てき》に向かって進んだ。ところがまた、宮廷《きゅうてい》の吟遊《ぎんゆう》詩人のひとりが、槍《やり》をくれ、と声をはりあげた。

「名誉《めいよ》を守るために一日にひとつ以上の贈《おく》り物をしろなどと、求められてはいないぞ。それにおれは、もうふたつも贈《おく》っている」クーフリンは答えた。

「リャアリャアリャア、拒《こば》むとあらば、汝《なんじ》の恥《はじ》をば、われは歌わん」

「おれの名誉《めいよ》の代償《だいしょう》なら、もう支払《しはら》い済《ず》みだ」

「リャアリャアリャア、しからばアルスターの国の恥《はじ》をば、われは歌わん」

「アルスターの名誉《めいよ》の代償《だいしょう》も、とっくに支払《しはら》い済《ず》みだ」

「リャアリャアリャア、しからば汝《なんじ》の親族《うから》と、汝《なんじ》の愛する者すべての恥《はじ》をば、われは歌わん」

これを聞いてクーフリンはエウェルを思い、気難《きむずか》しい王や、老いた穏《おだ》やかなカトバドや、今応援《おうえん》に駆《か》けつけようとしている『勝利のコナル』のことを思った。そして声をはりあげた。「それなら話は別だ。愛する者たちに恥辱《ちじょく》をこうむらせるわけにはいかない。そういうことなら、好意の贈《おく》り物をくれてやる」そう言って、クーフリンは力いっぱい大槍《おおやり》を投げたので、槍《やり》は詩人の心臓《しんぞう》を突《つ》きぬけ、そのうしろの男九人分の心臓《しんぞう》を串刺《くしざ》しにした。

「さてもやさしからざる好意であることよ、『アルスターの猛犬《もうけん》』」詩人は息絶《た》えながら言った。

するとルギーが再《ふたた》び槍《やり》を取り、投げ返した。槍《やり》は予言どおり、三人目の王クーフリンに打ち当たった。そう、クーフリンこそがまさしく、アイルランドの英雄《えいゆう》の王だった。槍《やり》は胸《むね》の下をグサリとつらぬいたので、致命傷《ちめいしょう》だとわかった。しかもはらわたまでが戦車の上に飛び散った。同時に『黒のセイングレンド』が後足で立ちあがって、胴《どう》をひねった。すると戦車は傾《かし》いで壊《こわ》れ、馬の胸帯が切れた。ぬばたまの夜の色の偉大《いだい》な馬は、主人の血の臭《にお》いと、足元の戦車の残がい、そして迫《せま》りくる悲しみのあまり発狂《はっきょう》した。戦車を引きちぎり、馬具を半分首にぶらさげたまま、いななき暴《あば》れて、敵《てき》の軍勢《ぐんぜい》のまっただなかへと跳《と》びはねていった。後には、戦車の残がいのなかに倒《たお》れた主人だけが残された。

やがて敵《てき》の王や族長たちがまわりに集まってくると、クーフリンは残された力をふりしぼって起きあがり、ひざをついた。喉《のど》からしぼりだす声はかすれ、目の前に闇《やみ》の黒幕《くろまく》が広がっていく。「おれはもう、おまえたちの手中に落ちた。だが、水が飲みたい。あそこの湖のほとりへ行くことを許《ゆる》してくれ」

王や領主《りょうしゅ》たちは顔を見合わせた。ようやくカルブリの息子エルクが言った。「いいだろう。湖のほとりに行って、存分《ぞんぶん》に水を飲め。だがその後は、われわれの手中にもどってこい」

クーフリンは笑ったが、これほど陽気さを欠いた笑いもなかった。「おれがもどらなくても、どこにいるかはわかるだろう。下に降《お》りて、おれの残がいを持っていくことを許《ゆる》してやろう」

それからはらわたをかき集めて腹《はら》のなかに収《おさ》め、マントを身体に巻《ま》きつけてきつく縛《しば》った。そして渾身《こんしん》の力をふりしぼって、よろよろと立ちあがり、湖のほとりへ下りていった。そして、ささやいているような茶色いイグサの花のなかで、水を飲み、体を洗《あら》い、それから死のうとして湖に背《せ》を向けた。もう敵《てき》のところまでもどる力は残っていなかった。だがもちろん、敵《てき》はすぐに追ってくる。

湖のほとりに背《せ》の高い石柱が立っていた。クーフリンはそこへたどりつくと、石柱に腰《こし》帯《おび》を掛《か》け、胸《むね》のあたりで結んだ。倒《たお》れて死ぬのでなく、立ったまま死ぬためだ。クーフリンの血は流れて湖に注ぎ、浅瀬《あさせ》をかきわけてきたカワウソが、それをぴちゃぴちゃとなめた。

やがて敵《てき》の軍勢《ぐんぜい》がやってきて、湖の岸をぐるりととり囲んだが、誰《だれ》ひとり近づく者はいなかった。クーフリンのひたいにまだ英雄光《えいゆうこう》が光っていて、命の火がつきていないことを教えていたからだ。

このとき、あの『灰色《はいいろ》のマハ』が帰ってきた。主人の命があるうちは守らなければと、傷《きず》ついた体のまま駆《か》けもどってきたのだった。『灰色《はいいろ》』はアイルランドの軍勢《ぐんぜい》を三度攻撃《こうげき》し、夕刻《ゆうこく》までに五十人を噛《か》み殺し、それぞれのひづめで、三十人ずつを蹴《け》り殺した。そのために、このような言い伝えが残っている。「クーフリンが死んだときの『灰色《はいいろ》のマハ』ほどの働きは、だれもなしえない」

やがて黒い大ガラスが羽を広げてばさばさと降《お》りてきて、クーフリンの肩《かた》に止った。これで敵《てき》の軍勢《ぐんぜい》は、クーフリンの命が尽《つ》きたことを知った。するとクーロイの息子ルギーがやってきて、アイルランド連合軍の戦士がいっせいに大勝利の歓声《かんせい》をあげるなかで、クーフリンの長い黒髪《くろかみ》を寄《よ》せて首を出し、その首を切り落とした。だがこのときクーフリンが手にしていた抜《ぬ》き身の剣《けん》が落ちてきて、ルギーの右手を切断《せつだん》した。ルギーの苦痛《くつう》の叫《さけ》びは、軍勢《ぐんぜい》の歓声《かんせい》にかき消された。仕返しのために、クーフリンの右手も叩《たた》き切られた。そのあいだに切りおとされた頭部から英雄光《えいゆうこう》が消えていき、火が消えた灰《はい》のように、生首《なまくび》は色を失った。

さて、アイルランドの全戦士はメーブ女王のところに出向き、クーフリンの首をクルアハンに持ち帰るよう勧《すす》めた。そもそも軍勢《ぐんぜい》を集めたのもメーブなら、クラン・カラティンの魔女娘《まじょむすめ》たちを使ったのもメーブだったからだ。だがメーブ女王は、血なまぐさいことを嫌《きら》ったことなどこれまで一度もなかったというのに、今度ばかりは血がつかないようにマントの裾《すそ》を引いて、恐怖《きょうふ》に見開かれた目で生首《なまくび》を見おろした。「クルアハンには持ち帰らぬわ。そばに置きたくもない！　この首はルギーが切り落とし、その代償《だいしょう》として右手を払《はら》った。だからルギーにくれてやるがよい！」

そういうわけでルギー一行はクーフリンの首と右手を携《たずさ》えて、その夜のうちに、リフィー川に向かって出発した。

第十七章　『勝利のコナル』の復讐《ふくしゅう》

　この頃《ころ》には、アルスターの戦士はほぼ『大衰弱《すいじゃく》』から回復《かいふく》していた。このときは、衰弱《すいじゃく》がいつもほど重くはなかったのだ。たぶんそのわけは、よその土地からきたカラティンの魔女《まじょ》の魔法《まほう》が、この土地の古い呪《のろ》いと争い、呪《のろ》いの力を弱めたからだろう。アルスター軍は陣容《じんよう》を整え、いまにも敵《てき》ののど元に喰《く》らいつこうとしていた。進軍の先頭に立っていた『勝利のコナル』はとちゅうで、脇腹《わきばら》から血を流している『灰色《はいいろ》のマハ』に出会った。

　コナルは馬を見て、乳兄弟《ちきょうだい》の死を知った。この馬は、主人が生きている限《かぎ》り、そのそばを離《はな》れるはずがなかったから。コナルの胸《むね》にクーフリンとの約束を果たそうという思いが、熱く燃《も》えた。ふたりは子どものころ、どちらかが殺されたときは、残った方が必ずその仇《かたき》を討《う》つと約束したのだ。だが、まずクーフリンの遺体《いたい》を見つけなければならない。ちっとも難《むずか》しいことではなかった。なぜなら、『灰色《はいいろ》のマハ』は、コナルをなんとしても主人のところに連れていこうとしていたし、そうでなくても、マハの血の跡《あと》があり、それをたどっていくのは平らな道を行くように簡単《かんたん》だった。

どちらも急いだ。『灰色《はいいろ》』は、コナルの愛馬『赤い雫《しずく》』と並《なら》んで疾駆《しっく》し、とうとうファド山の麓《ふもと》の湖のほとりに着いた。ここでクーフリンの首のない遺体《いたい》が、石柱に縛《しば》りつけられているのを見つけた。『灰色《はいいろ》のマハ』は駆《か》けていって、頭をクーフリンの胸《むね》にすり寄《よ》せた。

馬の手綱《たづな》をゆるめたコナルは、クーフリンの足元の草地で、切断《せつだん》された片手《かたて》を発見した。親指の指輪から、クーロイの息子ルギーのものだと知れた。

「この手の持ち主だった者の命は、おれがもらった」コナルは自分に言ってきかせた。そして、見事な銀灰色《ぎんかいしょく》の馬が主人の動かない胸《むね》に頭を寄《よ》せたままなのを見て、つぶやいた。

「おれがもどるまで、おまえたち、別れを惜《お》しんでともにいてくれ」こうしてコナルは戦車を返すと、馬に突《つ》き棒《ぼう》で早駆《はやが》けの合図を送り、マンスター軍の後を追いかけた（各軍はそれぞれ別の道を取って、陣地《じんち》を離《はな》れた）。やっとリフィー川に着いたが、そのとちゅうの丘《おか》で、ダンダルガンの牛飼《うしか》いのひとりと出会った。コナルはその男に、女主人のところにもどって、なにがおきたか、報告《ほうこく》するよう命じた。

一方、ルギーは負傷《ふしょう》とそれによる発熱のために、ほかの者たちと歩調を合わせることができなくなっていた。そこで自分は後から行くからと、一行を先に行かせた。リフィー川の渡《わた》し場のあたりで、ルギーは川の水で熱を冷まそうと、川に下りた。

「あたりをよく見張《みは》ってくれ。不意に襲《おそ》われてはかなわんからな」ルギーは御者《ぎょしゃ》に命じておいた。

そこで御者《ぎょしゃ》はハンノキの幹《みき》に寄《よ》りかかって見張《みは》りをしていたのだが、突然《とつぜん》大声を出した。

「誰《だれ》かが、草原をこちらへとやってきます。ものすごい速さです。アイルランドじゅうのカラスがみんな、男の頭の上を飛んでいるようです。雪が、男の行く手を白くしているようです」

ルギーは急いで土手をよじ登り、御者《ぎょしゃ》の指さすほうを見て、うめき声をあげた。「あれは『勝利のコナル』だ。頭の上を飛ぶカラスとは、馬のひづめが蹴《け》とばす泥《どろ》だ。行く手に積もる雪とは、馬が鼻から吹く泡《あわ》だ。コナルには、軍勢《ぐんぜい》の後を追わせよう。おれはあいつと戦う気はない」そこでルギーと御者《ぎょしゃ》は浅瀬《あさせ》から引っこんで、ハンノキの茂《しげ》みに身を隠《かく》した。

だがコナルは、浅瀬《あさせ》を半分も渡《わた》らないうちに、彼《かれ》らの姿《すがた》を発見した。しぶきを上げて川を渡《わた》ると、ハンノキの茂《しげ》みのほうに馬を寄《よ》せ、ルギーの横で手綱《たづな》を引いた。

「ここで仇《かたき》に出くわすとは、なんたる幸運」

「おれがなにをしたと言うんだ？」ルギーが言いつのった。

「その手でクーフリンを殺したな。おれの乳兄弟《ちきょうだい》で親友のクーフリンを」

「どうやって清算する気だ？」

「血で返してもらうまで」『勝利のコナル』が言った。

はりつめた沈黙《ちんもく》の後で、ルギーが言った。「戦うというなら、公平な戦いを要求する――おれは片手《かたて》なのだから、おまえも片手《かたて》で戦え」

「よかろう」コナルは言い、戦車から飛びおりると、腰帯《こしおび》を外し、ルギーの御者《ぎょしゃ》に言いつけた。「おれの右手を背中《せなか》に縛《しば》りつけろ。ほどけないようしっかり結べよ」

コナルは左手で剣《けん》を持ち、ルギーも同じことをした。そして土手の上で、火花の散る激《げき》戦《せん》を繰《く》りひろげた。戦いは丸半日続いて正午を過《す》ぎたが、いまだにコナルは有利に立てないでいた。そのとき、そばにいた愛馬『赤い雫《しずく》』が戦車を引いたまま飛びだしてきて、なんとルギーの脇腹《わきばら》に噛《か》みついた。

「なんてことだ！　こんなことで公平と言えるか！」ルギーが叫《さけ》んだ。

「おれは公平な戦いを引きうけ、ちゃんとそのとおり守った。だがもの言わぬ動物のことなど、知らぬ。こいつは主人に忠誠《ちゅうせい》を尽《つ》くしたまでだ」こう言いながらコナルは詰《つ》め寄《よ》って、ルギーの首をはね、息の根を止めた。

コナルは、ルギーの御者《ぎょしゃ》が主人の遺体《いたい》を拾うのをそのままにして、自分はクーフリンの首を探《さが》した。その首と、ほっそりと美しく、だが剣《けん》を握《にぎ》ると強かった右手とは、絹《きぬ》の胴着《どうぎ》に包まれて、ルギーの戦車のなかにあった。コナルはそれを持って、ファド山の麓《ふもと》の石柱のところへともどっていった。

このころ牛飼《うしか》いはダンダルガンにもどり、エウェルは夫の死を知らされた。馬屋から馬を、戦車小屋から戦車を出させると、エウェルは女たちを集めて言った。「これから主人のいるところへ行って、主人を家に連れて帰ります」

そういうわけで、暁《あかつき》の薄闇《うすやみ》のなかを、コナルが石柱へともどってくると、そこにはもうエウェルたちが来ていた。女たちは、クーフリンの首のない遺体《いたい》を下ろし、死んだ『灰色《はいいろ》のマハ』のそばに横たえてあった。あたり一帯に死体が散らばるなか、ダンダルガンの女たち全員が湖のほとりに集まっていた。皆《みな》でクーフリンの遺体《いたい》をとり囲み、顔をマントでおおって、死者を悼《いた》んで嘆《なげ》き悲しんでいた。

コナルはクーフリンの首を遺体《いたい》のそばに置き、切られた右手を手首のわきに置いた。そしてそこに立ち、女たちの嘆《なげ》きの声に、自分の悲嘆《ひたん》の思いを合わせた。「ここに倒《たお》れたおまえほど、気高い英雄《えいゆう》、強い戦士がほかにあったろうか。クーロイの息子ルギーの剣《けん》に倒《たお》れたおまえ。わが兄弟クーフリン、『アルスターの猛犬《もうけん》』よ。おまえを失い、残された者は、ただ悲嘆《ひたん》に沈《しず》む。おれは最後の戦いを、おまえのとなりで戦いたかった。おれはおまえといっしょに、『長い旅』に行きたかった。おまえを失って、おれの胸《むね》は裂《さ》けてしまった。このアルスターに笑いが起こることは、二度とあるまい」

「家に連れて帰って、埋葬《まいそう》しとうございます」エウェルが言った。

だがコナルは、重い声で言った。「まだだ。あいつのためにおれが復讐《ふくしゅう》を果たすまで待ってくれ！　家に連れて帰るというなら、そうしてもいい。だがクーフリンが墓《はか》に横たわる前に、敵《てき》の部族すべてに傷《きず》を負わせ血を流させて、仇《かたき》を討《う》つとおれは誓《ちか》う。『勝利のコナル』がその兄弟『アルスターの猛犬《もうけん》』の仇《かたき》を討《う》ったと、全世界に知らしめてやるぞ！」

コナルは、まるでクーフリンの灼熱《しゃくねつ》の戦闘欲《せんとうよく》が乗り移《うつ》ったかのように、憤怒《ふんぬ》と狂気《きょうき》とにとりつかれた。戦車に飛び乗ると、ルギーを追ったあの怒濤《どとう》の勢《いきお》いで、アイルランドの全《ぜん》軍勢《ぐんぜい》の後を追った。

ダンダルガンの人々《ひとびと》はクーフリンの遺体《いたい》を持ち帰り、館《やかた》の大広間に安置した。エウェルは泣きながら、遺体《いたい》の血を清めた。あまりに誇《ほこ》り高かったエウェルは、クーフリンが生きていたときには、その前で一度も泣いたことなどなかったのだが。

「ああ！　ああ！『アルスターの猛犬《もうけん》』の最期を知ったなら、王も貴人《きじん》も泣かぬ者とてないだろう。顔よ、愛《いと》しい顔よ、今は血みどろのこの顔は、どれほど美しかったことか！手よ、愛しい手よ、あなたの手はどれほど強く、勇ましく、やさしかったことか。クーフリンが逝《い》った今、春を告げる鳥の声のなんと虚《うつ》ろに響《ひび》くことか。わたしは暗い流れの小枝《こえだ》のように、流れていく。わたしはもう、髪《かみ》を結うことはない、今日も、これからも。ああ、あなた、愛しいあなた、わたしたちは幸せな日々《ひび》を過《す》ごしたわ。太陽が昇《のぼ》るところから沈《しず》むところまで、世界じゅうを探《さが》しても、こんな仲間が集うところは二度と見つからないでしょう。『黒のセイングレンド』と、『灰色《はいいろ》のマハ』と、ロイグと、エウェルと、クーフリンのような仲間は」

やがてコナルがアイルランドの軍勢《ぐんぜい》を血祭りにあげて、もどってきた。このときは自分の軍勢《ぐんぜい》と、ほかにも大勢《おおぜい》の戦士を率《ひき》いていた。何台もの戦車に、敵《てき》の首を山盛《やまも》りにして持ち帰り、ダンダルガンの前の草原に転がした。カルブリの息子のエルクの首、メーブの息子たちの首、まだらの槍《やり》のレンスターの上王の首、カラティンの魔女娘《まじょむすめ》の邪悪《じゃあく》で恐《おそ》ろしい三つの首、そのほか、数えあげればきりがなかった。

エウェルが最も荘厳《そうごん》な服をまとい、クーフリンに送られた金の首飾《くびかざ》りと腕輪《うでわ》を着けて、コナルの前に現《あらわ》れた。「お帰りなさいまし、『勝利のコナル』。アルスターとわたしの主人に成された裏切《うらぎ》りの仇《かたき》を、よくぞとってくださいました。でもあとひとつだけ、お願いがございます。どうか、わたしの『猛犬《もうけん》』のお墓《はか》を作ってくださいまし。そして、どうかその墓《はか》を、ふたりが入れるように、広く深く掘《ほ》ってくださいまし。『猛犬《もうけん》』がいない今、わたしにはもう生きる気力は残されてはおりません」

コナルはエウェルの言うとおりするよう、部下に命じた。エウェルに考え直すようにと言わなかったのは、なにを言っても無駄《むだ》なことを知っていたからだ。

望みの墓《はか》ができあがると、エウェルはクーフリンと並《なら》んで、草の上の季節はずれのブルーベルの花のなかに、身を横たえた。そしてクーフリンだけに話しかけるようにつぶやいた。「命をかけて愛したあなた。わたしのつれあい、わたしの恋人《こいびと》、わたしが選んだただひとりの人。今日までどれほどの女から、羨《うらや》まれてきたことか。羨《うらや》まれて、わたしは誇《ほこ》らしかった。だって、わたしはあなたのものだったから。今でも、わたしはあなたのもの。わたしの『猛犬《もうけん》』、あなたがいない今、わたしにはもう、ひとつの望みもない」エウェルは唇《くちびる》をクーフリンの唇《くちびる》に合わせ、長いため息をひとつついた。そのため息とともに、彼女《かのじょ》の命は消えていった。

コナルはふたりを同じ墓《はか》に葬《ほうむ》り、その上にひとつの石碑《せきひ》を立て、ふたりの名前をオガム文字で刻《きざ》んだ。失われたもののために、アルスターじゅうが嘆《なげ》きの涙《なみだ》にくれた。『アルスターの猛犬《もうけん》』クーフリンの物語は、ここで終わる。続きはもうない。もうない。

訳者あとがき

エンヤが流行り、リバーダンスが多くの観客を集め（『クーフリンの哀歌《あいか》』という演目《えんもく》あり）、ケルトの色の濃《こ》いアイルランドを身近に感じる人々が、ますます増《ふ》えているようだ。そんなケルト・ファンの皆《みな》さま（ケルト・ファンは、わが友である）、ケルトの心髄《しんずい》、クーフリンの物語をお届《とど》けします。そうしてサトクリフ・ファンの皆《みな》さま（サトクリフ・ファンは、わが同胞《はらから》である）、サトクリフの面目躍如《めんもくやくじょ》というサトクリフ版《ばん》のクーフリンです。

ケルト神話になじみのない人のために、少しだけ解説《かいせつ》すると、

ケルト人は文字を持たなかったため、ケルトの物語は口承《こうしょう》で伝えられた。その口承《こうしょう》の物語が現《げん》在《ざい》まで伝えられたのは、八世紀～十一世紀に、アイルランドのカソリックの修道士《しゅうどうし》たちが僧院《そういん》で書きとめてくれたおかげである。だから今ケルト神話として、わたしたちの前にあるのは、アイルランドの神話というわけだ。

ケルト神話は、調和のとれたギリシャ神話に比《くら》べると、もともと体系《たいけい》だっていない（ケルト人

は「体系《たいけい》」や「調和」とは無縁《むえん》な人たちなのだ)。そのうえ残っている書物も断片《だんぺん》が多いため、幻想《げんそう》的で、荒唐無稽《こうとうむけい》な印象の話も多いのだが、何しろ想像《そうぞう》力には不足のなかったケルト人のことゆえ、独特《どくとく》の光と闇《やみ》を秘《ひ》めた魅力《みりょく》を持っている。

クーフリンはケルト神話最大の英雄《えいゆう》であり、ギリシャ神話で言えばアキレス、日本神話ではヤマトタケルだろうか。この神話群《ぐん》に含《ふく》まれるディアドラの悲恋《ひれん》とともに、様々に表象されてきた。ひとつだけその例をあげると、アイルランド出身のノーベル賞作家W・B・イエーツが日本の能《のう》にならって創作《そうさく》した『鷹《たか》の井戸《いど》』という戯曲《ぎきょく》に登場するのが興味《きょうみ》深い(松村みね子訳、角川文庫)。またダブリン市の中央郵便局《ゆうびんきょく》には、瀕死《ひんし》のクーフリンの銅像《どうぞう》がある。アイルランドは英国の最初の植民地だったという歴史を持つため、この像《ぞう》はアイルランド独立《どくりつ》のシンボルとなっている。

サトクリフは、この物語を大変忠実《ちゅうじつ》に再話《さいわ》している(とはいえ様々な伝承《でんしょう》があるので、どれを取るかで、印象の違《ちが》う物語となりうるが)。英雄《えいゆう》の原型として平面的に描《えが》かれている人物像《ぞう》に、最小限《さいしょうげん》の細部を与《あた》えて、魅力《みりょく》的に立体化している。雄渾《ゆうこん》な古代人の魂《たましい》をいささかも損《そこ》なうことなく、いきいきと血の通ったクーフリン像《ぞう》を描《えが》きだしたところは、さすがサトクリフと感心しないではいられない。

クーフリンは少女のようにほっそりとした美少年でありながら、闘争欲《とうそうよく》にかられると凄《すさ》まじい魔人《まじん》の姿《すがた》となり、五千人の連合軍を相手に戦うのだが、この造型《ぞうけい》は、ケルト特有の「境《あわい》」の存在《そんざい》であり、そこが魅力《みりょく》となっている。ゲイ・ボルグという無敵《むてき》の武器《ぶき》を持ちながら、それを使ったのは親友を殺したときと、息子を殺したとき。つまり武器《ぶき》は敵《てき》へでなく、自分へと向けられ、自分の愛するものを滅《ほろ》ぼすことに使用された。自身のすべてを捧《ささ》げて、「名誉《めいよ》」という至高性《しこうせい》に殉《じゅん》じた姿《すがた》は、英雄《えいゆう》の元型にふさわしい美学と力を持っているといえるだろう。クライマックスの場面は、まことに哀切《あいせつ》で美しい。アイルランドの戦士社会では、中心の財産《ざいさん》である牛を敵《てき》から奪《うば》うことは、英雄《えいゆう》的行為《こうい》であったこと。また吟唱《ぎんしょう》詩人の称賛《しょうさん》と誹謗《ひぼう》とが戦士の名声を左右したことが、物語の背景《はいけい》にある。なにしろ戦にあけくれ、武勇《ぶゆう》と名誉《めいよ》をなによりも重んじた戦士の英雄《えいゆう》サーガであるから、物語は血みどろで残酷《ざんこく》でもある。だが、長い時間と民族的規模《きぼ》で造型《ぞうけい》された神話には、他に例をみない不可思議《ふかしぎ》さと、魂《たましい》を揺《ゆ》さぶる魅力《みりょく》があふれていると思う。

　さて、名前の表記について述《の》べておきたい。オリジナルの神話はゲール語であるが、サトクリフの作品なので、表記は基本《きほん》的にはそのまま英語に従《したが》った（つまり「ライリー」を「ロイガレ」と直すことはしなかった）。しかし一方で、オリジナルであるゲール語の音も尊重《そんちょう》したかったため、英語の読み方をゲール語読みに近づけてある。例えばフェルグス・マク・ロイの「フェルグス」は、現在《げんざい》でもアイルランドで人気のある名前で、ふつうは「ファーガス」とカタカナ表記されるが、ゲール語読みの「フェルグス」を採用《さいよう》した（このように聞こえなくもないのだ）。苦心の折衷案《せっちゅうあん》ではあるのだが、英語読みとゲール語読みが混然《こんぜん》としてしまったことをお断《ことわ》りしておく。静岡で英語と国際理解《こくさいりかい》を教えているアイルランド出身のブライアン・オブライエン氏に英語とゲール語を両方発音してもらう幸運に恵《めぐ》まれたのが、ありがたかった。アルスターの（たぶん）詩人の末裔《まつえい》にして、アイリッシュ・ダンスの名手のブライアン、どうもありがとう。

ユーラシア大陸をひとつの顔と見ると、アイルランドと日本は、両方の耳にあたる、という見方を読んだことがある。以前にアイルランドの西岸、コネマラ地方を旅したことがあるが、痩《や》せた土地の荒涼《こうりょう》とした風景は、見る者を深く魅了《みりょう》するものがあった。私《わたし》は日本の東国、鎌倉市に住んでいるのだが、耳の中でもいちばん外側の、西のコネマラと東の鎌倉の風景は、風景の「濃《こ》さ」にどこか相通じるものがあるところが不思議。もっともクーフリンにとりつかれてしまった私《わたし》の勝手な妄想《もうそう》かもしれない。

最後に、資料《しりょう》調べ等のアシスタントを務《つと》めてくれた早瀬邦子さん、生原稿《げんこう》を読んで貴重《きちょう》な意見を寄《よ》せてくれた竹内美紀さん、山本沙耶さん、ありがとうございました。ほるぷ出版の松井英夫さんには、言葉に尽《つ》くせぬほどお世話になりました。

——灰島かり

本書は二〇〇三年刊『ケルト神話　炎の戦士クーフリン』の新版です。

ローズマリー・サトクリフ（1920-92）

Rosemary Sutcliff

イギリスの児童文学者、小説家。幼いときの病がもとで歩行が不自由になる。自らの運命と向きあいながら、数多くの作品を書いた。『第九軍団のワシ』『銀の枝』『ともしびをかかげて』（59年カーネギー賞受賞）（以上、岩波書店）のローマン・ブリテン三部作で、歴史小説家としての地位を確立。数多くの長編、ラジオの脚本、イギリスの伝説の再話、自伝などがある。

灰島かり

子どもの本の作家、翻訳家、研究者。英国のローハンプトン大学院で児童文学を学ぶ。著書に『絵本を深く読む』（玉川大学出版部）、訳書に『ケルトの白馬』『ケルトとローマの息子』『夜明けの風』（ほるぷ出版）、『猫語の教科書』『猫語のノート』（筑摩書房）などがある。

サトクリフ・コレクション
ケルト神話　炎の戦士クーフリン［新版］

2003年 3月31日　初版第1刷発行
2020年 1月20日　新版第1刷発行

著者　ローズマリー・サトクリフ
訳者　灰島かり
発行者　中村宏平
発行所　株式会社ほるぷ出版
〒101-0051　東京都千代田区神田神保町3-2-6
TEL. 03-6261-6691　FAX. 03-6261-6692
https://www.holp-pub.co.jp/
印刷・製本　中央精版印刷株式会社

NDC933　280P　188×128mm
ISBN978-4-593-10157-3